Inhalt

W0206591

Vorwort

Bevor dieses Buch beginnt, ist es wichtig, sich in Erinnerung zu rufen, dass es sich dabei um einen Roman handelt, dessen Inhalte fiktiv sind. Da darin Figuren vorkommen, die verschiedene psychische Problematiken aufweisen, ist es mir vorab ein Anliegen, Sie darauf hinzuweisen, dass die Darstellungen dieser frei erfunden sind. Die an psychischen Leiden erkrankten Personen und deren Sichtweise sollen ansatzweise dargestellt werden, um damit einen Hinweis darauf zu geben, wie schwierig es in unserer Gesellschaft sein kann, nicht als „normal" angesehen zu werden. Als halbwegs gesunder Mensch darf man sich im Grunde nicht anmaßen, diese Leiden darstellen zu wollen, da man es sich nur schwer vorstellen kann, wie es tatsächlich für Betroffene sein muss. Deshalb verweise ich diesbezüglich auf die künstlerische Freiheit.

Hinweis zu den Illustrationen

Dieses Buch ist durch besondere Fotoarbeiten der Fotokünstlerin Michaela Macher (www.fotowiese.at) illustriert, die mithilfe eines interpretativen Textes der Autorin jedes Kapitel gedanklich einleiten.

Genderhinweis

Im Sinne einer besseren Lesbarkeit des Textes wurde entweder die männliche oder die weibliche Form von personenbezogenen Hauptwörtern gewählt. Dies impliziert keinesfalls eine Benachteiligung des jeweils anderen Geschlechts.

Graz, Februar 2018

Für Christa.
Du wirst immer in unseren Herzen (und Köpfen)
weiterleben.

Die Zeit.
Eine tückische kleine
Diebin ihrer selbst.
Diebin schöner Momente,
die immer schneller
vergehen,
als jene
von denen man sich
wünscht,
sie nie erlebt zu haben.
Sie stiehlt das Leben
davon,
frisst es auf,
rülpst es aus und lacht.
Es liegt an einem selbst,
wie das Leben
der Zeit bekommt
und es ist jetzt
(PRONTO)
höchste Zeit.
Fünf vor Zwölf.

Prolog, oder das Wort, das eigentlich egal ist.

Wissen Sie eigentlich woher das Wort „Prolog“ stammt? Aus dem Griechischen. „Pro“ steht für „vor“ und „log“ kommt von „logos“, dem griechischen Wort für – ja, wer hätte das gedacht – „Wort“, sprich „Vorwort“! Sie fragen sich jetzt bestimmt, warum das wichtig sein könnte und denken sich vielleicht insgeheim, dass Sie doch nicht weiterlesen werden, denn Sie müssen ja nicht. Sie müssen sich ja keine Gedanken darüber machen. Aber Bruno muss es. Denn Bruno schlägt solche Dinge im Wörterbuch nach, das er als Miniausgabe immer mit sich herumträgt, in seiner linken Jackentasche. Falls es zu warm ist für eine Jacke, trägt er es in seinem kleinen Rucksack bei sich, so wie einige andere lebenswichtige Utensilien wie ein medizinisches Händedesinfektionsmittel, ein frisches Paar Socken, Tücher zum Schuhe putzen für Notfälle, eine zweite Brille, Putztücher für Brillengläser und derlei noch mehr, wofür seine Jacken mit extra Innentaschen ausgestattet sind. Den Rucksack mag Bruno eigentlich nicht. Der ist einfach eine jahreszeitenabhängige Notwendigkeit, denn sonst müsste Bruno bei warmem Wetter ja womöglich schwitzen und schwitzen mag Bruno nun wirklich noch weniger als den Rucksack. Aber seine taschenübersäten Jacken liebt Bruno, sie bieten Sicherheit und Ordnung, eine Struktur, die wie Bruno findet, jeder Mensch in seinem Leben haben sollte. Doch nun genug von Jacken und Rucksäcken weiter zu etwas noch viel Wichtigerem:

Wenn Sie Bruno spontan kennenlernen würden, müsste er sich der Höflichkeit halber erst mal bei Ihnen vorstellen. Jetzt denken Sie sicher, das ist doch

klar, würde ich ja auch machen. Warum dies seine ganz eigene Wichtigkeit hat, erkläre ich Ihnen später noch. Also – ungefähr so: „Guten Tag, mein Name ist Bruno HERBERT." Ja, HERBERT gehört groß geschrieben. Wenn ein Name aus zwei Vornamen besteht, wobei auf den ersten Blick nicht genau feststellbar ist, welcher dieser Namen tatsächlich der Vorname bzw. der Nachname ist, muss der Nachname in Großbuchstaben angegeben werden, um den Vor- bzw. Nachnamen voneinander unterscheiden zu können. So, auch wenn Sie es vielleicht schon wussten – jetzt wissen Sie es nochmal genauer. Und fragen sich vermutlich genau jetzt zum zweiten Mal, warum Sie das hier eigentlich weiterlesen sollten. Aber Sie sind noch da. So viel dazu, also weiter: Die meisten Personen, denen er seinen Namen mitteilen muss, fragen erst mal nach, welcher denn der Nachname ist. Kennen Sie jemanden, der mit Nachnamen „Bruno" heißt? Bruno jedenfalls nicht. Zumindest ist er in unseren Kreisen nicht sehr häufig. Zumal er auch als Vorname nicht sehr häufig ist, was seinen Namen generell natürlich noch ein wenig schwieriger macht. Also, jene Personen, denen er seinen Namen nun erklärt hat, sagen ihm dann Dinge wie:
„Na, das hab ich mir eh gedacht. Aber man kann es ja nicht wissen.", und grinsen ihn zwinkernd an, als hätten Sie mit ihm soeben ein verschwörerisches Geheimnis geteilt. Wenn diese Personen sich anschließend auch noch aus irgendeinem Grund veranlasst fühlen, seinen Namen zu notieren, sei es aufgrund einer Bonuskartenbestellung oder aufgrund einer Aufnahme in das Computersystem einer fachärztlichen Ordination durch eine übermäßig und oft erschreckend freundliche und mitleidig schauende Ordinationsgehilfin, notieren sie ihn folgendermaßen: Bruno Herbert. Einfach so niedergeschrieben. Als wäre

das kein Problem, jetzt wissen sie es ja. Und die Kollegin wird es sich sicher auch denken können. Aber nein, die Kollegin ruft ihn dann am nächsten Tag an und gibt ihm telefonisch folgende Auskunft:
„Ja, Grüß Gott Herr Bruno! Ich wollte Ihnen nur mitteilen, dass Ihr Termin nächste Woche leider nochmal um eine Woche verschoben werden muss. Ist das für Sie so in Ordnung, Herr Bruno?“
Auf seiner Bonuskarte für sein bevorzugtes Lebensmittelgeschäft hat er eines Tages folgende Schreibweise seines Namens vorgefunden: „Herr Heribert Brunno“. Er brachte die Karte umgehend nach dem Eintreten der geeigneten Uhrzeit, nämlich genau um 15 Uhr, in sein bevorzugtes Lebensmittelgeschäft und hielt sie der netten Dame, die seine Daten einige Wochen zuvor für ihn aufgenommen hatte, unter ihre perfekt gepuderte Nase.
„Das ist nicht mein Name.“
„Nun, Herr Brunno..., das tut mir außerordentlich leid!“
„Ich heiße nicht Brunno, ich heiße Bruuuno!“
„Ach, DAS ist nur der Fehler. Na dann geben Sie mal her, Herr Bruuuno, ich erledige das schnell für Sie.“
Bevor er noch weitere Ausführungen dazu deutlich machen konnte, zupfte sie ihm die Karte aus seinen Fingern und tippte beeindruckend schnell etwas in ihren Computer ein. Erstmal perplex und fasziniert beobachtete er den Flug ihrer viel zu lang benagelten Finger auf der Tastatur. Er fragte sich kurz, wo diese ansonsten so einfach und eher naiv, um nicht zu sagen leicht dümmlich wirkende Frau so gut und schnell schreiben gelernt hatte. Plötzlich wollte er es unbedingt und ganz dringend wissen. Er besann sich, zählte in Gedanken bis zehn, atmete tief durch und versuchte sich wieder auf die verfahrene Situation zu konzentrieren.

„Hören Sie“, sagte er, „das allein ist nicht das Problem.“
„Soo?“, antwortete sie, in einem etwas zu schnippischen Tonfall.
„Was denn noch?“
„Mein Name ist Bruno HERBERT. Ohne „i“ dazwischen.“
„Wieso sagen Sie das denn nicht gleich, Herr Bruno! Das haben wir sofort!“
Daraufhin flogen ihre nagellangen Finger wieder schnurstracks über die Tastatur und rissen ihn und seine Gedanken mit sich fort. Er beobachtete sie beim Schreiben und hatte das Gefühl kein Wort mehr hervorzubringen, bevor er nicht ganz genau wusste, warum sie so schnell schreiben konnte. Erneut versuchte er sich wieder auf das Problem zu konzentrieren. Er konnte aber seinen Blick und seine Gedanken nicht von ihren Fingern entfernen und so schaute er ihr nur weiterhin gebannt zu.
„So, nun ist wieder alles in Ordnung Herr Bruno, ich habe das Formular nachgebessert und den neuen Antrag an die Zentrale geschickt. Kann ich sonst noch etwas für Sie tun? Wir hätten heute minus 25% auf alle Obst- und Gemüseprodukte, falls Sie sich etwas Gesundes gönnen möchten“, teilte sie ihm strahlend mit. Ihre fingerlangen Nägel ruhten bereits wieder an ihren Händen übereinandergeschlagen an ihrem Kassaplatz. Da sie sich nun in ruhender Position befanden, konnte er sich endlich von ihnen abwenden und sah der Nagelfrau ins Gesicht.
„Nein, danke, heute nicht mehr. Das macht mich auch nicht mehr gesund“, murmelte er ihr zu und verließ niedergeschlagen das Geschäft. Nur schade, dass noch niemand herausgefunden hat, wie man Gedanken liest, sonst hätte er sich schon anhand des groß-

geschriebenen Gedankens (HERBERT!) viel derartiges Leid ersparen können.

Anhand des obig Ausgeführten haben Sie vielleicht schon bemerkt, dass sein Name nicht das einzige Problem im Leben des Bruno HERBERT ist. Bevor ich zu weiteren Ausführungen gelange, möchte ich Ihnen noch wie bereits angekündigt, erklären, warum er sich der Höflichkeit halber unbedingt vorstellen muss. Es ist nämlich nicht nur der Höflichkeit halber. Er MUSS es wirklich tun. Sonst kann er nichts mehr sagen. Ja, so ist es. Bevor er sich mit einem Menschen, mit dem er noch nie zuvor gesprochen hat, unterhält, muss er seinen Namen sagen und zwar immer auf die gleiche Art und Weise. Wie zum Beispiel so:
„Guten Tag, mein Name ist Bruno HERBERT, können Sie mir bitte sagen, wo ich hier die Zahnstocher finde?“, wenn er mit einem Lehrling in seinem bevorzugten Lebensmittelgeschäft spricht. Oder so:
„Guten Tag, mein Name ist Bruno HERBERT, bitte eine 1-Stunden-Karte.“, wenn er sich, selten aber doch, eine Busfahrkarte kauft. Die Menschen sehen ihn nach seinen ersten Worten meist ein wenig verdutzt an, konzentrieren sich dann aber immer auf den zweiten und eigentlichen Teil seiner Frage bzw. seines Wunsches und beantworten sie bzw. erfüllen diesen. Er ist ja ansonsten ein ruhiger Mitmensch und Kunde, macht keinen Radau, hat keinen schlechten Körpergeruch, ist überaus höflich und immer sehr adrett und sauber gekleidet. Dadurch kann man meist über seine ungewollte aber notwendige Vorstellrunde hinweg sehen. Manchmal passiert es ihm dann aber auch, dass er darauf hingewiesen wird, dass er aufgrund einer banalen Frage oder eines einfachen Wunsches nicht gleich seinen vollen Namen nennen muss. Dieser Hinweis kann einmal mehr und einmal

weniger freundlich passieren. In jedem Fall, egal ob ein Hinweis erfolgt, oder nicht, fühlen sich die Menschen dadurch kurz gestört. Sie denken sich, was das wieder für ein komischer Kauz ist. Aber aufgrund seiner vermeintlichen Vorteile, wie das Nichtstinken oder das Schönkleiden, erfolgt meist nur ein gedankliches Schulterzucken und es wird, jedoch sehr wachsam und in Erwartung eines gewalttätigen Ausbruchs, eines epileptischen Anfalls oder eines psychotischen Schubs dann doch hingenommen und abgehakt. Manche denken sich auch, „Wow, ist der aber höflich.“ Dies kommt aber nur in den seltensten Fällen vor. Denn die meisten Menschen erwarten eigentlich oft schon das Schlimmste von ihren Mitmenschen. Da ist es ganz verständlich, dass er erst mal verdutzt beäugt wird und auch das gedankliche vorsichtige Schulterzucken lädt zur nickenden Zustimmung dieser Reaktionen ein. „Normal“ ist es nunmal nicht. Doch was ist schon „normal“ höre ich jetzt viele Moralapostel und PredigerInnen für eine offenere und buntere Welt schreien. Für Bruno wäre es schon „normal“ nicht in jeder neuen Kontaktsituation mit einem fremden Menschen seinen ganzen Namen sagen zu müssen. „Normal“ ist es, sich nicht ständig zu fragen, ob man am Klo nun wohl das Licht ausgemacht hat, und nach dem vierzigsten Nachschauhalten noch immer nicht glauben kann, dass dieses Licht tatsächlich nicht brennt und womöglich einen Brand, eine Explosion oder Schlimmeres verursachen könnte. „Normal“ ist es auch, wenn man sich nicht alle Tätigkeiten eines Tages zeitlich, örtlich und generell auf die Sekunde genau einteilen muss. Diese und noch viele derart andere Dinge wären für ihn „normalerweise“ nicht da. Er wünscht sich nichts mehr, als normal zu sein. Im Sinne Ihrer Normalität, Ihres Seins und Denkens. Höchstens Sie kennen das, was gerade beschrieben wurde in ähnlicher oder auch ganz anderer Form von sich selbst. In diesem Fall: Willkommen Gleichgesinnter bzw. in Bruno's Worten ausgedrückt: „Guten Tag, mein Name ist Bruno HERBERT.“

Eingefroren.
Sind manche Erlebnisse in
unserem Gedächtnis.
Vielleicht Dinge,
die man dort lieber nicht
hätte.
Aber da sind sie trotzdem.
Und man fühlt sich
beizeiten,
als würde man
als stiller Beobachter
auf einer Bank sitzen,
diesem Erlebten beiwohnen,
um es sogleich wieder
einfrieren zu lassen.
Dann aufstehen.
Gehen.

Brunokopf I

„Guten Tag, Herr Herbert, mein Name ist Enzenbach.“, stellte der neue Doktor sich vor und machte Anstalten Bruno die Hand zu schütteln, besann sich dann aber eines anderen, da er wohl an die kurze Vorgeschichte von ihm denken musste, die er ihm bereits am Telefon mitgeteilt hatte. Brunos Hände verkrampften sich bereits scheinbar unlösbar voneinander hinter seinem Rücken, wie sie es immer zu tun pflegen, wenn ihm jemand seine, oft schweißnasse, kalte, warme, glitschige, schmutzige, von Keimen übersäte Hand reichen will. Eine herkömmliche Art der Begrüßung wird zur gefühlt tödlichen Bedrohung für seine gequälte Seele. Er ließ sich natürlich nichts anmerken, wie immer, und deutete eine winzige Verbeugung durch sanftes Vorneigen des Oberkörpers in Richtung des Arztes an, um die Begrüßung auf seine Art zu erledigen. Durch den Schock, der in solchen Situationen entsteht, wenn er kurz in Gefahr gerät körperlich mit anderen Menschen in Kontakt zu kommen, traten ihm kleine Schweißperlen aus der Stirn, die er sofort mit seinem Einstecktuch, das er stets bei sich trägt, und zwar in der rechten Hemdtasche, wegwischte. Er dachte kurz an die sauber übereinander gestapelten Geschwister seines Einstecktuchs, alle gleich, alle fein säuberlich gebügelt, zusammengelegt, auf ihn wartend in seiner Kommode. Solcherlei Gedanken geben ihm Sicherheit und er schritt, die Hände noch immer leicht verkrampft hinter seinem Rücken dem Doktor folgend in sein Besprechungszimmer.
„Bitte, nehmen Sie doch Platz!“, verwies er ihn mit einer ausschweifenden Handbewegung auf einen

durchgesessenen braunen Ledersessel, der ihm nicht sehr einladend erschien, da ihm beim Anblick dieser aufgerauten Sitzfläche, herrührend von den vielen verschiedenen Gesäßen, die darauf gesessen haben mussten, mitsamt des leicht verdunkelten Flecks an der Rückenlehne im Bereich des Kopfes, der von unzähligen, mit Sicherheit oft mit fettigen, schuppigen Haaren versehenen Kopfhinterseiten berührt worden war, ein Schauer über den Rücken lief. Der Arzt schien seinen ängstlichen Blick und sein Zögern richtig zu deuten und rückte ihm stattdessen einen steril aussehenden Plastikstuhl zurecht, der zwar sehr unbequem aussah, jedoch seinen Ansprüchen gerecht werden dürfte, da er bei seinem Anblick nicht gleich schreiend aus dem Zimmer laufen wollte. Er nahm darauf Platz, legte die verschränkten Hände in seinen Schoß und setzte sich so bequem wie möglich, aber kerzengerade hin und versuchte seine Gedanken von diesem schrecklichen Ledersessel neben sich loszureißen. Dr. Enzenbach setzte sich in den dritten Stuhl, der links neben ihm stand, schlug die Doktorbeine übereinander und verschränkte die schlanken Doktorfinger mit auf den Lehnen abgestützten Ellbogen vor seiner Brust. Er blickte ihn freundlich an, jedoch mit Doktoraugen und sein Doktormund zog sich dabei hinauf fast bis zu seinen Ohren. Ein sehr großer Doktormund, wie ihm auffiel. Wie viele Doktorweisheiten diesem wohl schon entsprungen sein mochten. Zu spät fiel ihm auf, dass er dem Doktor wohl sehr auffällig ins Gesicht gestarrt hatte und es schon längere Zeit sehr still gewesen war.
„Ich habe gefragt, ob Sie gut zu uns hergefunden haben!“, wiederholte der Doktor scheinbar die Worte, die zuvor offensichtlich schon aus dem Doktormund gekommen sein mussten, den Bruno anscheinend minutenlang einer so eingehenden Beobachtung

unterzogen hatte. Er riss sich los von diesem nach wie vor höchst interessanten Doktormund, schloss kurz die Augen, atmete durch und sagte ihm anschließend, dass er sich vorher bereits nach dem Weg in die Praxis erkundigt hatte. Er sagte nicht, dass er stundenlang im Internet nach der besten Verbindung gesucht hatte, oder dass er die umliegenden Straßennamen schon alle auswendig wusste, bevor er auch nur einen Termin bei ihm vereinbart hatte.
„Das ist schön.“, sagte der Doktormund und lächelte ihn aufmunternd an.
„Am Telefon haben Sie mir schon ein paar Dinge von sich erzählt. Warum ergänzen Sie diese Erzählung nicht noch ein wenig für mich, damit ich einen noch besseren Einblick in Ihre Geschichte bekomme?“
Da Ärzte für ihn schon immer die höchsten Autoritätspersonen waren, begann er also seine Geschichte von Neuem zu erzählen.

Ärzte und andere Menschen, die im Gesundheitsbereich tätig sind, nennen die Geschichten von ihren Patienten, Klienten, Kunden, oder wie auch immer die gängige Bezeichnung in ihrem Bereich sein mag, „Anamnese“. Sie ist die gesamte Biografie eines Menschen, beziehungsweise laut Experten seine „Leidensgeschichte“. Mit Bezug zur gegenwärtigen Situation wird dann von der behandelnden Person eine Diagnose gestellt und erst dann wird die Planung der weiteren Behandlung überhaupt möglich gemacht. Nun stellen Sie sich einmal vor, Sie müssten einem wildfremden Menschen so von mir nichts, dir nichts, Ihre gesamte Lebensgeschichte innerhalb einer Stunde oder gar nur einer halben Stunde erzählen. Und zwar so, dass sich das Gegenüber auch einen Reim darauf machen kann, also nicht von vorne nach hinten hin- und hergesprungen, sondern zack, zack, Geburt,

Kindheit, Jugend, Erwachsener, Jetzt. Und Sie dürfen dabei vor allem nicht die emotionalen Einzelheiten aussparen, die bei so etwas natürlich besonders wichtig sind. Sonst kann er sie ja nicht behandeln, wenn er nicht das „Leiden“ der Geschichte klar erkennen kann. Bruno hatte seine Geschichte schon so vielen Ärzten und Therapeuten erzählt, dass er sie auswendig aufsagen konnte. In Wirklichkeit hatte er die Geschichte sogar auswendig gelernt. Er hatte zu Beginn verschiedene Ausführungen auf sich wirken lassen und sich dann die „Highlights“ aller zusammengesucht, um auf eine klar strukturierte Version zu kommen, die er sich dann eingeprägt hat, um das Ganze zu automatisieren und nicht bei jeder neuen Erzählung wieder in die Vergangenheit zurückfallen zu müssen. Denn genau das passiert, wenn man seine Geschichte des Leidens jedes Mal neu erzählen muss. Man lebt wieder in den bereits durchgestandenen Situationen, erlebt wieder dieselben schrecklichen Dinge in Gedanken, die man schon einmal in der Realität erleben musste. Bruno dachte sich, dass ihm grundsätzlich die Realität genügt, er musste sie nicht immer wieder in seinem Kopf durchspielen. Also legte er sich in seinem Gehirn eine Art Schublade an, mit der Aufschrift „Anamnese“. Diese konnte er nun jederzeit öffnen, die darin vorhandene Geschichte herausholen, sich zurücklehnen und seinen Brunomund die Worte heraussprudeln lassen, damit die Doktorohren zufrieden lauschen konnten und der Doktormund die passenden Worte dazu finden mochte.

Langsam und bedächtig erzählte Bruno dem Doktor also seine Geschichte. Er vergaß dabei nicht die traurigen Einzelheiten zu erwähnen, noch eine betroffene Miene aufzusetzen und seine Stimme

manchmal etwas zittrig klingen zu lassen. Sein wahres Selbst befand sich während dieser Zeit jedoch auf Tauchstation, er verschloss sich in einer kleinen Kammer seines Gehirns, wohlbehütet, gefühlt in samtweiche Decken gewickelt, bis es mit den letzten Sätzen Zeit wurde, die Decken abzuwerfen, sich aus seiner geschützten Kammer zu begeben, und auf die Uhr zu sehen. Exakt dreiundvierzig Minuten brauchte er für seine Schubladenerzählung. Mal eine Minute mehr, mal eine weniger, je nachdem wie dramatisch er seine Pausen während der Geschichte einsetzte. Der Doktor blickte ebenfalls auf seine Uhr. Er hatte jetzt noch siebzehn Minuten Zeit, eine Diagnose zu stellen und den weiteren Behandlungsplan aufzustellen.
„In Ordnung Herr Herbert, ich möchte nun auf meine Empfehlungen für Sie zurück kommen und die weitere Vorgehensweise besprechen."
Sehen Sie?
„Aber zuerst möchte ich Sie fragen – wie geht es Ihnen jetzt nach dieser Erzählung? Sie wirkten etwas... nun ja, wie soll ich sagen... abwesend, während Sie sprachen."
Seine Fassade war aufgeflogen. Bruno konnte es nicht fassen. Der Doktor hatte ihn durchschaut. Das war ihm noch nie passiert. Bruno fragte sich, was er falsch gemacht haben könnte. Er fühlte, wie ihm der Schweiß in die Augen lief. Diese Augen starrten groß und ungläubig den Doktor an, der ihn soeben entlarvt hatte. Erwartungsvoll sah dieser ihm ins Gesicht. Als Bruno drohte, aus dem Sessel zu fallen, stand der Doktor auf und entschuldigte sich. Bruno hörte, wie er draußen mit seiner Ordinationsgehilfin einige Worte wechselte. Panisch sah Bruno sich in dem Raum um. Er hatte nur ein Fenster. Und er befand sich im vierten Stock. Keine gute Idee. Der Doktor kam auch schon wieder, lächelte Bruno zuversichtlich an und meinte,

„Mein nächster Termin hat abgesagt. Wenn Sie möchten, können wir die Sitzung weiterführen. Ich habe das Gefühl, dass dies notwendig sein könnte. Wie steht es mit Ihnen?“
Brunos Herz raste. Er hatte das Gefühl zu ersticken. Nein, er wollte das nicht. Oder ja, vielleicht wollte er es doch? Kein Arzt hatte bisher seine Geschichte infrage gestellt oder mehr hören wollen, als sie. Dieser Umstand war neu für ihn. Und mit Neuem umzugehen, fiel ihm weiß Gott schwerer als den meisten anderen.
„Erzählen Sie mir mehr von Ihrer Mutter.“, sagte Dr. Enzenbach ruhig und blickte Bruno ungerührt mit seinen stahlblauen Doktoraugen an.

Durch ein Fenster in die
Seele blicken.
Manchmal wünschte man sich
das.
Hinaus oder hinein
blicken.
Hinauf oder hinab blicken.
Ein lauter Blick.
Ein leiser Sprung.

Hertakopf I

Als Herta geistesabwesend aus dem Fenster starrte, musste sie an das einzige für sie wertvolle Geschenk ihrer Mutter denken, das sie an ihrem zehnten Geburtstag bekommen hatte: An die kleine blaue Schatulle. Darin hatten sich zehn verschiedenfarbige Glasmurmeln befunden. Herta hatte es als Kind geliebt, mit diesen Murmeln zu spielen, am liebsten spielte sie im Innenhof mit den Murmeln, nur sie allein. Wenn andere Kinder kamen und mitspielen wollten, ging sie meist ohne ein Wort zu sagen weg. Sie packte ihre Murmeln einfach wieder in die kleine blaue Schatulle und machte sich ruhig und bestimmt auf den Weg zurück nach oben in die sichere Wohnung, wo ihr niemand ihre Murmeln oder ihr Alleinsein und Alleinspielen wegnehmen konnte. Warum musste man sich überhaupt mit anderen abgeben, fragte sich Herta damals wie heute oft. Ihre Mutter zwang sie manchmal zurück in den Hof hinunter zu gehen, und wenn sie schon nicht die anderen mit ihren Murmeln spielen lassen wollte, wenigstens die Spiele der anderen mit ihnen zu spielen. Das ist doch nicht normal, dass das Kind immer allein sein will, hörte sie ihre Mutter eines Abends zu ihrem Vater sagen. Ihr Vater nickte dann nur und wandte sich wieder seinem allabendlichen Zeitunglesen zu. Herta fragte sich, was wohl „normal" zu bedeuten hatte. Wäre es „normal", wenn ich mit den anderen gemeinsam mit meinen Murmeln spielen würde, dachte sie. Nein, für sie wäre es nicht „normal", ganz und gar nicht. Alle würden ihre Murmeln anfassen, unachtsam damit umgehen, am Ende wären sie noch zwischen den Gitterstäben des

Kanaldeckels verschwunden. Niemals! Das wäre nicht normal, das wäre dumm. Dann würde sie ja das Liebste, das sie besaß, verlieren. Sie könnte dann nicht mehr, so wie es für sie „normal“ war, ihr alleiniges wunderbares Spiel mit den Murmeln spielen, da ja mindestens – Gott bewahre – eine Murmel fehlen würde. Sie stellte sich vor, was das für ein Gefühl sein würde, und nein, das würde sie niemals riskieren! Jedes Mal wenn ihre Mutter daraufhin von ihr verlangte, sie solle jetzt gefälligst nicht so eigenbrötlerisch sein und einmal normal mit den Kindern da unten spielen, packte sie ihre Schatulle und schloss sich in ihrem Zimmer ein. Ihre Mutter wütete dann vor ihrer Tür, schrie manchmal und weinte. Aber Herta blieb trotzig auf ihrem Bett sitzen, hielt die Schatulle in ihren Händen und verstand nicht, warum ihre Mutter so einen Aufwand darum betrieb, ihr ihr wunderbares Spiel wegnehmen zu wollen. So waren die Menschen, immer mussten alle mit anderen Menschen zusammen sein, man musste andere grüßen, Freundschaften pflegen, immer nett lächeln und nicken, antworten, wenn jemand einen etwas fragte und vor allem musste man dem Gegenüber dabei in die Augen sehen. Herta wollte das nicht. Herta wollte einfach in Ruhe gelassen werden, doch die Menschen konnten das nicht verstehen.

Die kleine blaue Schatulle war für Herta nicht nur ein Gegenstand, sie war ihre Sicherheit, ihr Halt in schwierigen Zeiten, ihr Rettungsboot bei aufkommendem Unwetter im Meer des Lebens gewesen. Ihre Mutter wusste das. Zumindest wusste sie, dass ihr diese Schatulle alles bedeutete. Immerhin hatte sie sie ihr sogar geschenkt. Doch ihre Mutter wollte, dass ihre Tochter sich zu einem „normalen“ Menschen entwickelte. Sie wollte, dass sie mit anderen spielte, oder zumindest mit anderen redete. Sie sah deutlich,

dass ihre Tochter ein Problem hatte und versinnbildlichte die blaue Schatulle als den schuldigen Part in diesem Trauerspiel. Sie glaubte oder wollte zumindest glauben, dass ein Verschwinden dieses Gegenstands alles besser machen würde. Das Kästchen musste weg, eine gesunde Tochter musste her! Doch sie sah nicht ein, dass das eine das andere nicht herbeizaubern konnte. Als das blaue Kästchen aus seinem Versteck verschwunden war, schrie Herta, sie schrie und schrie und plärrte ihre Mutter an, wo das Ding denn sei, sie wisse, dass sie es war. Mit hochrotem Kopf, den Weltschmerz in ihren Augen und geballten Fäusten schlug sie die Tür mit solch einer Wucht zu, dass der Putz nur so von der Wand prasselte. Sie versperrte die Tür, sperrte ihre Mutter und das eigentliche Problem aus, sich selbst ein und stieg auf die Fensterbank. Der Verkehr drei Stockwerke unter ihr war laut wie immer, stinkig und laut, Menschen liefen gehetzt durch die Straßen, schienen irgendetwas zu versäumen. Was wenn sie einfach springen würde, der Welt und den Menschen davon springen, raus aus diesem Zimmer, raus aus diesem Leben, das sie sowieso nicht haben wollte, so wie sie war. Doch sie entschloss sich, dass diese Zeit noch nicht gekommen war. Sie wusste, die Murmeln und die Schatulle gab es noch, ihre Mutter würde sie nicht in den Müll geben. Das hieß auch ihre Sicherheit, ihr Rettungsboot existierte noch und sie würde es irgendwie zurückbekommen.
Zum gegenwärtigen Zeitpunkt, 25 Jahre später, gab es die Schatulle aber schon lange nicht mehr. Sie war mit vielen anderen Dingen in dem Feuer verbrannt. Auch ihre Sicherheit gab es nicht mehr, ihr Rettungsboot war untergegangen. Nun war die Zeit also gekommen. Auf der Fensterbank stehend, blickte sie noch einmal kurz

in den Himmel und sprang dann dem Leben und den Menschen davon.

Straßenbahn.
Leere Gesichter glotzen.
Durchsichtige Hände tippen
am Handy.
Durchsichtige Gesichter
glotzen, grinsen,
schwitzen.
Und sehen.
Nichts.

Brunokopf II

Als er aus den Praxisräumlichkeiten auf die Straße hinaus trat, wurde Bruno sich seiner Angst vor Dr. Enzenbach bewusst. Was war das nur für ein Mensch? Wie konnte er das nur alles wissen? Einen Schritt nach dem anderen ging er den fremden Weg entlang, bis er an der nächsten Straßenecke ein vertrautes Schild entdeckte, das auf die Existenz seines sich darunter befindlichen bevorzugten Lebensmittelgeschäfts hinwies. Eine sanfte Erleichterung legte sich auf sein aufgerütteltes Gemüt und er merkte, wie sehr ihn dieser Anblick entspannte. Er musste schnell weg hier, heim in seine sichere Wohnung, wohin ihm keine Doktoraugen folgen konnten, die genau über ihn und sein Leben Bescheid zu wissen schienen. Außer Sichtweite, außer Hörweite außer Sprachweite. Niemand konnte ihm etwas über sein Leben erzählen, es war schließlich seins! Niemand außer ihm konnte über ihn selbst Bescheid wissen, denn das war schließlich Bruno und niemand anderer konnte er sein oder ihn verstehen oder ihn mögen, wenn er sich doch nicht einmal selbst mochte. Er blickte gehetzt auf die Uhr, beinahe war es schon 18 Uhr, so war das keinesfalls geplant gewesen! Er sollte um Punkt 17 Uhr mit diesem Gespräch fertig sein, sollte sich um 17 Uhr und zwei Minuten auf den Weg nach Hause machen und um 17 Uhr und dreiunddreißig Minuten zu Hause ankommen, seine Jacke in der Garderobe aufhängen, seine Schuhe auf der Schuhablage abstellen, natürlich nachdem er sie zuvor ausgiebig auf zwei verschiedenen Türmatten, eine für den groben Schmutz und eine für den Schmutz, der für das Auge unsichtbar war, abgeputzt hatte und sich selbst sollte er bereits in die Küche begeben, um sich seinem Menüplan entsprechend sein Abendessen zuzubereiten. Nun war es tatsächlich 18 Uhr und er ging hier auf einer ihm fremden Straße. Wie kam dieser Mann dazu, ihm irgendetwas über sein Leben erzählen zu wollen? Gut, um genau und ganz ehrlich zu sein, hatte Bruno ihm ja von seinem Leben erzählt, er hat nur Fragen gestellt, doktorohrig gelauscht und doktormundig gelächelt oder betroffen geschaut, wenn eine Schilderung nun doch nicht so ganz zum Lächeln gewesen war. Bruno konnte sich nicht erklären, warum er sich diesem Menschen so öffnen hatte können. Jetzt ging es ihm eigentlich schlecht, er hatte doch kein Recht dazu gehabt, es ihm schlecht gehen zu lassen! Er sollte machen, dass es ihm gut geht, ja, das sollte er. Wofür waren diese Doktoren denn sonst da, fragte sich Bruno. Seine bisherigen Erfahrungen haben ihm ja im Grunde nur gezeigt, dass sie dafür da waren, Tabletten zu verschreiben, die es einem eventuell leichter machten, zumindest dafür hatten sie ihm genutzt. Der wollte ihm jetzt nicht einmal Tabletten geben, weitere Sitzungen wollte er, da er sehen würde, dass dies bei ihm besonders wichtig wäre. Als wäre ein Arzt dafür da, mit ihm zu sprechen. Dafür gab es schließlich Therapeuten und Psychologen und Bruno wusste genau, warum er diese eben nicht aufsuchte. Nicht umsonst hatte er sich eine Schubladengeschichte zurecht gelegt – er wollte nicht reden, wollte es nicht wieder und wieder erleben und es durchkauen, bis er sein Leben als geschmacklosen Kaugummi ausspucken konnte. Er hatte das Gefühl, dass das „Darüberreden“ es nur schlimmer machen würde. Aber dieser Mensch war ihm aus irgendeinem Grund so vertraut, er fühlte sich auf seltsame Weise von ihm angezogen, so als ob es egal wäre, was er ihm erzählte, er würde immer wissend nicken und sofort verstehen. Warum dieser

Arzt überhaupt länger mit ihm sprechen wollte, war ihm sowieso ein Rätsel. Ärzte nahmen sich nach seiner Erfahrung niemals zusätzlich Zeit, denn sie mussten eigentlich immer froh sein, wenn sie all ihre Termine in die wenige Zeit pressen konnten, die ihnen zur Verfügung stand. Also warum will dieser Arzt ernsthaft nur reden, fragte sich Bruno und musste sich aus seinen Gedanken gerissen plötzlich wieder auf das Hier und Jetzt konzentrieren, da er soeben wie kopflos in eine überfüllte Straßenbahn eingestiegen war.

„Guten Tag, mein Name ist Bruno HERBERT, ich möchte bitte eine Stundenkarte kaufen!“,

sagte Bruno zu dem verdutzt drein blickenden Chauffeur, der ihm aber ohne ein Wort zu sagen, die Fahrkarte aushändigte, das Geld passend entgegen nahm – natürlich passend, Bruno hatte diesen Tag präzise vorbereitet – und sich wieder seiner Fahrstrecke zuwandte. Warum sollte dieser Doktor nun also weiterhin mit ihm sprechen wollen? Natürlich, seine Geschichte war vielleicht nicht uninteressant, aber sicher auch nicht das Spannendste, das er in seinem Beruf je gehört hatte. Er war ja grundsätzlich sehr nett zu ihm gewesen und Bruno merkte jetzt, dass er sich bei ihm eigentlich nicht unwohl gefühlt hatte. Außer beim Anblick dieses haarfettigen Stuhls, der war schon sehr widerwärtig und verursachte eine Gänsehaut auf seinen Unterarmen, wenn er jetzt daran zurück dachte. Ansonsten war das weitere Gespräch aber in Ordnung gewesen. Es hatte ihn nur sehr aufgewühlt und er wollte diesem Doktor Enzenbach einfach dafür die Schuld geben, da er nun einmal schuld war! Aber vielleicht hatte er ja recht und er sollte einmal eine andere Art der Therapie ausprobieren. Eine, die sich nicht nur auf die Einnahme von Medikamenten beschränkte. Diese Art würde ihn aber sehr anstrengen und schwächen und wenn Bruno daran dachte, wie anstrengend sein Leben jetzt schon war und wie geschwächt er mit jedem neuen Tag, den er durchzustehen hatte grundsätzlich schon war, wäre dies eine sehr große Aufgabe. Eine Aufgabe, die ihn in die Verzweiflung treiben könnte. Da er jetzt auch noch aus der Straßenbahn aussteigen musste, brachte ihm dies die Schwierigkeit der Lage noch näher, er hatte das Gefühl, nicht einmal das zu schaffen. Da müsste er ja jedes Mal mit dieser Bahn fahren, jedes Mal dieser Stress, diese Menschen, dieser Gestank und die schwitzenden, leer drein blickenden Gesichter. Geschweige denn es regnete auch noch, der Gestank nach nassem Hund, alles wäre nass, dreckig, verschmiert, jeder tropfte, nicht mehr erkennbar ob vor Schweiß oder Regennässe, alles vermischte sich, alles würde eins und Bruno mittendrin in all diesen Keimen und Bakterien der anderen Leute, sie waren auf ihm, in ihm, überall. Die Straßenbahn bremste, und da er sich niemals an einem dieser Griffe festhalten würde aufgrund der millionenfachen Anwesenheit der Keime, die darauf vermutlich Feste feierten, fiel er in den Rücken eines Mannes, der besonders viel schwitzte, die Feuchtigkeit drang scheinbar durch seine Jacke, sein Hemd und sein Unterhemd direkt auf seine Haut, er schrie kurz auf vor lauter Ekel und Angst, drängte sich durch bis zur Tür, zog schnell noch einmal am Notbremsseil, um schließlich, halb wahnsinnig fast auf die Straße zu fallen und beinahe von einem vorbeifahrenden Auto überfahren zu werden. Er hetzte den Gehsteig entlang bis er die Bäume und die Schilder seiner Straße erkannte, die Dächer der Häuser hoch über ihm warfen ihre Schatten auf ihn und... plötzlich war es nicht mehr schattig, es wurde dunkel und Bruno sah nur noch für einen Sekundenbruchteil, wie schnell der Boden auf ihn zugerast kam. Dann war alles schwarz.

Manchmal braucht man
Trost.
Und manchmal nicht.
Manchmal will man das Leid
ungehindert
durch einen hindurch
fließen lassen.
Ungestört, ungehemmt,
ungehört.
Nicht immer braucht man
Trost.
Aber oft schon.
Denn manchmal
wird störender Trost
gehemmt
gehört.

Doktorkopf I

Als Franz die Haustür aufschließen wollte, bemerkte er, dass er seinen Schlüssel wohl vergessen hatte. Da seine Frau schon zu Hause sein musste, beschloss er, dass ihm nichts anderes übrig blieb, als an seiner eigenen Tür anzuläuten. Er drückte auf die Klingel und besah sich gleichzeitig das vergilbte Namensschild darunter. „Dr. und Dipl.-Päd.in Enzenbach“ sollte eigentlich darauf zu lesen sein, aber man musste sich schon sehr bemühen, um das alte Schild noch entziffern zu können. Dabei war es noch gar nicht so alt, sie hatten das wohlverdiente „Dipl-Päd.“ seiner Frau erst vor ein paar Jahren eingefügt. Hauptsächlich haben sie sich daraus einen Spaß gemacht, um die österreichische Titelbesessenheit zynisch zu unterstreichen. Seine Frau hatte den Titel als Sonderschullehrerin erst vor einigen Jahren zugesprochen bekommen, als es in Österreich auch für „nicht studierte“ Lehrer möglich wurde, diesen Titel zu führen. Er überlegte, dass er ein neues Schild bestellen könnte, als plötzlich die Tür aufgerissen wurde und seine Frau ihn mit seinem Schlüsselbund in der Hand anstrahlte.
„Hallo, Schatz. Irgendwann wirst du nochmal deinen eigenen Kopf zu Hause vergessen.“
Sie gab ihm einen Kuss, den er überrascht entgegen nahm. Zur Erwiderung war schon gar keine Zeit mehr, da seine Frau bereits zurück ins Haus verschwunden war. Er dachte, dass heute wohl ein guter Tag sein müsste, da ihre Laune offensichtlich bestens war und freute sich darauf, sich von ihr damit anstecken zu lassen. Sein Tag war ziemlich anstrengend gewesen

und er genoss es danach dann immer noch mehr, eine Frau wie Christina zu haben.
„Ich habe Schweinefilet in Rotweinsauce für uns gekocht, dachte, das magst du sicher.“, rief seine Frau ihm irgendwo aus dem Inneren des Hauses zu. Und ob er das mochte. Er zog rasch seine Schuhe aus, hängte seine Jacke an den Haken und beeilte sich in die Küche zu gelangen. Christina rührte gerade die Sauce am Herd um, er trat von hinten an sie heran, schlang seine Arme um ihre Taille und küsste sie auf den Hals. Sie kicherte und ließ ihn die Sauce vom Kochlöffel kosten. Sie schmeckte wie immer herrlich und Franz dachte kurz, wie kitschig sein Leben gerade wirkte. Ein bisschen wie in einer schlechten Liebesschnulze im Sonntagabendprogramm, seicht, platt, aber weh tut sie auch keinem. Nun gut, im Gegensatz zu einer solchen Schnulze gab es bei ihnen schon einiges, was ordentlich weh tun konnte. Aber heute war nicht so ein Tag, um viel darüber nachzudenken. Carpe diem, genieße den Tag und lebe die Gegenwart und vor allem: Lebe! Mit diesen Gedanken deckte Franz den Tisch und setzte sich mit seiner Frau zum betrunkenen Schweinefilet. Als er begonnen hatte zu essen und ihr gerade mitteilen wollte, wie köstlich es wieder einmal war, bemerkte er, dass sie fast nichts anrührte und hauptsächlich darin herumstocherte, um es weniger wirken zu lassen. Offensichtlich war heute doch kein Tag, um nicht darüber nachzudenken.
„Was ist, schmeckt es dir nicht?“, fragte er sie besorgt.
„Naja, heute leider nicht, du weißt, es schmeckt alles irgendwie seltsam, aber gerade heute ist es besonders schlimm. Ich hätte einfach gerne ein schönes Abendessen mit dir gehabt, aber.. Naja, was soll´s. Wird schon wieder. Hauptsache ist, dass es dir schmeckt.“, sagte sie, und sah ihn aufmunternd an, da

ihm die Gabel zwischen Teller und Mund hängen geblieben war. Ihm war der Appetit eigentlich vergangen, aber ihr zuliebe aß er weiter, putzte seinen Teller mit einem Stück Brot blitzblank und ließ sich in seinem Stuhl zurückfallen.
„Mmh, das war wirklich sehr gut, vielen Dank! Aber du hättest ruhig sagen können, dass heute so ein Tag ist. Ich hätte auch am Weg nach Hause etwas essen können, du musst nicht mir zuliebe kochen. Wie war es denn heute sonst? Möchtest du darüber reden?"
„Nein, lassen wir das lieber. Ein anderes Mal. Du siehst heute ziemlich müde aus. Wie war denn dein Tag, erzähl mir lieber davon."
Christina reagierte in letzter Zeit meistens so, wenn er ihr anbot, über das Ganze zu reden. Nichts sagen und totschweigen. Carpe diem ım Arsch. Aber er wollte ihr auch nicht zu nahe treten, jeder hat schließlich seine eigene Art, damit umzugehen und sie wollte zurzeit nun mal nicht allzu viel darüber sprechen. Er verstand es ja auch irgendwie, denn wenn man nicht darüber sprach, war es ja vielleicht auch gar nicht wahr. Irgendwann würde es sich dann nicht mehr vermeiden lassen und man musste wieder darüber sprechen, aber jetzt und heute nun mal nicht, er versuchte es zu akzeptieren. Man kann selbst noch so ein allwissender Psychiater sein, die Probleme im eigenen Leben kann man sich trotzdem nicht weg therapieren, dachte Franz zynisch. Auch wenn manche vielleicht glauben mögen, dass besonders solche Menschen, nämlich jene, die sich gut mit der Psyche und der Seele des Menschen auszukennen meinen, auch besonders reflektiert und quasi selbsttherapiert durchs Leben gehen. So ist es eben meist ganz und gar nicht. Gerade diese Menschen tun sich oft besonders schwer sich mit eigenen Schicksalsschlägen zurecht zu finden und gerade weil sie genau wüssten, was sie ihren Patienten dazu sagen

würden, sind sie sich selbst gegenüber oft erschreckend machtlos. Genauso machtlos fühlte sich Franz in diesem Moment. Er wusste nicht, ob er ihr nun wirklich von seinem Tag erzählen sollte, oder ob er sie doch anschreien sollte, sie solle endlich mit ihm über ihren beschissenen Krebs reden. Doch er besann sich und beschloss, dass es keinen Sinn machte, einen Streit anzufangen. Das Leben war schließlich wirklich viel zu kurz und er mochte eigentlich auch gar nicht darüber reden. Dann würde es schließlich wirklich wahr werden und er hatte große Angst davor. Die Zeit würde noch kommen, er wusste es. Und bis dahin wollte er seine Frau so unterstützen, wie sie es offenbar brauchte. Wenn dies derzeit Totschweigen und Lächeln war, sollte es so sein. Also lächelte er sie an und meinte:

„Es war zwar ein anstrengender, aber ein hoffentlich erfolgreicher Tag."

Sie blickte ihn interessiert an.

„Warum hoffentlich?"

„Nun ja, so genau kann ich das noch nicht sagen. Aber eines kann ich dir sagen und du wirst staunen: Bruno war heute in meiner Praxis!"

Christina schaute ungläubig.

„Was, du meinst DER Bruno? Aber nicht im ernst! Das hat wirklich funktioniert?"

„Ja, aber wir müssen noch abwarten. Er wirkte danach sehr aufgewühlt. Ich bin mir eben noch nicht sicher, ob das eine gute Idee war. Wir müssen alles weitere auf uns zu kommen lassen."

„Also nach dem, was du erzählt hast, glaube ich, dass das schon einmal ein erster Anfang war. Immerhin hast du ihn jetzt einmal kennen gelernt. Das war doch schon ein wichtiges Ziel, so wie ich das verstanden habe?"

„Ja schon, aber für jeden ist eine solch ungewöhnliche Form der Therapie nun mal nicht das Richtige. Deswegen müssen wir abwarten. Morgen Nachmittag hab ich eh wieder Dienst in der Klinik. Schauen wir mal, dann sehen wir eh. “, sagte Franz und trank einen Schluck von dem Rotwein, den das Schweinefilet gnädigerweise für ihn übrig gelassen hatte. Er wollte auch gar nicht zu viel erzählen, schließlich überschritt er sowieso schon alle Grenzen, indem er seiner Frau öfter von seinen Patienten erzählte. Er verwendete zwar immer nur Vornamen, hatte dabei aber trotzdem oft ein schlechtes Gefühl. Er unterlag schließlich einer strengen Verschwiegenheitspflicht und durfte eigentlich gar nichts erzählen. Aber wenn er mit diesen Dingen anfing, wenn er nach einem harten Tag nach Hause kam, lachte ihn Christina nur aus und meinte, er solle nicht den Moralapostel geben. Schließlich sei er auch nur ein Mensch und müsse belastende Dinge genauso los werden, wie alle anderen. Als er darüber nachdachte, sah ihn Christina wieder mit diesem Apostelblick an und meinte:
„Keine Angst, Schatz, ich erzähle es niemandem.“, und hielt sich dann den Zeigefinger vor den Mund, um ihr Stillschweigen zu demonstrieren. Dann lachte sie und meinte:
„Außerdem bin ich ja auch eine nicht minder wichtige Dipl.-Päd., glaubst du wir haben keine Vorschriften?“, und nippte kurz an ihrem Weinglas, verzog das Gesicht und stellte es wieder hin. Durch die heutige Chemotherapiesitzung schmeckte ihr offensichtlich nicht einmal ein Schluck Wein. Das mit dem veränderten Geschmackssinn war nach der zweiten Chemo aufgetreten. Das Gift, das da durch den Körper gepumpt wird, lässt nicht nur Haare ausfallen, sondern auch Speisen entweder nach gar nichts schmecken oder im Gegenteil, besonders intensiv

oder auch nach etwas ganz anderem, als nach dem, was es eigentlich ist. Christina seufzte und schlug vor, den Abwasch auf morgen zu verschieben und noch ein wenig gemeinsam fernzusehen. Ob dieses Carpe Diem nun im Arsch war, oder nicht, mochte Franz heute nicht mehr weiter ergründen und setzte sich zu seiner Frau auf die Couch, lehnte seinen Kopf an ihre Schulter und sah sich mit ihr gemeinsam eine seichte, platte Liebesschnulze an, die heute wirklich niemandem mehr weh tat.

Abwärts.
Heißt es öfter im Leben.
Unvermeidlich.
Man meint, keine Wahl zu
haben.
Bis man seinen Standpunkt
anerkennt.
Der ist.
Nach unten blickend.
Man müsste nur.
Seinen Kopf.
Drehen.

Hertakopf II

Herta hatte das Gefühl, alle Knochen in ihrem Leib wären gebrochen. Die Schmerzen rüttelten sie langsam aus einem sehr tiefen, traumlosen Schlaf. Ihr Kopf dröhnte und fühlte sich in seiner Ganzheit geschwollen und dumpf an. Was ist nur passiert, dachte sich Herta, wo bin ich? Nach wie vor fiel es ihr schwer die Augen zu öffnen und sobald sie es versuchte, blendete sie ein weißes, gleißendes Licht. Bin ich etwa im Himmel gelandet, fragte sich Herta mit Angst im Nacken, denn was wäre, wenn dies nicht der Himmel, sondern... Den Schmerzen nach könnte sie auch in den ewigen Abgründen der Hölle angekommen sein. Herta fragte sich, ob sie allein war oder ob um sie herum geisterartige Wesen hockten, oft sagte man ja, die verstorbenen Verwandten würden einen abholen, auf sie warten, sie beobachten, ihr zuflüstern sie solle doch endlich die Augen öffnen und der Wahrheit und womöglich der schrecklichen, ewigen Verdammnis ins Gesicht blicken. Tatsächlich hörte Herta ein Flüstern neben sich. Sie geriet in eine innere Panik und konnte sich ihrer paranoiden Gedanken nicht erwehren, dachte, es geschieht tatsächlich, ich werde abgeholt, dann gefoltert und wieder gefoltert und wieder... Noch immer traute sich Herta nicht, ihre Augen zu öffnen, geschweige denn ihre, wie es sich anfühlte, geschundenen, gebrochenen und verrenkten Gliedmaßen zu rühren. Das Flüstern wurde lauter, schwoll in ihrem Kopf an, eine tausendstimmig geflüsterte Chorprobe, die Mitglieder des Chors riefen sie scheinbar und wollten, dass sie zu ihnen kommt. Aber Herta wehrte sich strikt dagegen, was sollte sie auch bei denen, so stellte man sich das nun wirklich nicht vor. Die Chorprobe verstummte wieder, als ob jemand den Stecker der Mikrofone gezogen hätte, nun war es nur noch ein normales Flüstern. Herta merkte, dass es nur zwei verschiedene Stimmen waren, die da sprachen, womöglich auch gar nicht mit oder zu ihr, sondern miteinander. Das Flüstern wurde allmählich zu einem Gespräch, es waren zwei weibliche Stimmen, die sich jetzt auch nicht mehr besonders um ein Flüstern bemühten, sondern beinahe normal sprachen, sodass Herta die Worte nun verstehen konnte.

„Die ist eh hinüber, du brauchst nicht zu flüstern, Maria."

„Ja, aber was, wenn sie uns doch hören kann?"

„Die ist so vollgepumpt mit Schmerzmitteln, wenn die was hört, sind es die Engel, die zu ihr singen." Die Person lachte wiehernd auf über diesen, wie sie vermutlich fand, gelungenen Witz.

„Meinst du also nicht, dass sie verlegt gehört? Ich mein, ich will da nicht die Verantwortung tragen.."

„Aber geh, die unten haben ja sowieso keinen Platz für sie, was sollen wir machen."

Die „unten"? Herta lief es eiskalt den Rücken hinab. Hatte sie etwa doch richtig gedacht und sie würde gleich in höllische Abgründe fahren? Aber nein, die Person sagte ja, sie hätten unten keinen Platz. Es gibt wohl zu viele Menschen, die sich die Abfahrt in die Hölle verdient haben. Dieser Gedanke beruhigte Herta etwas, obwohl er im Grunde nach wie vor auf andere Weise beängstigend sein müsste. Aber für so etwas hatte Herta jetzt nun wirklich keinen Kopf.

„Ok, ich nehme mich da aber wirklich raus, das hier ist nicht mein Bier. Wenn du sagst, dass sie für oben passt, dann soll es so sein. Ich halte mich da raus. Bin doch nicht die Mutter Theresa, soll die doch tun was sie meint. Nicht – mein – Bier!"

„Die wird gar nix tun. Vorhin ist sie schon mal ein wenig aufgewacht und hat was geschwafelt von: Wo bin ich, was ist passiert, WER bin ich. Wenn du so auf den Kopf knallst, ist eine Amnesie nicht ungewöhnlich. Ich sag dir, die hat vergessen wer sie ist, in dem Fall hat sie auch vergessen, was sie getan hat bzw. tun wollte und demnach ist das jetzt nur gut für sie, gut für uns, gut für die unten, also eine Wohltat für alle Beteiligten." Die Wiehernde lachte wieder.
„Schwester, kommen Sie bitte kurz, im Gang wäre was aufzuwischen." Ein weiß bekittelter Arzt streckte seinen müden Kopf bei der Tür herein.
Herta hatte aber nach wie vor noch keine Wimper gerührt und war auch schon wieder in einen komaartigen Schlaf gesunken.

Als Herta das nächste Mal zu sich kam, fühlte sie sich schon etwas besser, nicht mehr ganz so benebelt und beschloss, ihre Augen nun wirklich zu öffnen, da derzeit keine Flüsterchöre zu drohen schienen. Das Krankenzimmer war wie erwartet schlicht und kalt eingerichtet. Im Zimmer befanden sich noch weitere Betten, da Herta aber ihren extrem schmerzenden Kopf nicht zu heben wagte, konnte sie nicht erkennen, ob darin jemand lag oder nicht. Über ihr leuchtete ein helles Krankenhauslicht, welches noch immer ein wenig in ihren Augen schmerzte. Die Tür ging plötzlich auf und der weiß Bekittelte schien nun seinen großen Auftritt zu haben.
„Ja das ist aber schön, dass Sie uns mit Ihrer Anwesenheit beehren, Frau Hertz!" Diesmal schien er um einiges besser gelaunt zu sein. Möglicherweise hatte er sich ja ein paar wachmachende Drogen gegönnt, dachte sich Herta, die noch nie ein Vertrauen in weiß bekittelte Menschen entwickeln konnte bzw.

grundsätzlich in die Menschheit, egal ob weiß bekittelt oder nicht.
„Wie geht es Ihnen, wie fühlen Sie sich?“
Der Doktor stand mit einem weisen, erfahrenen Doktorblick vor ihrem Bett und betrachtete ihr Krankenblatt.
„Wie es aussieht, haben Sie die letzten beiden Wochen im Träumeland verbracht, Frau Hertz, die hohe Dosis Schmerzmittel hat Ihren Schlaf natürlich gefördert.“
Träumeland. Ein richtiger Poet, dieser Weißkittel. Herta versuchte etwas zu sagen, brachte aber nur ein leises Krächzen hervor. Der Doktor blickte sie sorgenvoll an und meinte,
„Sie haben bestimmt starke Schmerzen, Sie müssen noch nicht sprechen, Frau Hertz, ich weiß schon, was Sie mir sagen wollen.“
Daraufhin schritt der Doktor zum Kopfende ihres Bettes, wo ein Eisengestell mit einem Tropfbeutel stand, der Schlauch daraus führte direkt in eine Vene ihrer rechten Hand. Bevor Herta noch etwas zum Protest krächzen konnte, aber es zu verstehen sich die Doktorohren grundsätzlich keine Zeit genommen hätten, drückte der Doktordaumen auf einen Knopf, der beim Schlauch angebracht war und Herta spürte nur noch eine wunderbar erleichternde Müdigkeit, die sie überfiel und sie wieder hinfort in ihr Träumeland riss.

Beim nächsten Erwachen war Herta schon vorsichtiger. Sie öffnete die Augen, blickte sich um, kein Weißkitteldoktor und keine Flüsterchöre in Sicht. Sie schloss die Augen wieder, um sich kurz zu sammeln. Sie musste ihre Stimme austesten, nicht dass wieder so ein Träumelandvorfall passierte.
„Eins, zwei, Test.“, krächzte Herta.

„Eins, zwei, nochmal.“, nun schon etwas klarer. Ja, die Stimme dürfte diesmal funktionieren. Herta erinnerte sich an das Flüsterchorgespräch zwischen den beiden Schwestern zurück. Sie wurde also nicht nach „unten“ verlegt. Nun war ihr auch klar, dass damit nicht die Hölle gemeint sein konnte, sondern eine bestimmte andere Station. Die Tür ging plötzlich wieder auf und ein anderer Weißkittel betrat den Raum. Herta erschrak und schloss zur Sicherheit wieder ihre Augen. Dann fiel ihr ein, dass sie besser gleich zeigen sollte, dass sie wieder bei sich war, da er sonst wieder den Knopf drücken und sie wegblasen könnte. Sie riss also ihre Augen wieder auf und begrüßte den neuen Doktor mit einer noch etwas rauen, aber festen Stimme.
„Guten Tag!“
„Grüß Gott, Frau Hertz, wie geht es Ihnen?“
„Der Kopf tut weh, aber ich möchte jetzt einmal ein wenig wach bleiben, hab das Gefühl, ich hab in letzter Zeit genug geschlafen.“
„Das ist ein gutes Zeichen. Nun, da sie wach sind, möchte ich Ihnen ein paar Fragen stellen, wenn es Ihnen recht ist?“
„Ja, natürlich.“
„Können Sie sich erinnern, was passiert ist und warum Sie hier gelandet sind?“
„Nein, leider nicht.. oder vielleicht zum Glück? Ich weiß es nicht mehr. Ich... bin mir sowieso nicht sicher...“
„Wobei sind Sie sich nicht sicher?“
„Egal, Sie denken dann sicher, ich bin verrückt oder so.“
„Das werde ich nicht denken, keine Angst, das hier ist schließlich mein Beruf, Kategorien wie „normal“ oder „verrückt“ gibt es dabei nicht.“ Er lächelte nach diesen Worten, die er offensichtlich nicht einmal selbst ernst nehmen konnte.

Dieser Doktor schien tatsächlich nett zu sein, er lächelte Herta weiter aufmunternd an und setzte sich auf den Sessel neben ihrem Bett.
„Was ist es also, wobei Sie sich nicht sicher sind?"
„Naja.. ich bin mir nicht sicher, wer ich eigentlich bin. Ich habe zwar zwischendurch seltsame Erinnerungen, kann sie aber nicht zuordnen und es macht mir Angst, dass mir auch mein Name nichts sagt, wenn Sie ihn aussprechen."
Der Doktor sah Herta nun wieder weise und erfahren mit seinem Doktorblick an.
„So etwas haben wir schon befürchtet, Frau Hertz, Sie müssen keine Angst haben, dieser Zustand ist nachdem, was Sie erlebt haben völlig normal. Man nennt dies retrograde Amnesie, das heißt Sie erinnern sich an nichts mehr vor dem Unfall und oft kann dies auch die gesamten persönlichen Erinnerungen betreffen. Aber wie gesagt, haben Sie keine Angst, dies legt sich in den meisten Fällen nach einer bestimmten Zeit wieder. Sie haben eine sehr schwere Kopfverletzung erlitten und das Wichtigste für Sie ist derzeit Ruhe und Schlaf. Versuchen Sie sich zu entspannen, Ihre Erinnerung wird früher oder später zurückkehren. Wir werden die Dosis der Schmerzmittel ab heute ein wenig senken um sie langsam abzusetzen, das heißt, dass Sie vielleicht Probleme mit Ihrem Nachtschlaf bekommen könnten. Wenn dies der Fall ist, sagen Sie bitte der diensthabenden Schwester Bescheid, sie brauchen nur auf diesen",
er zeigte auf einen blauen Knopf an ihrem Bett, auf dem ein Strichkrankenschwesterchen abgebildet war,
„Knopf zu drücken und schon ist jemand bei Ihnen, um Ihnen mit einer Tablette das Einschlafen zu erleichtern. Ich komme morgen Früh wieder zur Visite."

Mit dem Nachhall dieses Redeschwalls ließ der Doktor sie allein und ging auf lauten Doktorsohlen wieder hinaus.

In der darauffolgenden Nacht drückte Herta bereits auf das Strichkrankenschwesterchen. Nach ein paar Minuten kam, der Stimme nach zu urteilen, die nicht-wiehernde Krankenschwester des Vortages zu ihr ins Zimmer, Herta freute sich, da ihr die um einiges lieber war als die Pferdefrau.

„Was fehlt Ihnen, Frau Hertz? Können Sie nicht schlafen?"

„Nein, ich habe starke Schmerzen, ich habe gar nicht gewusst, wo man überall Schmerzen haben kann, ein Wahnsinn."

„Das ist nach diesem... Unfall kein Wunder, Frau Hertz, da tut einem nun mal jeder Knochen weh."

„Sagen Sie, ist es wirklich normal, wenn ich mich an gar nichts erinnern kann? Ich meine, ich erinnere mich nicht einmal wirklich an meinen Namen und mein Leben davor. Nur Bruchstücke kommen manchmal, die kann ich aber nicht genau einordnen."

„Ja, nach einem Schädel-Hirn-Trauma ist das normal, sie haben nunmal eine schwere Kopfverletzung erlitten. Die Erinnerung wird schon wieder zurückkehren, da bin ich mir sicher."

Die Nicht-Pferd-Schwester lächelte Herta aufmunternd an.

„Aber ich würde gerne wissen, was nun wirklich passiert ist. Keiner sagt mir was und ich kann mir das hier einfach nicht erklären. Warum liege ich hier?"

Die Nicht-mein-Bier-Schwester druckste ein wenig herum.

„Naja, vielleicht sollten Sie da besser mit einem Arzt sprechen.."

„Nein, ich möchte es jetzt wissen, bitte. Ich habe ein Recht darauf, zu wissen, warum ich mich so schwer verletze! Möchten Sie denn gerne an meiner Stelle hier liegen und alles, woran Sie sich erinnern könnten, wäre ein harter Betonboden?"
„Nein.., hören Sie. Es ist sehr schwierig Ihnen das zu erklären.."
Das Bier der Schwester schien immer mehr Schaum zu produzieren und bald über den Rand zu schwappen. Dabei war es ja gar nicht ihrs. Oder doch? Die Schwester schien plötzlich eine wunderbare Eingebung zu haben, denn ihr Gesicht erhellte sich für einen kurzen Augenblick.
„Also gut, ich sage es Ihnen. Sie sind offenbar aus einem Fenster.. gestürzt, und zwar aus dem dritten Stock. Ihr Glück dabei war, – und damit meine ich wirklich nur Ihr Glück, denn seins war es sicher nicht, – dass Sie am Gehsteig auf einen Mann gefallen sind und ihr Sturz somit gebremst wurde. Wenn Sie auf den blanken Beton gestürzt wären, hätten Sie das hier vermutlich nicht überlebt."
„Oh mein Gott.. ich bin auf einen Menschen gefallen? Wer war das? Wie geht es ihm? Oh bitte, sagen Sie mir, dass ich ihn nicht umgebracht habe!"
„Nein, nein, keine Angst, er lebt. Er liegt zwar noch einige Zeit im künstlichen Koma und hat ebenfalls schwere Verletzungen erlitten, aber er lebt und ziemlich sicher wird er wieder."
„Gott sei Dank. Jetzt kann ich natürlich verstehen, warum Sie mir das nicht sagen wollten. Das ist ja eine schreckliche Geschichte. Kann ich ihn denn sehen? Kann ich zu ihm?"
Die Schwester blickte sie erleichtert an. Das schäumende Bier blieb ihr nun doch sozusagen erspart. Wobei – ein Bier zur Beruhigung wäre jetzt nicht schlecht.

„Noch nicht, Frau Hertz. Er bleibt noch einige Zeit auf der Intensiv. Aber sobald es möglich ist, sage ich es Ihnen. Und jetzt sollten Sie wirklich ein wenig schlafen. Meinen Sie, Sie können von selbst einschlafen?“
„Nach dieser Geschichte sicher nicht. Ich konnte ja vorher schon nicht schlafen und das war jetzt nicht gerade ein gutes Sandmännchen. Könnten Sie mir etwas zum schlafen geben?“
„Natürlich.“
Sie holte aus ihrer Manteltasche ein kleines Fläschchen hervor.
„Nehmen Sie davon gleich zwei, dann schlafen Sie in einer halben Stunde wie ein Murmeltier.“
Sie gab ihr die Tabletten in die eine und ein Glas Wasser in die andere Hand.
„Schlafen Sie gut, wir sehen uns morgen Abend, ich hab wieder Nachtdienst.“
„Vielen Dank, Sie auch. Und ich danke Ihnen, dass Sie mir endlich die Wahrheit erzählt haben.“
Die Schwester schaute auf. Ein Bier wäre jetzt wirklich gut.
„Hab ich gern gemacht. Nun schlafen Sie, bis morgen!“
Die Schwester schloss leise die Tür. Herta blickte auf die Tabletten und das Glas Wasser. Sie führte die rechte Hand zum Mund und trank einen Schluck, stellte das Glas auf den Nachttisch und wurschtelte mit der anderen Hand an der Matratze herum. Sie fand ein kleines Loch und dort steckte sie die beiden Tabletten hinein.

Etwas erscheint unscharf
in deinem Blick.
Du kannst es nicht genau
erfassen.
Du willst wissen warum.
Du willst es schärfen,
erkennen, verstehen und
ausmerzen.
Verständlich.
Aber du willst auch.
Es nicht zu wollen.
Es gar nicht erst sehen.
Denn eigentlich willst du
es.
Nicht.

Doktorkopf II

Als Franz von der Klinik nach Hause fuhr, ahnte er, dass ihn zu Hause nichts Gutes erwartete. Seine Frau hatte ihm bereits zu Mittag eine SMS geschrieben, in der sie ankündigte, dass sie am Abend mit ihm reden müsse. Franz dachte sich, dass nun wohl der Moment gekommen war, wo totschweigen und drumherum reden nichts mehr halfen und sie tatsächlich einmal über den Krebs reden müssten. So richtig hatten sie nämlich noch nie darüber geredet. Als Christina die Diagnose Gehirntumor vor gut einem Monat erhalten hatte, hatte sie ihm dies auch am Abend eröffnet, als er von der Arbeit nach Hause gekommen war. Und sie hatte es genauso wie heute in einer SMS angekündigt. Geredet hatten sie zwar kurz darüber, Franz war schockiert gewesen, denn man erwartet eigentlich nie, dass es einen selbst oder eine so nahestehende Person treffen könnte. In seinem beruflichen Alltag als Facharzt für Psychiatrie hatte er auch noch nicht oft mit der Diagnose Krebs zu tun gehabt, schon eher mit Hypochondern, die sich einbilden alles Mögliche zu haben. Da steht Krebs natürlich hoch im Kurs, weil viel darüber geredet wird und er oft ein Thema in den Medien ist. Da kann man sich schon einmal gut Sorgen machen, wenn man irgendwo ein Knötchen entdeckt, das man bis dahin an seinem Körper nicht kannte. Es ist in solchen Fällen aber meist ein harmloser Lymphknoten oder eine Talgansammlung oder einfach nichts. Solche Patienten waren für Franz ab dem Zeitpunkt der Diagnose seiner Frau sehr schwierig zu betreuen. Als Arzt war man schließlich auch nur ein Mensch und verband manches eben mit seinem Privatleben. Wenn dann ein Patient kam und eine Liste eingebildeter Erkrankungen vorlegte, ertappte sich Franz oft dabei, dass er Gefühle der Verachtung für diesen Patienten entwickelte. Er dachte sich dann, der sollte froh sein, dass er körperlich pumperlgesund ist, anstatt sich ständig Sorgen über Nichtvorhandenes zu machen. Er wusste natürlich, dass dies vom ärztlichen Standpunkt aus gesehen, absoluter Schwachsinn war, denn die Hypochondrie war eben eine andere Form der Erkrankung und das Leiden des Patienten deswegen nicht weniger vorhanden. Aber selbst mit einer schweren körperlichen Erkrankung konfrontiert zu sein, machte es für Franz viel schwerer seinen persönlichen Blickwinkel außen vor zu lassen und den Psychiater zu geben. Die meisten Patienten können sich gar nicht vorstellen, dass man als Psychiater genauso Probleme haben kann, wie sie selbst. Viele psychisch Kranke sehen den Arzt oder das Betreuungspersonal als idealisierte Menschen an, die ein perfektes Leben führen, immer glücklich, immer froh und heiter und mit sich selbst im Reinen. Vielleicht auch deshalb, weil sie, wenn sie den betreuenden Menschen tatsächlich als Menschen mit Problemen und Gefühlen ansehen würden, ihn nicht mehr als helfend erleben könnten, da er ja nichts anderes weiß und fühlt und ist als sie selbst. Jedenfalls dachte Franz das. Oft hatte er Angst einem Patienten gegenüber zu ehrlich zu sein und etwas von sich selbst preis zu geben. Es könnte ja sein, dass der Patient ihn danach nicht mehr ernst nähme. Außerdem wäre es unprofessionell. Aber es war nun mal nicht so, dass Franz als der Herr Doktor immer gleich gut drauf war oder gleich einfühlsam sein konnte, weil ihn schließlich auch Dinge beschäftigten. Immerhin wichtige Dinge, bei denen es um Leben und Tod gehen könnte. Franz befand sich gerade in einem Gefühlsrausch und verachtete plötzlich alle seine

Patienten. Die sollten sich doch alle mal zusammenreißen und eine Ruhe geben. Manche gingen ihm zeitweise wirklich so auf die Nerven, dass er sich tatsächlich bemühen musste, diese nicht vor den Kopf zu stoßen. Man kann ja in einer Sitzung auch nicht immer zustimmen und nicken, sondern muss seinem Gegenüber Konstruktives bieten, das gleichzeitig nicht unbedingt als Kritik ankommen sollte, denn er ist ja da, um den Menschen zu helfen und nicht um sie zu kritisieren. Umso schwieriger wird es, wenn einem der Mensch, dem man eigentlich helfen sollte, in dem Moment, in dem man ihm eigentlich helfen sollte, unsympathisch ist, mit seinen Problemen, mit seinen Störungen und generell als Mensch selbst, der da sitzt und vielleicht Unmenschliches von ihm verlangt, indem er meint, dass er ihn in einer einzigen Sitzung „heilen" könnte. Viele verstehen nicht, dass eine Behandlung, in der die Psyche der zu behandelnde, erkrankte Teil ist, nicht darin bestehen kann, ein paar Tabletten einzunehmen und ein bisschen zu plaudern. Es ist eben viel Arbeit, nicht nur für Franz, sondern vor allem für den Patienten selbst. Franz ist im Grunde als Facharzt für Psychiatrie nicht dafür da, eine Gesprächstherapie durchzuführen. Dafür gibt es Therapeuten und Psychologen. Aber viele der Patienten wollen nicht noch mehr Personen wegen ihres Problems aufsuchen. Sie möchten nicht viel Zeit oder Geld darauf verschwenden, sie möchten ja nur gesund werden. Deswegen bemüht sich Franz in der wenigen Zeit, die er für Patienten hat, auch auf sie einzugehen, da er sie wissen lassen möchte, dass er auch zuhört und nicht nur wild Medikamente verschreibt. Doch das ist den meisten schlichtweg zu anstrengend. Viel reden möchten sie nicht, oft wird nur ein Wundermittel verlangt, um wieder gesund im Kopf zu werden, alles andere wäre ja zu viel Arbeit. Deshalb ist Franz für seinen zweiten Job in der Erforschung von psychischen Erkrankungen in der Klinik dankbar. Dort gibt es Patienten, die wirklich an sich arbeiten möchten. Denn wenn es um Arbeit geht, oder darum, wirklich etwas verändern zu wollen, sind viele Menschen der Meinung, dass ein Arzt ihnen weiterhelfen sollte und nicht sie selbst sich. Wenn sie nämlich dazu gar nicht bereit sind, hat eine Behandlung mit Medikamenten oder eine Gesprächstherapie keinen Sinn. Wenn eine Hand gebrochen ist, möchte man ja auch, dass die Hand heilt. Man schützt sie mit einem Gips, gibt auf sie Acht und schont sie. Der Arzt verabreicht einem den Gips, ein paar Schmerztabletten und meist war es das auch schon. Ein Psychiater ist aber noch viel mehr auf die Unterstützung des Patienten selbst angewiesen. Dieser muss ja grundsätzlich auch bereit sein, den gebrochenen Arm in einen Gips legen zu lassen und darauf Acht zu geben. Genauso muss einer seiner Patienten bereit sein, seine gebrochene Seele wahrzunehmen und auf sie zu achten, an ihr zu arbeiten und sie von innen und von sich aus heilen zu lassen, wenn dies denn überhaupt möglich ist. Menschen, die ihn als Gipsdoktor sehen, der nur ein paar Tabletten verabreicht, kann er meist nicht weiterhelfen. Er verschreibt ihnen etwas und die Wirkung ist meist bald verflogen, so wie der Patient selbst, der nicht wieder kommt und sich den nächsten Gipsdoktor sucht, um sich von diesem weiter „heilen“ zu lassen. Diese verflogenen Patienten lassen ihn dann an seiner Kompetenz zweifeln. Hat er als Arzt versagt, wenn ein Patient nicht mehr wieder kommt und sich den nächsten sucht? Wie in einem billigen Vergnügungsetablissement kommt man sich da vor, ein-, zweimal ausprobiert und wie eine heiße Kartoffel liegen gelassen, verschmäht und ausgelutscht. Aber

Franz bemerkte nun, dass er sich mit diesem Gedankenkreisen zu seiner Arbeit nur von seinem derzeit eigentlichen Problem ablenken wollte, indem er seine schlechte Laune auf die Schwierigkeiten und oft unbefriedigenden Umstände seiner Arbeit projizierte. Dabei kam diese Laune ja von ganz wo anders her und war in Christina's Kopf manifestiert. Der beschissene Krebs saß nämlich darin und lachte sie beide aus. Mit diesem Bild vor Augen fuhr er nun in die Einfahrt und in die Garage hinein. Christina erwartete ihn bereits in der Küche. Sie hatte diesmal nichts gekocht, wie es aussah, denn es stand nur eine Flasche Cognac und ein Glas auf seinem Platz. Das konnte auch wieder nichts Gutes bedeuten. Cognac trank er eigentlich nur, wenn er sich aus irgendeinem Grund beruhigen wollte. Er gab seiner Frau einen Kuss und setzte sich.
„Ok, Christina, was ist los? Ich bin bereit."
Christina schenkte ihm still ein Glas Cognac ein. Es musste noch schlimmer sein als gedacht. Er bereitete sich innerlich auf eine mittlere Katastrophe vor.
„Also, ich habe eine Mitteilung für dich, die beides sein kann: Gut oder schlecht. Im Grunde ist sie eigentlich bereits beides. Eigentlich ist sie gut aber, wenn man dann genauer darüber nachdenkt, könnte sie auch wieder schlecht sein.. oder so. Ich.. weiß nicht genau, wie ich dir das sagen soll. Du wirst dich freuen und dann doch wieder nicht. Du wirst nachdenken und dein Gesicht wird von Freude wieder in erschrockene Traurigkeit fließen. Ich hab es mir heute schon den ganzen Tag vorgestellt...", Christina sprach nicht weiter und senkte den Kopf.
„Nun sag es einfach und lass bitte mich entscheiden von wo nach wo mein Gesicht fließt.", meinte Franz in einem liebevollen Tonfall, dem aber der Unterton der Ungeduld nicht abzuerkennen war.

„Nun ja..“, Christina hob ihren Kopf wieder und sah ihm in die Augen.
„Ich bin schwanger.“
Franz versuchte sein Gesicht zu kontrollieren. Auf diese Nachricht hatte er eigentlich schon zwei Jahre lang gewartet, seit sie wirklich aktiv begonnen hatten, den Liebesakt auch zu Fortpflanzungszwecken zu vollziehen. Sie versuchten schon längere Zeit, ein Kind zu bekommen, doch der Gynäkologe meinte nach einem Jahr des missglückten Versuchens, dass es schwierig werden könnte, da ihre Eizellen seine Spermien nicht wirklich zu mögen schienen und umgekehrt seine Spermien einfach faule Würmchen waren, die sich wenig bewegten. Prozentual setzte der Gynäkologe die Wahrscheinlichkeit, dass sie beide ein Kind bekommen würden auf unter 50% fest, aber sie sollten es nur weiterhin versuchen. Durch die Ereignisse der letzten Zeit hatten sie beide gar nicht mehr daran gedacht, es aber zumindest einmal unbewusst „versucht“, als verzweifeltes Liebesdrama, aufgrund der dramatischen äußeren Umstände. Franz versuchte sein Gesicht weiterhin in einem neutralen Ausdruck verharren zu lassen, schaffte es aber nicht ganz, da es um seine Mundwinkel zuckte. Er freute sich kurz tatsächlich, schließlich warteten sie schon so lange darauf. Innerhalb der nächsten Sekundenbruchteile wurde ihm aber bewusst, was dies zurzeit heißen würde. Sein Gesicht zerfloss zwar nicht, da er es so gut wie möglich zu steuern versuchte, aber das Zucken um die Mundwinkel verflog und wich einem traurigen Ausdruck in den Augen und dem krampfhaften Versuch, die Mundwinkel nicht nach unten fließen zu lassen. Seine Frau sah ihn mit demselben Ausdruck an und er nahm ihre Hand. Was bedeutete es nämlich mit Krebs im Kopf schwanger zu sein? Jedenfalls nichts Gutes für mindestens eines der

beiden Leben. Eine Chemotherapie wäre mit einem Kind im Bauch nicht mehr durchführbar, mit einem Krebs im Kopf jedoch zumindest für Christina notwendig, damit der Tumor kleiner bzw. nicht mehr größer und somit operabel werden würde. Franz konnte die Ironie des Lebens in diesem Moment nicht fassen. Warum gerade jetzt, warum nicht schon vor einem Jahr und warum überhaupt dieser Krebs? Er fühlte sich auf grauenhafte Weise auserwählt, vom Leben und vom Tod gleichermaßen verarscht und ausgelacht. Christina schob ihm das Glas Cognac hin und er trank es in einem Zug leer. Aber die wohlige Wärme, die sich nun in seinem Gemüt auszubreiten begann, half ihm nicht über diese folgenschwere Mitteilung hinweg. Er hielt die Hände seiner Frau in seinen und sah sie an. Christina lächelte mit traurigen Augen. Franz überlegte kurz, was seine Frau jetzt wohl dachte und sagte,

„Dir ist schon klar, dass wir dieses Kind jetzt nicht bekommen können. Zumindest du würdest dabei sterben, wenn nicht ihr beide. Einen von euch möchte ich aber behalten. Und das bist natürlich du."

Christina lächelte noch immer traurig weiter und Franz wusste nun genau, was sie dachte.

„Ich muss sowieso sterben, irgendwann wir alle und ich vermutlich um einiges früher als viele andere. Die Ärzte sagen, dass ich, wenn der Tumor durch die Chemo nicht operabel wird, und dieser Fall ist nicht unwahrscheinlich, noch höchstens ein bis zwei Jahre leben werde. Wenn ich die Chemo jetzt abbrechen würde, könnte ich vielleicht noch 6 bis 8 Monate leben und das Kind käme mit ein wenig Glück gesund zur Welt. Wenn ich das Kind jetzt abtreiben lasse, die Chemo weiter führe und sie im Endeffekt aber nichts bringt, ist noch ein Leben zusätzlich drauf gegangen und das vollkommen umsonst."

„Ja, aber du hast eine reelle Chance zu überleben, wenn die Chemo anschlägt und du dich operieren lassen kannst. Du kannst nicht wissen, ob sie wirkt! Du musst es doch versuchen!“ Franz schrie beinahe und schluckte die Tränen hinunter, die aufgrund der allzu realistischen Ausführungen zum Leben oder Tod seiner Frau, in seine Augen getreten waren. Seine Frau lächelte noch immer auf die selbe Art und Weise, da sie genau gewusst hatte, wie Franz darauf reagieren würde. Franz ahnte nun, dass sie von dieser vorgefassten Meinung nicht abzubringen war. Aber er hatte dabei wohl auch noch ein Wörtchen mitzureden.
„Du kannst dich doch nicht aufgeben! Das werde ich nicht zulassen! Das Wichtigste ist jetzt, dass du gesund wirst und nicht mehr, dass wir ein Kind bekommen. Hörst du? Du wirst nicht dein Leben für das des Kindes opfern. Das wäre doch glatter Selbstmord und du hättest genau gar nichts davon. Doch natürlich, du hättest davon den Tod, aber das willst du ja offenbar!“ Franz war in Rage, er konnte sich nicht mehr beherrschen. So hatte er sich das erste Mal des tatsächlichen Darübersprechens nicht vorgestellt. Er wusste nicht, was er noch sagen konnte, ohne dass das Gespräch in einen Streit abdriften würde. Das wollte er nun auch wieder nicht, weil er ja eigentlich eine Stütze für seine Frau sein wollte und nicht jemand, der ihr Vorwürfe machte und sie mit ihrem eigenen Tod konfrontierte. Was sie selbst zwar genauso tat, aber das war nun doch etwas anderes. Franz fuhr sich mit beiden Händen durch die Haare und stützte sich mit seinen Ellbogen auf dem Tisch ab. Seine Frau umfasste zärtlich seinen Unterarm. Franz sah sie an.
„Ich will nicht, dass du stirbst. Alles andere ist mir egal, verstehst du! Ich will, dass DU lebst.“, sagte Franz und sah sie flehend an.

„Ich weiß.“, sagte sie nur, kam zu ihm herüber, setzte sich auf seinen Schoß und umarmte ihn. Franz konnte nicht mehr anders und weinte los. Er heulte an der Schulter seiner Frau, mit ihr auf seinem Schoß. Er spürte ihr Gewicht auf ihm und ihre Hände, die über seinen Rücken strichen.

Später, als sich Franz beruhigt hatte, versuchte er nochmals auf sie einzureden und sie zu überzeugen, doch bitte um ihr eigenes Leben zu kämpfen. Sie meinte nur, dass eine weitere Diskussion heute zu nichts mehr führen würde, sie müsse selbst noch über alles genau nachdenken und könne es heute aber nicht mehr. Franz war irgendwie erleichtert, da dies zumindest hieß, dass sie noch darüber nachdachte und es anscheinend und hoffentlich doch noch nicht fix entschieden hatte. Die nächste Chemo wäre in zwei Wochen, so lange war noch Zeit über die ganze Sache nachzudenken. Für Franz war die Sache zwar klar, aber er konnte sie schließlich nicht daran hindern, darüber nachzudenken. Er konnte schwerlich in ihren Kopf einsteigen und ihren Verstand dazu zwingen, vernünftig zu sein. Und überhaupt, wenn er da einsteigen könnte, würde er dem Krebs höchst selbst einen gehörigen Tritt in seinen Arsch verpassen und ihn aus dem Kopf seiner Frau raus komplementieren. Mit solchen und ähnlichen Gedanken setzte sich Franz mit seiner Frau im Arm auf die Couch. Fernsehen wollte heute keiner der beiden mehr, denn heute würde sogar eine seichte Liebesschnulze einfach nur weh tun, da einem perfekte Leben vorgegaukelt wurden, deren riesiger Schnulzschatten sich auf sie legen würde. Der würde sie beide versuchen zu verschlingen und sie als zerflossen melancholisch, in Selbstmitleid beinahe ertrinkend wieder ausspucken. Dies wollte wirklich keiner von ihnen, die Realität genügte und verschlang sie beide bereits mit Haut und Haaren. Franz beschloss stattdessen wieder einmal den kleinen Holzofen in Betrieb zu nehmen, den sie im Wohnzimmer stehen hatten. Sie starrten gemeinsam in die Flammen und sprachen lange Zeit einfach gar nichts. Da sie sich entschlossen hatten, heute nicht mehr über das zentrale Thema zu sprechen, es aber in beiden Köpfen weiter arbeitete, war dies auch schwierig. Also saßen sie nur da und hielten sich umschlungen. Irgendwann wurde Franz das zu viel, denn auch ein Schweigen kann oft sehr laut sein. Also räusperte er sich und blickte seine Frau an.

„Wie wär's, wenn ich dir heute wieder etwas von meinem Tag als ach so wichtiger Psychiater erzähle?“

Seine Frau lächelte erleichtert, auch ihr schien es zu laut geworden zu sein in diesem allzu stillen Raum, in dem nur das knisternde Holz, das stetig im Ofen niederbrannte, ein Zeichen dafür war, dass die Zeit trotz allem weiter verstreicht und unaufhaltsam fortschreitend ihre beiden Leben mit sich reißt. Deswegen wartete sie nicht länger mit einer Antwort und meinte gleich:

„Ja bitte, ich bin gespannt.“

„Also, ich war ja heute in der Klinik. Und da hab ich eine besondere Person kennengelernt. Du darfst raten, wer es sein könnte.“

„Aha.., nun ja, Bruno kann es nicht sein, den kennst du ja schon. Wenn es damit zu tun hat, dann kann es eigentlich nur... Herta sein?“

„Bingo. Heute habe ich tatsächlich Herta kennengelernt. Es war fast so etwas wie ein Durchbruch. Das wäre bisher noch nicht möglich gewesen, cr hat mir immer nur von dem erzählt, was mit ihr passiert ist. Aber noch nie hatte jemand die Chance, mit ihr zu sprechen.“

„Ja gratuliere, mein kleiner Superdoktor.“, sie küsste ihn auf die Schläfe.
„Naja, mein Verdienst war das ja eigentlich nicht. Er macht das ja selbst, ich kann da nur mitwirken und versuchen meine Rolle gut zu spielen. Ich werde noch ein Schauspieltalent und du kannst mich dann bald am Broadway bewundern.“, Franz lachte kurz, Christina lachte mit und dies tat so richtig gut. Plötzlich wurde Franz wieder ernst und meinte,
„Nein, also zum Lachen ist das Ganze eh nicht. Aber es ist sehr spannend und ich kann nur hoffen, dass unser Vorhaben funktioniert. Er ist wirklich gut dabei und arbeitet so gut mit. Einen solchen Patienten habe ich noch nie erlebt, er ist mir tatsächlich richtig sympathisch. Unter anderen Umständen hätten wir beide Freunde werden können. Wenn einmal eine Auflockerung notwendig ist, sprechen wir manchmal über Bücher und Filme, über Gott und die Welt. Dabei verstehen wir uns immer richtig gut, solche Gespräche habe ich selten mit jemandem. Es ist wirklich interessant, dass sich das Ganze jetzt so entwickelt. Ich hoffe, dass es funktioniert und er damit Fortschritte erzielt. Die Erkrankung strengt ihn so sehr an, ein gesunder Mensch kann sich das gar nicht vorstellen.“
Franz merkte, dass er mit den Worten Erkrankung und gesund wieder einen Nerv bei sich selbst getroffen hatte. Er wusste nicht, ob es seiner Frau auch so erging, sie sah ihn eigentlich nur interessiert an. Wieder in der eigenen Realität angekommen, starrte er ins Feuer. Nach einer Weile sagte seine Frau,
„Aber du kannst doch mit ihm befreundet sein. Zumindest nach der Therapie.“
Franz, der schon wieder in ganz anderen Sphären schwebte, musste sich kurz besinnen, wovon seine Frau nun sprach und meinte dazu,

„Aber das wäre doch einfach nur unprofessionell. Dann bin ich der Arzt, der sich mit seinen ehemaligen Patienten befreundet. Und überhaupt, darüber kann ich zu diesem Zeitpunkt noch nicht nachdenken. Jetzt spielt sich das Ganze noch auf einer Ebene ab, die sehr heikel und unsicher ist. Ich muss versuchen, ihn erst mal auf die sichere Seite zu bringen, um ihn nicht wieder an sich selbst zu verlieren. Das bedeutet noch jede Menge Arbeit für uns beide."
„Herr Doktor, du wirst das schon machen. Ich bin jedenfalls stolz auf dich, dass du so etwas mit ihm versuchst." Sie gab ihm einen Kuss und Franz musste gleich danach gähnen. Christina lachte,
„Aha, so spannend bin ich also für dich?"
Franz schlug sich die Hand vor den Mund. Er hatte gar nicht gemerkt, wie müde er geworden war. Krebs macht wohl müde, dachte sich Franz und meinte zu seiner Frau,
„Du weißt, wie spannend du immer für mich sein wirst. Aber jetzt bin ich einfach nur müde."
Christina breitete sich daraufhin auf der Couch aus, zog ihn zu sich, zog beiden die Kuscheldecke über und kuschelte sich an ihn. So schliefen sie am prasselnden Feuer auf der Couch ein. Tragische Umstände erfordern nun manchmal kitschige Maßnahmen, um die Tragik halbwegs zu kaschieren und sie so wieder zu etwas Erträglichem zu machen.

Türen sind zum Öffnen da.
Oder zum Schließen.
Türen schließen oft etwas
aus.
Oder ein.
Kälte, Wärme.
Böses, Gutes.
Gutes einzulassen fällt
oft schwer.
Denn nicht hinter jeder
Tür
verbirgt es sich.

Brunokopf III

„Junge, das ist ja fast nichts gewesen, du musst da viel rein geben!"
Sagte Brunos Mutter, nachdem er in einen Kübel Wasser einen Schuss Reinigungsmittel geschüttet hatte. Sie nahm ihm die Flasche aus der Hand und leerte fast den halben Inhalt in den Kübel.
„So, da kann man schon ordentlich was rein tun."
Bruno verstand als Kind nicht genau, warum seine Mutter immer so viel Reinigungsmittel brauchte. Oder warum sie ihn oft so lange wusch, bis seine Haut ganz rot wurde. Er verstand auch nicht, warum sie in diese kleine Stadtwohnung umziehen mussten. Sie hatten es alle drei gemeinsam in ihrem schönen großen Haus am Land so gut gehabt, mit der großen Wiese und dem Baumhaus in der Birke hinter dem Haus, das ihm sein Vater eigenhändig gebaut hatte. Er wollte so gerne wieder dorthin zurück. Aber das war nicht möglich, sein Vater hatte das Haus schon verkauft und sich selbst davon gestohlen. Bruno wohnte ab seinem zehnten Lebensjahr mit seiner Mutter in dieser kleinen Stadtwohnung, die sein Vater ihnen noch um einen kleinen Teil des Geldes, das er für das Haus bekommen hatte, gekauft hatte. Also wuchs Bruno fortan mit einer Mutter auf, die eine halbe Flasche Reinigungsmittel für das alltägliche Bodenwischen brauchte. Zu der Zeit, als sie es noch schaffte, die Wohnung zu verlassen, gingen sie manchmal gemeinsam in den Park, der sich gleich um die nächste Häuserecke befand. Dies war eine schöne Zeit für Bruno, sie spielten dann Ball oder Abfangen, lagen gemeinsam auf einer Picknickdecke und suchten in den Gebilden der Wolken nach fantastischen Figuren.

Von den gelegentlichen Bodenwischeskapaden und dem damals noch halbwegs erträglichen Sauberkeitswahn seiner Mutter mal abgesehen, war sie eine liebe Frau. Sie kümmerte sich liebevoll um ihren Sohn, der es ihr mit Gehorsam und Artigkeit dankte. Bruno vergötterte seine Mutter, sie war ja schließlich alles, was er noch hatte. Nachdem sie in die Stadt gezogen waren, hatte Bruno natürlich auch seine Schule wechseln müssen und hatte somit die paar Freunde, die er bis dahin gehabt hatte, verloren. Nach der Trennung seiner Eltern und dem Wechsel des Wohnortes fiel es Bruno sehr schwer in seiner neuen Schule Kontakte zu knüpfen. Es schien ihm sinnlos, so wie fast alles im Leben, eine große Traurigkeit umgab ihn und jeder Mitschüler, der sich ihm auf irgendeine Weise nähern wollte, wurde abgeblockt und stehen gelassen. Bruno galt schon bald als Sonderling und als seine Aura der Traurigkeit sich wieder ein wenig zu lichten begann, hatte er die Chance auf neue Freunde in der bereits blockierten Umgebung vertan. Seine Mitschüler hänselten ihn, es verging beinahe kein Schultag an dem Bruno sich nicht auf irgendeine Art und Weise gequält fühlte. Er begann seine Mutter als seine einzige Verbündete zu sehen und blickte zu ihr auf, wie es für die normale Entwicklung eines Kindes schon unnatürlich war. Er beschäftigte sich durch die Erkenntnisse aus dem Religionsunterricht auch mit der Geschichte von Jesus und seiner geliebten Mutter Maria. Seine Mutter war für ihn eine Heilige, so wie es die Jungfrau Maria für Jesus gewesen sein musste. Er fragte sich oft, wie Jesus wohl aufgewachsen war, ob er auch als Sonderling gehänselt wurde, weil er ja so viele außergewöhnliche Fähigkeiten besaß. Doch es war ja in der Bibel niemals großartig die Rede von einem 10-jährigen Jesus oder einem Teenagerjesus, diese Geschichte wurde wohl mit vielen Hinter-

gedanken bewusst nicht zum Thema gemacht. Bruno sah sich selbst manchmal als Kind mit vielen verkannten Fähigkeiten, so viele Talente und kein Mensch konnte sie als solche erkennen. Eines Tages wollte er den anderen in seiner Klasse seine Fähigkeiten beweisen, in dem er in der Pause begann alle Sessel mit einer Möbelpolitur zu reinigen, er hatte diese zu Hause extra heimlich in seiner Schultasche verschwinden lassen. Er wollte allen zeigen, wie wunderbar sauber er alles machen konnte, so wie seine Mutter es ihm zeigte. Sie lobte ihn immer für seine Genauigkeit und seine Ordentlichkeit und nannte ihn oft ihren Mr. Blitz, weil immer alles blitzblank war, wenn er es geputzt hatte. Wenn die heilige Mutter dieser Meinung war, mussten es doch auch alle anderen sehen können, er musste sich nur anstrengen und seinen besten Mr. Blitz zur Geltung bringen. Als er mit der Hälfte der Sessel fertig war, kamen die anderen von der Pause wieder in die Klasse zurück.
„Wäh, was stinkt hier denn so?“, ätzte gleich das erste Kind, das in das Zimmer trat, das vom beißenden Geruch der Politur erfüllt war.
„Was macht der denn da? Putzt der? Jetzt haut´s ihm wohl die letzten Tassen raus!“
Die Sessel waren zwar blitzblank, aber Mr. Blitz konnte sich nicht darüber freuen, da die gesamte Klasse ihn auslachte. Er konnte die Welt nicht mehr verstehen, da wollte er ihnen etwas Gutes tun und außerdem zeigen, wie außergewöhnlich schön er putzen konnte und erntete nur Spott und Häme. Nach diesem Vorkommnis begann Bruno seine Fähigkeiten und Talente zu hinterfragen.
Seine Mutter hinterfragte zu dieser Zeit nicht mehr viel, da sie aus dem Putzen, Entstauben, Wischen, Polieren und dergleichen nicht mehr herausfinden konnte. Die Parkbesuche wurden immer seltener bis

sie Bruno nur noch allein in den Park schickte, da sie einfach keine Zeit dafür hätte. Sie verlor ihre Arbeit, da sie laut Personalchef zu häufige Krankenstände aufwies und so für die Firma nicht mehr tragbar war. Dies versetzte ihr den letzten Stoß in das Gefängnis der eigenen, unnatürlich sauberen Wohnung und sie verließ diese gar nicht mehr. Sie schickte Bruno zum Einkaufen, zur Apotheke, und ebenso in den Park, da sie meinte, er könne sich ja dort mit anderen Kindern treffen und spielen. Bruno ging nach der Aufforderung doch mal wieder in den Park spielen zu gehen aber nie dorthin. Er mochte nicht ohne seine Mutter dort sein und die anderen Kinder würdigten ihn sowieso keines Blickes, da er der seltsame Sesselputzer war, mit dem keiner etwas zu tun haben wollte. Er wollte schließlich auch mit keinem der Kinder mehr etwas zu tun haben und ging in den Parkzeiten in einen Waschsalon, wo er Stunden damit zubrachte, Wäsche beim Sauberwerden zu beobachten. Er begann sich ein wenig dafür zu hassen, dass er anders war, als die anderen Kinder. Seit der Sesselputzaffäre war ihm dies schmerzlich bewusst geworden und so wurde aus dem verkannten Jesus ein einsamer Junge, der meinte sich damit abfinden zu müssen, dass ihn so wie er war, kein anderer mögen würde außer seine Mutter. Die war aber meist so mit sich selbst und ihrem Sauberkeitswahn beschäftigt, dass sie sich nicht mehr um ihn kümmern konnte und Bruno zog sich mehr und mehr in sein Inneres zurück. Er half seiner Mutter oft bei den zwanghaften Reinigungsarbeiten. Bevor dies aber geschehen konnte, musste er selbst in die Badewanne und gründlich abgeschrubbt und desinfiziert werden, sonst hätte es laut seiner Mutter keinen Sinn gehabt, ihr bei den Arbeiten zu helfen, da er ja selbst von draußen so verschmutzt war. Rot wie ein Krebs stieg er dann aus der Wanne und durfte ihr einige Zeit helfen, worüber er sich freute, da dies die einzige Möglichkeit war, Zeit mit seiner Mutter zu verbringen. Sie fragte ihn dann manchmal, wie es in der Schule gewesen war und er antwortete stets, dass alles in Ordnung wäre und er viele Freunde hätte, weil er wusste, dies würde sie glücklich machen, da sie dann jedes Mal zufrieden lächelte, was selten vorkam. So vergingen die Tage seines zehnten Lebensjahres, er half seiner Mutter immer mehr, ging selbst nur noch um zur Schule zu gehen oder Besorgungen zu machen nach draußen und war bereits gleich wie seine Mutter besessen vom immer gleichen Ablauf der Reinigung der Wohnung. Es fing damit an, den nicht vorhandenen Staub von allen Möbeln und Gegenständen zu wischen. Die ebenfalls nicht vorhandenen Spinnweben wurden in allen Ecken der Wohnung gesucht und die verdächtigen Ecken wurden zur Sicherheit auch von den nicht vorhandenen Spinnweben gereinigt, in dem er mit einem Staubwedel in die Ecke wedelte. Wenn dies erledigt war, wurden alle Kästen, Regale und was sich sonst noch in der Wohnung befand, von ihrem Inhalt befreit und mit Wischtuch und Putzmittel sauber gewischt. Danach wurde alles wieder fein säuberlich eingeräumt, mit Ordnung und System, oft nach Größe oder wenn möglich nach Alphabet sortiert. Daraufhin folgte ein allgemeines Möbelrücken, alle Möbel wurden von ihrem ursprünglichen Platz weggeschoben, um auch den, wie auch hier natürlich nicht vorhandenen Schmutz darunter entfernen zu können. Der Staubsauger wurde hervorgeholt und alle Räume wurden feinsäuberlich damit gesaugt, nach dem Zurechtrücken der weggeschobenen Möbel natürlich auch an den Stellen, die von den zuerst verrückten Möbeln wieder befreit wurden. Wenn dies erledigt war, folgte das Aufwischen, inzwischen mit einer ganzen Flasche Reinigungsmittel pro

Wischvorgang, deren Dämpfe einem bei den ungelüfteten Räumen einen gehörigen Schwindel bereiten konnten. Nachdem die Böden aller Räume gewischt und poliert waren, waren noch das Badezimmer und die Küche an der Reihe, die von oben bis unten bis zum nächsten Schwindel geschrubbt und gewischt wurden. Danach folgten noch die Fenster und Türen, sowie das Polieren aller Holzmöbel mit der bereits bekannten Politur. War dies beendet, könnte man glauben, dass dann eine Phase der reinen Benutzung der nun so frischen und wunderbar glänzenden Wohnung folgen müsste. Aber das war nicht im Plan mit inbegriffen. Der Plan musste von neuem durchgeführt werden, angefangen mit dem obligatorischen Staubwischen, immer und immer wieder. Von den Dämpfen der vielen Reinigungsmittel, die Bruno mindestens jeden zweiten Tag einatmete, begann er immer mehr zu husten und entwickelte asthmaartige Anfälle, die er aber kommentarlos hinnahm und unbeachtet ließ. Als diese Anfälle begonnen hatten, wurde es für seine Mutter zur Angewohnheit, sich immer öfter in ihrem Schlafzimmer einzuschließen. Sie wollte nicht mehr am üblichen Putzplan teilnehmen, auch wenn Bruno sie noch so sehr darum bat. Sie meinte, er könne dies schon so gut alleine machen, sie müsse sich hinlegen und überlasse ihm den Putzplan. So war Bruno jeden Tag durchgehend beschäftigt, kam von der Schule nach Hause, kochte sich und seiner Mutter ein Fertiggericht, denn sie kam zu selten aus ihrem Zimmer, um etwas für ihn vorzubereiten und putzte bis er müde in sein Bett fiel. An den Wochenenden hielt er meist auch den Putzplan ein, ging nur manches Mal außer Haus, um kurz im Waschsalon beim Anblick sauber werdender Wäsche zu entspannen.

Eines Tages kam seine Mutter gar nicht mehr aus ihrem Zimmer. Er klopfte und klopfte, aber alles, was zu hören war, war das Ticken der großen Wanduhr über der Tür. Da sie schon öfter einige Stunden durch geschlafen hatte, ohne zu reagieren, kümmerte sich Bruno zuerst nicht großartig um dieses Problem. Er ging abends wie immer zu Bett und dachte sich, dass seine Heilige Mutter sicher einfach nur müde war, sie war ja schließlich auch schon nicht mehr die Jüngste, fast 40! Für Bruno war dies die beste Erklärung und er legte sich schlafen. Am nächsten Tag war noch immer kein Laut aus dem Zimmer seiner Mutter zu hören. Bruno begann diesen Umstand nun doch komisch zu finden, er hämmerte lautstark an die Tür und rief sie, aber nichts regte sich im Mutterzimmer. Da er zur Schule musste, beschloss er, dass er seinen üblichen Tagesablauf nicht verändern durfte, seine Mutter würde das sicher auch so wollen und so ging er einfach zur Schule, was blieb ihm schon anderes übrig. Nach der letzten Stunde lief Bruno schneller heim als sonst, obwohl dies seinen üblichen Ablauf um ein paar Minuten verkürzte, aber die Sorge um seine Mutter ließ ihn das übersehen. Erneut hämmerte er an die Muttertür, im Mutterzimmer regte sich kein einziger Laut, Bruno schrie und weinte. Als er vor lauter Anstrengung erschöpft an der Tür entlang zu Boden sank, kam ihm der Gedanke, dass sich seine Mutter verletzt haben könnte. Was, wenn sie hilflos am Boden lag und sich aus irgendeinem Grund nicht bemerkbar machen konnte? Gerade hatten sie in der Schule einen Vortrag über Erste Hilfe gehabt und da kamen viele schlimme Dinge, Verletzungen und Krankheiten vor, bestimmt gab es auch eine Nicht-Rühren-Können-Krankheit, sie konnte alles hören, sich aber nicht bewegen oder sprechen, ja das musste es sein! Bruno war ganz aufgeregt und überlegte, wie er ihr jetzt am besten helfen konnte. Die Erste Hilfe würde ja so funktionieren, dass als allererstes die Rettungskräfte informiert wurden, erst danach sollte man sich weiter um die verletzte Person kümmern. Aber Mutter würde bestimmt böse werden, wenn er fremde Menschen in die Wohnung ließ, monatelang hatten sie keinen Besuch mehr gehabt, er durfte nicht einfach jemanden reinlassen. Seine Mutter würde dann sicher wissen, was zu tun war, er musste nur irgendwie die Tür aufbekommen. In einem Film hatte Bruno einmal gesehen, wie sich die Polizeibeamten einfach gegen die Tür warfen und diese fiel schon aus dem Schloss. Aber der erste Versuch, das ebenso tun zu wollen, bereitete ihm schon starke Schulterschmerzen, also beschloss er, dass es auch eine andere Lösung geben musste. Er holte die alte Werkzeugkiste seines Vaters aus dem Keller, die er ihnen für „Notfälle", wie dieser es nannte, als er sich für immer verabschiedet hatte, hinterlassen hatte. Bruno dachte sich, ein größerer Notfall als dieser würde wohl nicht so schnell daher kommen und fand unter den Werkzeugen eine Brechstange. Im Werkunterricht hatte er so etwas schon einmal gesehen, der Lehrer hatte gemeint, damit könne man sehr gut festgenagelte Bretter wieder lösen, also müsste das ja auch bei Türen klappen. Bruno konnte es kaum fassen, dass ihm der Schulunterricht in dieser Situation nun schon tatsächlich zum zweiten Mal nutzte. Immer hatte er geglaubt, dass er dieses Zeug, das er da lernte ja sowieso nie nutzen konnte, außer die Erkenntnisse aus dem Religionsunterricht, die ihn ja wirklich interessierten. Zum Glück hatte er die Gabe, sich beim Zuhören so ziemlich alles merken zu können, ob er nun wollte oder nicht. Er musste für Prüfungen eigentlich nie lernen, da er den notwendigen Stoff bereits im Kopf hatte. Manches wollte er gar nicht da drin haben, aber er konnte nicht anders.

Und so nahm Bruno also das bereits bekannte Brecheisen und schob den schmalen Schaft zwischen Tür und Rahmen. Bevor er mit einem Hammer auf das Ende der Stange schlug, rief er, „Mutter, ich komme!“, um sie zu warnen, da er nicht wollte, dass sie erschrak. Er hämmerte und zerrte und zog an der Stange, die Tür knarrte und knackste, aber das ganze Unterfangen war gar nicht so einfach, besonders nicht für einen 10-jährigen Jungen. Nach vielen Versuchen knackste der Rahmen noch einmal laut und die Tür ging auf, ein Teil vom Türstock fiel zu Boden und Bruno tat es ihm gleich, da er vor lauter Anstrengung kaum mehr stehen konnte. Nachdem er wieder ein wenig zu Atem gekommen war und den Kopf hob, sah er, dass seine Mutter ganz normal auf ihrem Bett lag, eingehüllt in ihre Decke. Also konnte es ja gar nicht so schlimm sein, sie war nicht umgefallen oder lag bewegungs- und sprechunfähig wie ein Käfer auf dem Boden. Erleichtert ging er zum Bett, setzte sich auf die Seite und berührte sie an der Schulter, da er sie wachrütteln wollte, nun musste sie ja aufwachen. Als er die Hand auf ihre nackte Schulter legte, bemerkte er, wie kalt sie war. Sie musste frieren, dabei war es ja gar nicht kalt in dem Zimmer. Da sie von ihm abgewandt lag, drehte er sie auf den Rücken, um sie besser ansprechen zu können, damit sie endlich aufwachte. Da bemerkte er, dass ihre Augen offen standen. Sie starrte ihn an und sagte nicht einmal ein Wort, dass sie schon munter war. Kurz lächelte Bruno erleichtert. Dann erschien ihm die Situation doch etwas seltsam, ihre Augen sahen ihn zwar an, aber sie schienen durch ihn hindurch zu sehen. Auf dem Nachtkästchen neben dem Bett lag eine Packung Tabletten, sie war leer. Bruno überlegte, was hatten die bei dem Erste Hilfe Vortrag noch einmal gesagt? Als erstes Puls und Atmung kontrollieren. Er nahm das kalte Handgelenk seiner

Mutter zwischen Daumen und Zeigefinger, so wie er es in dem Film während des Vortrages gesehen hatte und versuchte, den Puls zu erfühlen. Er fühlte gar nichts, wusste aber nicht, ob das nun gut oder schlecht war, oder was er denn eigentlich fühlen sollte. Um die Atmung zu kontrollieren, hielt Bruno seine Hand vor die Nase seiner Mutter. Da musste man doch eine Art Luftzug spüren oder so etwas. Bruno spürte gar nichts. Aber die Augen seiner Mutter waren noch immer offen, sie sahen ihn ja an, wie konnte das denn gehen, wenn sie... Bruno stand auf und wich einen Schritt zurück. Er drückte sich gegen die kalte Wand hinter ihm, genauso kalt wie die Haut seiner Mutter und rutschte an der Wand entlang hinunter auf den Boden. Er schlang die Arme um seine Knie, und sah auf den Boden. Was sollte er jetzt tun? Nach einiger Zeit fiel ihm ein, dass er heute seinen Putzplan noch gar nicht begonnen hatte, es musste höchste Zeit sein. Er schwang sich mit neuem Elan auf, um dort weiter zu machen, wo er am Vortag zu putzen aufgehört hatte.
Nach dem zur Hälfte durchgeführten Putzplan ging Bruno noch einmal in das Zimmer seiner Mutter. Irgendwie roch es ein bisschen streng, er konnte aber nicht sagen, was es war. Als er näher zu ihr ging, bemerkte er, dass der schlechte Geruch von ihr aus ging. Nach wie vor starrte sie ihn mit ihrem leeren Blick an und Bruno war dies so unheimlich, dass er sich noch einmal zu ihr setzte und vorsichtig ihre Augen schloss. Sie wollte ja anscheinend jetzt für immer schlafen, und dafür musste man schließlich seine Augen geschlossen halten. Als dies erledigt war, stand Bruno auf und beschloss nun etwas gegen den strengen Geruch seiner Mutter zu unternehmen. Er holte einen Eimer und entleerte darin mindestens eine halbe Flasche Reinigungsmittel, so wie er es von seiner Mutter gelernt hatte. Er ließ heißes Wasser

hineinlaufen, nahm einen Waschlappen aus dem Schrank und setzte sich damit wieder an das Mutterbett. Er zog ihr das Nachthemd aus, dies schien ihm eigentlich gar nicht seltsam, schließlich hatte er sie im Bad oft nackt gesehen, und begann sie von oben bis unten zu waschen, genau so wie sie ihn oft gewaschen hatte. Er schrubbte einfach drauf los und war stolz darauf, dass er seine Sache so gut machte, schließlich musste er dafür sorgen, dass es in der Wohnung sauber und gut duftend blieb. Die Haut seiner Mutter wurde zwar komischerweise nicht rot, so wie seine immer, wenn sie ihn auf diese Weise wusch, aber der Geruch wurde jedenfalls besser. Nachdem er sie abgetrocknet hatte, zog er ihr ein frisches Nachthemd an, deckte sie wieder zu und verließ zufrieden das Zimmer. Er wusste, dass er jetzt sehr gut geputzt hatte, da es jetzt gut roch in dem Zimmer und er konnte beruhigt schlafen gehen. Am nächsten Tag bemerkte er, dass er am Vortag mit seinem Putzplan nur halb fertig werden konnte, da er ja seine Mutter auch noch putzen musste, das kam ja jetzt schließlich dazu. Bruno musste die schwere Entscheidung treffen, und sie war deshalb schwer, weil sie seinen ganzen Tages- oder auch Wochenplan durcheinander brachte, heute nicht zur Schule zu gehen. Bruno überlegte und beschloss, dass dies jetzt eigentlich gar nicht mehr möglich war, weil zu Hause ja nun viel zu viel zu tun war, es war keine Zeit mehr für Schule. Er würde jetzt alles allein übernehmen müssen und das Mutterputzen zusätzlich erschwerte die ganze Sache noch beträchtlich. Bruno würde also nicht mehr zur Schule gehen, dies war ihm nur allzu recht, die Kinder in der Schule hänselten ihn nach wie vor, zwar schon etwas weniger, weil er sie einfach ignorierte und dies wurde ihnen dann doch irgendwann langweilig, aber immer noch taten sie es. Beschwingt durch diese

Entscheidung stand Bruno auf, um wieder vollends in seinen Putzplan einsteigen zu können. Mutterputzen war gegen Abend angesagt, nach dem Polieren der Möbel.
Bruno konnte seinen neuen Putzplan zwei Wochen aufrecht erhalten und ignorierte alles andere um ihn herum, er musste schließlich im Plan bleiben und durfte nichts vergessen, Mutter würde böse werden, wenn sie dann doch irgendwann aufwachen sollte, was Bruno nicht ausschließen wollte, denn er wusste ja aus der Bibel, dass es Wunder gab, wenn man daran glaubte. Und er glaubte ja daran, also würde es auch irgendwann passieren. Gelegentliches Telefonklingeln überhörte er genauso dezent wie den Türsummer, wenn unten jemand anläutete. Er hatte gar keine Zeit für solche Zwischenfälle. Am 15. Tag nach seinem Beschluss nicht mehr zur Schule zu gehen, klingelte es wieder, diesmal sehr oft und lang, Bruno blieb aber nichts anderes übrig als es zu ignorieren, diese Zeit hatte er nicht und er durfte ja sowieso niemand Fremdes in die Wohnung lassen. Nach dem Klingelkonzert hörte Bruno Schritte im Treppenhaus, die Besucher mussten irgendwie unten hinein gelangt sein. Aber Bruno wischte gerade zum dritten Mal den Boden, er hatte keine Zeit genauer hinzuhören. Plötzlich klopfte es an der Wohnungstür und jemand rief:
„Öffnen Sie bitte die Tür, hier ist die Polizei!“
Da Bruno auch für die Polizei keine Zeit hatte, ja nicht einmal für die Queen, wenn diese höchstpersönlich Einlass verlangen würde, wischte er weiter den Boden. Er hörte, wie jemand draußen schrie, dass man von der Tür zurückweichen solle, sie werde jetzt aufgebrochen. Bruno wischte.
Mit einem lauten Splittern und Krachen fiel die Tür in den Raum.

Bruno wischte.
Die Polizeibeamten kamen auf ihn zu, sprachen ihn an, eine Frau war hinter ihnen, erklärte sie wäre Sozialarbeiterin und wolle ihm helfen.
Bruno wischte.
Ein Polizeibeamter betrat das Mutterzimmer und bat daraufhin einen Kollegen zu sich in das Zimmer, die Sozialarbeiterin wurde blass als der eine Beamte wieder zurückkehrte und ihr etwas ins Ohr flüsterte.
Bruno wischte.
Die Sozialarbeiterin redete ruhig und mit einfühlsamer Stimme auf Bruno ein, aber der hatte keine Zeit ihr zuzuhören, er wischte weiter. Sie berührte ihn an der Schulter.
Bruno wischte.
Noch mehr Menschen begannen in den Raum zu strömen, sie waren rot-weiß gekleidet, so wie dieser Mann vom Erste-Hilfe-Vortrag. Einer davon kam auf Bruno zu, redete ebenso auf ihn ein und berührte ihn.
Bruno wischte weiter.
Der Rot-Weiß-Mann hielt ihn daraufhin an den Schultern fest, sodass Bruno nicht mehr weiter wischen konnte. Da schrie Bruno zum ersten Mal auf, man solle ihn loslassen, er müsse doch im Putzplan bleiben. Er schrie und versuchte sich aus dem Griff zu lösen, aber der Erste-Hilfe-Mann hielt ihn zu fest. Bruno trat und schlug um sich, bis er einen kleinen Stich in seinem Arm spürte, daraufhin überfiel ihn eine schwere Müdigkeit, die ihn fort ins Träumeland riss, er sackte in den Armen des Rettungssanitäters zusammen.

Beizeiten ist manches
nicht so,
wie es vorerst
zu sein scheint.
Aber die Fähigkeit das zu
erkennen,
stellt sich meist
erst später ein.
Weder Vergangenheit
noch Zukunft
spielen eine Rolle,
wenn man dem Augenblick
zu wenig Bedeutung
schenkt.
Denn beide
gäbe es ohne ihn nicht.

Hertakopf III

Herta befingerte wieder einmal die kleine Wölbung an der Unterseite ihrer Matratze, die durch einige von den hineingestopften Tabletten entstanden war. Dies war ein sehr beruhigendes Gefühl für sie. Sie hatte schon ein recht gutes Verhältnis zu der Nichtpferdschwester aufgebaut, man konnte bereits belanglos tratschen und über Sinnloses lachen, was im normalen Volk ja oft so üblich und gern gesehen war. Für Herta waren diese Dinge hauptsächlich anstrengend, etwas peinlich in der Durchführung und sie musste sich einiges abringen, um nicht dann doch komplett durchzudrehen während dieser verkrampften Zurschaustellung vom Eh-normal-sein, wie sie es ja ihr ganzes Leben lang gelernt hatte. Bis zu dem Zeitpunkt als sie dann wirklich einmal mit weitreichenden Konsequenzen durchdrehte, aber dazu später noch. Sie musste diese Show für die Schwester und das übrige Krankenhauspersonal spielen, um weiterhin vertuschen zu können, wie nicht-normal und krank sie ja eigentlich war. Eine Anstrengung sondergleichen, Schauspielkunst pur, Herta stellte sich meist schon vor, tatsächlich in einem kitschigen Film mitzuspielen, in dem die Hauptperson nur so vor Oberflächlichkeit und Lieblichkeit strotzte. Die Hauptperson war natürlich sie, wie sollte es anders sein, auch wenn es sich im echten Leben bei ihr um eine tragische Antiheldin handelte, hier ahnte das ja niemand. Also zog Herta dieses tägliche Rollenspiel durch, sie wollte ihren Plan einfach zu Ende bringen und diese Leute würden sie unbewusst - und das spielte Herta (buchstäblich in Form von Tabletten) in die Hände - unterstützen. Immer wieder vergaß sie zwischendurch auch nicht zu fragen, wie es dem

armen, verletzten Mann denn ginge, auf den sie bei ihrem „Sturz“ gefallen war. Da sein Zustand nach wie vor kritisch war, verneinten sie ihre Frage, ob sie denn schon zu ihm könne, immer wieder. In Wirklichkeit interessierte Herta dies gar nicht so sehr, viel zu sehr war sie mit sich selbst und der Aufrechterhaltung ihrer angeblichen Oberflächlichkeit beschäftigt. Deswegen war sie einigermaßen überrascht, als ihr der Weißkitteldoktor eines Tages anbot, den Mann besuchen zu dürfen. Sie dürfe sich nicht allzu viel erwarten, er läge nach wie vor im Koma und dies würde auch noch einige Zeit andauern, aber man könne jetzt zu ihm und sie könne auch mit ihm reden. Herta wusste zwar nicht, was sie mit einem Komaschlapfen reden sollte, der nahm sie ja gar nicht wahr, aber bitte:
„Was, wirklich, endlich darf ich ihn sehen!“ Herta spielte ihre Rolle gut, der Arzt half ihr aus dem Bett in einen Rollstuhl und Herta wurde ins Zimmer von Bruno gerollt. Da lag er nun, überall Verbände, zugegipst und verkabelt. Ein Gerät neben seinem Bett piepte regelmäßig. Als Herta dies alles betrachtete, wurde ihr doch ein wenig mulmig. Sie hatte ja eigentlich nicht gewollt, dass irgendjemand in ihr Vorhaben integriert wurde, wie auch immer diese Integration sein mochte. Sie konnte ja nicht ahnen, dass dieser Depp genau in dem Moment, wo sie endlich auf der Straße zerschellen und nie wieder zurückkommen wollte, vorbeilaufen würde. Im Prinzip hatte er ihr das Leben gerettet und sie musste sich in ihrem Rollenspiel jetzt dankbar zeigen, dies war schließlich etwas Gutes. Für die Nicht-normal-Herta war dies aber nicht der Fall, er hatte ihr das Leben gerettet, dieser Idiot, was musste der da rumlaufen! Sie wusste schon immer, dass nur die anderen Menschen an ihrer Misere schuld waren, immer wenn es ihr

schlecht ging, hatte dies mit den anderen Menschen zu tun. Vermeintliche Freunde, Arbeitskollegen, wer auch immer, im Grunde wollte sie mit keinem etwas zu tun haben. Herta empfand das größte Glück nur, wenn sie für sich allein sein konnte. Und andere konnten und wollten dies einfach nicht verstehen, was war so schlecht daran? Sie wollten sie einfach nicht alleine und in Ruhe lassen. Herta empfand jede Art des Kontaktes mit anderen als eine einzige Qual, immer wieder musste sie sich verstellen, denn so wie sie wirklich war, konnte sie gegenüber anderen nicht sein. Es war noch viel anstrengender mit Leuten zu tun haben zu müssen, die man ständig vor den Kopf stieß, wenn man die Wahrheit sagte. Und in diesem Leben musste man zwangsläufig mit Leuten Kontakt haben, ob man nun wollte oder nicht. So wählte Herta die weniger anstrengende aber sehr Kräfte raubende Methode, sich und ihr Wesen so zu verstellen, wie sie glaubte, das andere sie haben wollten. Die Kommunikation war dadurch viel angenehmer, niemand beschimpfte sie, niemand weinte oder machte andere Mätzchen, die Herta nicht verstand. Sie hatte gelernt – war sie selbst freundlich und stellte sich möglichst naiv und mädchenhaft an, so waren auch die anderen Menschen, mit denen sie zwangsläufig Kontakt haben musste, freundlich zu ihr und die Dinge fanden meist ein schnelles Ende und gelangten nicht in eine Schiene, die vor Gericht führte, da sie wieder einmal jemanden bedroht, beleidigt oder gar ein wenig körperlich angegriffen hatte. Die eine Sache mit dem großen Feuer hatte wohl vieles für Herta verändert. Das war das vorerst letzte Mal, wo sie wirklich ihr wahres Ich gezeigt hatte, zumindest glaubte Herta, das nur dieses ihr wahres Ich sein konnte, sie empfand ja schließlich einen richtigen Ekel ihr selbst gegenüber, wenn sie die verschiedenen Charaktere spielte, die die unterschiedlichen Lebensbereiche für sie erforderten. Bevor so etwas nun wieder passieren konnte, musste sie sehen, dass sie es schaffte dem Leben rechtzeitig zu entfliehen, ehe es sie in echt dann doch einholte und sie aufknackte wie eine Walnuss mit schrecklichem Inhalt.

Doch ihr Plan erforderte noch einige Zeit, sie musste Geduld haben und ihre Krankenhausrolle weiterhin spielen. Also zeigte sie sich beim Anblick des eingegipsten und verkabelten Bruno recht schockiert.

„Oh mein Gott, Herr Doktor, so schlimm hätte ich es mir gar nicht vorgestellt! Er sieht ja aus wie eine Mumie."

Sie setzte einen höchst betroffenen Blick auf und ließ sich an die Seite seines Bettes rollen. Bruno sah wirklich schlimm aus. Sein ganzes Gesicht war aufgequollen und leuchtete in allen Farben. Ein Bein hing in einem riesigen Gips an einer Schlaufe und ein Arm war bis zur Schulter hin eingegipst und lag quer über seiner Brust. Es sah aus als wäre er in einer grotesken Tanzposition erstarrt. Ein bisschen tat es Herta jetzt leid, dass sie genau auf ihn drauf gefallen war. Und nicht nur deswegen, weil er ihren Plan so vereitelt hatte, sondern weil sie ja tatsächlich niemanden da mit hineinziehen hatte wollen, und dass sie an diesem Anblick schuld war, ließ sie dann doch ungewöhnlich weiche Gefühle empfinden, die Herta sonst nur selten begegneten. Der Doktor schob sie noch etwas näher an das Bett heran und meinte leise:

„Sie können gern eine Weile hier sitzen bleiben, ich hole Sie dann wieder ab."

Bevor Herta lautstark protestieren konnte, war der weiße Kittel auch schon aus dem Zimmer geflattert. Nun war sie also allein mit dieser armen Mumie, die ihr Vorhaben auf für ihn sicher recht unangenehme Weise gestört hatte. Was sollte sie jetzt tun? Sie würde

sicher nicht hier sitzen, ihn stundenlang anstarren und sich dabei in ihrem schlechten Gewissen ertränken, das war nicht Hertas Art. Ihr Gewissen gab es zwar und es machte sich jetzt auch als ganz seltener Fall bemerkbar, aber es war klein, ja fast noch nicht geboren, quasi ein Embryo, noch wenig entwickelt bereits in diese Welt entlassen, kaum fähig zu einem großen schlechten Gewissen heranzuwachsen.
Herta blickte sich im Zimmer um. Es gab nichts, womit man sich hätte unauffällig beschäftigen können und sie konnte schließlich nicht einfach den Fernseher einschalten, das hätte für ihre Krankenhausherta dann doch ein wenig taktlos gewirkt. Nein, da sie in ihrer Rolle bleiben musste, musste Herta sich etwas anderes einfallen lassen, um die Zeit bis der Weißkittel wieder gelandet war, zu überbrücken. Sie sah zur Tür. Diese war fest verschlossen. Angestrengt bewegte sie den Rollstuhl in Richtung Bettende, wo sein Krankenblatt aufgehängt war. Sie räusperte sich.
„So, dein Name ist also Bruno."
Ihre Stimme hörte sich in dem kleinen Raum mit den piependen Hintergrundgeräuschen der Überwachungsgeräte fremd und zittrig an. Sie verweilte mit dem Rollstuhl am Bettende, da sie das Gefühl hatte von hier aus einen besseren Überblick über die Gesamtsituation zu haben. Brunos Bett war am Kopfende ein wenig aufgestellt worden, sodass es wirkte, als würde er gleich seine blau verquollenen Augen öffnen, aufstehen und seinen Tanz weiterführen. Herta fand es seltsam mit jemandem zu reden, der eigentlich gar nicht da war. Genauso wie sie es seltsam fand, wenn die Menschen am Grab mit dem Verstorbenen sprachen. Sie fühlte sich, als würde sie mit einem Toten reden wollen und das war Herta wirklich ein wenig unheimlich. Da redete sie lieber mit Hunden, die verstanden zwar nicht, was man ihnen

sagte, aber sie konnten Befehle entgegennehmen und ausführen, was Herta sehr gefiel, denn sie konnte ihrem Hund, den sie als Kind gehabt hatte, alles erzählen, er wandte nie ein, dass sie ein komisches, kleines Kind war, sondern sah sie nur mit seinen großen, braunen Kulleraugen an und wedelte mit dem Schwanz. Er konnte Sitz, Platz und Hier ausführen und hörte auf seinen Namen. Warum konnten Menschen nicht öfter sein wie Hunde, dachte Herta und blickte wieder in das bunte Brunogesicht. Sie überlegte, dass sie sich vorstellen könnte, Bruno sei ein Hund in einem Menschenkörper und schliefe nur und sobald der scheinbar Tote etwas Unerwartetes machen sollte wie seine Augen zu öffnen oder seinen Arm zu bewegen, könnte sie befehlen: „Aus, Platz!“, und er würde wieder in seinen Dornröschenschlaf zurücksinken. Bruno konnte ja auch genauso gut ein Hundename sein, das traf sich sehr gut. Herta schloss die Augen und dachte angestrengt an einen braunen Labradorrüden, dessen Seele im Körper dieses Mannes gefangen war. Als sie die Augen wieder öffnete, konnte sie vor ihrem geistigen Auge noch immer die treuen Hundeaugen sehen, die darauf warteten endlich aus diesem Körper entkommen zu können.
„Du bist also Bruno.“, sagte Herta, um ihre Stimme und das Gefühl mit diesem armen Hund zu sprechen, noch einmal auszutesten.
„Weißt du, Bruno, du hast mir einen ordentlichen Strich durch die Rechnung gemacht. Sicher wirst du denken, dass du mir ja eigentlich geholfen hast, aber für mich ist das Gegenteil der Fall. Wenn du nur wüsstest..!“
Herta sah wieder in das Brunogesicht und fürchtete beinahe, er könnte gleich zurückblaffen, so wie jeder es immer tut, wenn sie einmal wirklich ehrlich ist. Doch im Brunogesicht tat sich nichts, kein Zucken und

kein Blinzeln. Durch diesen Umstand bekräftigt, fuhr Herta fort:
„Ja, das war wirklich Scheiße, danke nochmal für gar nichts. Rennt da einfach rein auf meinen schönen Landeplatz mit seinen weichen Gliedmaßen, die mich einfach ausbremsen und mir den Weg zum wunderbaren harten Beton darunter verwehren! Was hast du dir nur dabei gedacht? Wie groß ist die Wahrscheinlichkeit denn, dass sowas passiert? Natürlich muss es mir passieren. Ja, gut, dir auch, aber du bist dabei nur die Nebenfigur. Es tut mir ja eh leid, dass du da jetzt wegen mir liegen musst, aber so war das nun mal ganz und gar nicht geplant, das wirst du dir wohl denken können."
Da Herta sich dies endlich von der Seele reden konnte, ging es ihr ein wenig besser. Dieses ständige Schauspielern war natürlich sehr anstrengend, keine Frage. Wenn Bruno wach wäre und sie hören könnte, wäre eine Diskussion mit ihm darüber aber noch anstrengender, es war ja schließlich die Wahrheit und die Menschen vertragen die Wahrheit bekanntlich eher schlecht. Oft erleichtert einem eine kleine Notlüge oder ein kleines Rollenspiel das Leben erheblich, zumindest fühlte es sich für Herta so an. Jedes Mal, wenn sie den Menschen in ihrem Leben die Wahrheit gesagt hatte, reagierten die alles andere als entgegenkommend oder verständnisvoll. Sie taten ihre Meinung oder ihre Art zu denken im Gegenteil als verrückt oder eigenbrötlerisch ab, so verhalte sich ja niemand, der normal war. Herta seufzte als diese Erinnerungen in ihrem Kopf zu spuken begannen.
„Ich wollte ja einfach nur, dass das Ganze hier endlich aufhört, dass ich endlich einmal meine Ruhe haben kann! Wenn diese Ruhe nur im Tod zu finden ist, weil alles andere nicht ausreicht, weil ICH anscheinend nicht ausreiche, dann muss ich mich eben aus dem

Leben reduzieren, denn derart Unzureichendes kann auch gleich ganz weg reduziert werden, es wird niemandem auffallen."
Bruno antwortete nicht. Natürlich. Er war ja schließlich ein kleiner Labrador gefangen im Körper eines Mannes. Diese Art mit jemandem zu sprechen, begann Herta zu gefallen. Sie sprach zwar mit einem Menschen – der Labrador in ihrem Kopf ließ sich doch schwer aufrecht erhalten -, der redete aber nicht zurück und hörte ihr einfach nur zu, oder hörte auch nicht zu, ganz egal. Er war da, er war am Leben und sie konnte mit ihm über alles sprechen, ohne dass er Anstalten machte, sie von irgendetwas anderem überzeugen oder sie belehren zu wollen.
„Okay, hör mal, Bruno. Ich erzähl dir jetzt etwas, das darfst du niemandem weitersagen."
Herta kicherte.
„Ach ja, ich vergaß, das kannst du ja gar nicht."
Und so erzählte Herta dem ausgeliefert daliegenden Bruno ihre Geschichte.

Ihre Mutter hatte Herta die Murmeln wieder zurückgegeben, als sie bereit gewesen war ihr Zimmer zu verlassen. Herta sprach daraufhin längere Zeit kein Wort mit ihrer Mutter. Das war ihre Form der Rache, sie wusste, dass dies das Schlimmste für ihre Mutter war, ein abnormes Verhalten, das zwar nicht gegen alle Regeln war, denn sie machte ja alles, was ihre Mutter ihr anschaffte und gehorchte brav. Aber doch ein Verhalten, dass ihrer Mutter gegen den Strich ging.
„Dieses Kind ist doch einfach nicht normal.", oder „Vater, sag doch du auch einmal etwas zu diesem verrückt gewordenen Kind.", waren Aussagen, die ihre Mutter in dieser Zeit des öfteren tätigte. Doch ihr Vater sagte wie gewohnt nichts dazu, er schien generell nie wirklich zu irgendetwas eine Meinung zu

haben und sah für sich die beste Lösung offenbar darin, sich einfach seinem Schicksal zu ergeben und stumm, gelegentlich nickend neben der Mutter dahin zu leben.
Wenn Herta ihre Phasen hatte, in denen sie nicht mit ihrer Mutter sprach, war dies zwar teilweise anstrengend für sie, da sie ihr manchmal einfach gerne ihre Meinung ins Gesicht geschrien hätte. Aber die meiste Zeit lohnte es sich, denn allein der missmutige und verständnislose Blick der Mutter legte sich auf ihre Seele wie Balsam. Diese wurde von der Mutter ja oft genug geschunden, da tat so ein Balsam zwischendurch einmal richtig gut. Oft bläute ihre Mutter ihr ein, sie müsse die Nachbarn unbedingt grüßen, das tue man schließlich so, das befehle die Höflichkeit und außerdem war sie die Jüngere und das war bekanntlich auch ein ungeschriebenes Gesetz – die Jüngeren hatten die Älteren zuerst zu grüßen. Das mit dem Grüßen verstand Herta sowieso nicht. Sie kannte diese Personen nicht, warum sollte sie auch nur irgendein Wort oder einen Blick mit Menschen wechseln, wo dies nicht mal notwendig war, weil sie ja gar nichts von ihnen wollte! Als Strafe für von der Mutter bemerktes Nicht-Grüßen stand eine Woche Zimmerarrest. Dies kam Herta meist aber sehr entgegen. Die Mutter glaubte, sie würde ihr damit etwas Schlechtes antun und Herta ließ sie natürlich gerne in diesem Glauben. Die Mutter glaubte ja auch in Herta stecke irgendwo ein normales Kind und normale Kinder fanden Zimmerarrest schlimm. Aber Herta konnte sich in solchen Wochen ganz wunderbar in ihre eigene kleine Welt zurückziehen. Sie las in ihren Büchern, zeichnete Bilder, spielte mit ihren Murmeln und hatte eine wunderschöne Zeit ganz für sich allein. Zu oft konnte sie dies zwar nicht absichtlich hervorrufen, da ihre Mutter ihr sonst

irgendwann auf die Schliche gekommen wäre. Aber sie liebte ihren Zimmerarrest, für Herta war es mehr ein Arrest der Welt draußen, damit diese nicht zu ihr gelangen konnte.
So machte Herta schon früh die Erfahrung, dass sie ihr Anderssein auch manchmal dafür benutzen konnte, das zu bekommen, was sie wollte. Sie bemerkte aber auch, dass es oft leichter war, sich mit der wahren Meinung zurückzuhalten. Die Momente, in denen sie ihrer Mutter an den Kopf warf, was sie wirklich dachte, dauerten oft lange an, entwickelten sich zu Diskussionen und rasenden Streitereien. Sie stritten über ihr Verhalten in der Schule, da die Lehrer offensichtlich alle etwas gegen sie hatten und ihr in Betragen jedes Mal eine schlechte Note gaben. Dann stritten sie darüber, dass „Betragen" ja nicht einmal ein Schulfach war und warum es dafür überhaupt eine Note geben musste. Sie stritten über Noten im Allgemeinen und die Wichtigkeit oder Nichtwichtigkeit derer in allen noch kommenden Lebensbereichen. Dann stritten sie über Freunde bzw. darüber, dass Herta keine hatte, was auch keinesfalls normal sein konnte und schließlich wieder darüber, dass Herta ja doch endlich einmal mit den Nachbarskindern im Hof spielen sollte. Wenn es dazu kam, war die Diskussion für Herta schon so weit fortgeschritten, dass sie vor Wut und Verzweiflung mit hochrotem Kopf nur noch schrie, man sollte sie endlich so sein lassen wie sie war, warum wollte ihre Mutter das nicht akzeptieren. Als letzte Lösung für die tobende, rotgesichtige, schreiende Herta gab es von ihrer Mutter nur eins: Eine g´sunde Watschn. Als Herta noch jünger war, beendete dies meist die Diskussion, Herta war still und wurde in ihr Zimmer geschickt. Als Herta älter wurde, genauer gesagt nach ihrem zehnten Geburtstag, änderte sich dies und sie

begann etwas zu tun, was für ihre Mutter noch abnormer war als alles andere: Sie schlug zurück. Als dies geschah, konnte ihre Mutter es kaum fassen. Sie konnte auch kaum fassen wie stark Herta war, vor allem wenn sie wütend war. Sie schlug so stark zurück, dass die Mutter Mühe hatte, den Gegenangriff abzuwehren und als Erwachsene die Oberhand zu behalten.

Im Allgemeinen waren es immer Lappalien, die einen solchen Streit auslösten und ein wenig Feingefühl und Empathie für ein eben nicht „normales“ Kind wären von Seiten liebender Eltern angebracht gewesen. Doch der Mutter war es immer wichtig, was andere Leute über einen dachten. Viel wichtiger als das, was Herta vielleicht dachte oder wie sie fühlte. Es gab keine verständnisvollen Gespräche oder ein zumindest So-tun-als-ob. Es gab immer nur die Meinung der Mutter und was sich gehörte, was man tat und was man nicht tat. Von diesen Dingen ist unsere Gesellschaft schließlich überhäuft und ein Daraus-Ausbrechen war für die Mutter undenkbar und gehörte sich einfach nicht. Anderssein galt für Hippies und Asoziale aber doch nicht für die eigene Tochter. Die Diskussionen mit der Mutter bzw. in weiterer Folge viele kleine gewalttätige Rangeleien liefen immer nur darauf hinaus, dass alles nur noch schlimmer wurde. Ständig war irgendjemand böse auf die andere oder jeder auf jeden und es herrschte eine durchgehend gespannte Atmosphäre. Der Vater ist zu diesem Zeitpunkt wie eigentlich schon davor nicht erwähnenswert, er machte dabei immer das, was er am besten konnte – seine Zeitung zu Ende lesen und zwischendurch ein wenig seufzen, wenn sich die beiden Frauen in seinem Leben wieder einmal in den Haaren lagen.

Als Herta elf wurde und sich die Beziehung zu ihrer Mutter noch immer nicht verbessert hatte, beschloss sie, etwas gegen die gesamte Situation unternehmen zu müssen. Sie musste schließlich noch mindestens weitere sieben Jahre in der Wohnung ihrer Eltern verbringen, bevor sie mit 18 endlich ausziehen konnte, was zu tun für sie sowieso fest stand. Eine Idee war, einfach nie mehr mit der Mutter zu sprechen, da diese Strategie bisher immer noch die angenehmste war. Dies verwarf Herta aber gleich wieder, Mutter würde sie dann trotzdem irgendwann schlagen, da es sie zur Weißglut bringen konnte und das konnte nur damit enden, dass Herta zurückschlug, denn eine Watschn ließ sie niemals einfach so auf sich sitzen. Sie musste es irgendwie schaffen, ihre Mutter so auszutricksen, dass sie beide zufriedener wurden. Genauso wie mit dem Zimmerarrest. Die Mutter glaubte, ihr eine saftige Strafe zu verpassen und sie verbrachte eine wunderschöne Weltarrestzeit in ihrem Zimmer. Nur wie sollte sie das anstellen? Herta überlegte, was für ihre Mutter wohl das Wichtigste war, das sie an sich ändern sollte. Vermutlich diese Sache mit den Freunden. Herta hatte noch nie Freunde gehabt. In der Schule galt sie als Außenseiterin und wurde gemieden, da man herum erzählte, dass sie auch gerne einmal zuschlug, wenn ihr etwas nicht in den Kram passte. Sie erledigte nur die nötigste Kommunikation im Unterricht mit anderen, wenn etwa ein Referat oder eine Aufgabe mit jemand anderem zusammen zu machen war. Diese Kommunikation beschränkte sich dann darauf, dass Herta nickte, wenn der andere Jemand sagte, dass sie eh wieder alles allein vorbereiten würde und sie ihm am Tag des Referats die Kärtchen zustecken sollte. Dadurch nutzten die Schüler sie zwar aus, weil jeder einmal mit ihr ein Referat machen wollte, bei dem er nichts zu tun brauchte, aber Herta vermied dadurch eine ihr verhasste Kommunikationssituation und erledigte die

Vorbereitung hundertmal lieber allein. Herta wurde sogar böse, wenn ihr einmal ein loyaler Schüler anbot, tatsächlich einen Teil übernehmen zu wollen, sie könnten es sich ja ausreden, wer was macht. Da wurde Herta dann schon mal recht aggressiv und einer mit geballten Fäusten auf sich zukommenden Herta unterwarf man sich am besten und gab ihr ihren Willen.

Also das mit den Freunden war wohl eine recht schwierige Angelegenheit. Doch Herta überlegte sich etwas. Eines Tages kam Herta mit einem anderen Mädchen bei der Tür herein, sagte ihrer Mutter beim Vorbeigehen, dass dies ihre Freundin Sophie aus der Schule wäre und schleppte das Mädchen mit in ihr Zimmer. Ihrer Mutter fielen bei dieser Eröffnung fast die Augen aus dem Kopf, immer wieder klopfte sie an und fragte, ob Sophie etwas trinken oder essen möchte, sagte dass Sophie gerne zum Essen bleiben könne und am nächsten Tag auch gerne wieder mitkommen könne. Herta meinte dazu nur, dass Sophie jetzt einmal die Woche vorbeikommen werde, damit sie gemeinsam lernen und über Mädchensachen reden konnten. Ihre Mutter strahlte wie ein Hutschpferd und meinte, natürlich, aber sicher, wir freuen uns, und des weiteren mehr. Als es dann schließlich Abend geworden war und Sophie nach Hause gehen musste, gab Herta ihr in ihrem Zimmer das versprochene Geld und meinte, wenn sie das jede Woche bekommen wolle, solle sie gefälligst nächsten Dienstag wieder mitkommen, ansonsten gäbe es sowieso eine Watschn.

Und so fand Herta eine sehr sinnvolle Verwendung für ihr Taschengeld, ihre Mutter war viel zufriedener mit ihr und sie selbst störte es nicht sonderlich, wenn Sophie da war, da sie ihr sowieso befahl, ruhig zu sein und sich in die Ecke zu setzen. Herta drehte die Musik ordentlich auf und las in einem Buch, es war fast ein

bisschen so wie der Weltarrest, nur dass die stille Sophie in der Ecke saß. Die konnte Herta aber gut ausblenden, manchmal stellte sie den Schreibtischstuhl so hin, dass sie Sophie nicht sehen konnte und es war fast so als wäre sie allein im Zimmer. Sophie spielte dabei mit, weil ihre Eltern nicht allzu viel Geld hatten und sie so zumindest zu ein bisschen Taschengeld kam. Außerdem hatte sie Angst vor Herta.
Hertas Plan ging gut auf, ihre Mutter war viel netter zu ihr, fragte sehr oft nach Sophie und freute sich offensichtlich sehr, dass ihre Tochter zumindest eine Freundin gefunden hatte, da konnte ja doch nicht alles verloren sein.
Die üblichen anderen Diskussionen begann Herta so zu steuern, dass sie ihrer Mutter nicht immer automatisch widersprach, sondern manchmal so reagierte, wie eine ihrer Romanfiguren reagieren würde, aus den Büchern, die sie zu hunderten las. Diese Figuren waren anders als sie und Herta begann absichtlich Bücher zu lesen, die sie normalerweise nicht gelesen hätte, da deren Inhalt ihr zu oberflächlich und einfach war. Doch genau das konnte Herta brauchen, sie musste oberflächlich und einfach werden. Diese Dinge in Büchern zu lesen, machte ihr nicht so viel aus, sie wusste, das alles war nicht echt und amüsierte sich sogar über die Dummheit mancher Figur. Als die Diskussion mit den etwas schlechteren Noten wieder einmal aufkam, erinnerte sich Herta an eine dieser Figuren und antwortete ganz ruhig und ein klein wenig weinerlich, was sie so gut wie nie war, außer vor Wut:
„Ach, Mama, ich tu mir halt einfach ein bisschen schwerer beim Lernen. Ich brauche dabei viel mehr Zeit als die anderen, ich weiß auch nicht, was mit mir los ist!“ Diese Szene stammte aus einem Mädchenbuch, das sie erst kürzlich gelesen hatte und

es ging um eine dumme Gans, die in der Schule nach Hertas Meinung anscheinend zu blöd für alles war.
Ihre Mutter reagierte zuerst verdutzt, da sie eine weitere aggressive Antwort mit dem üblichen trotzigen Inhalt, warum sie das überhaupt lernen sollte, erwartet hatte. Sie sah Herta in das verzweifelte Gesicht und meinte wirklich einmal eine Veränderung ins Haus stehen zu sehen.
„Wenn das so ist, Herta, dann musst du einfach mehr lernen. Geh sofort in dein Zimmer und setz dich an deine Hefte."
Somit war dieser Streit abgetan, kein Gerangel, kein Gezanke und Herta wurde sogar in ihr Zimmer geschickt. Sie konnte es kaum glauben, das hatte wirklich funktioniert. Natürlich tat Herta sich überhaupt nicht schwer beim Lernen, im Gegenteil, sie würde sich alles sehr leicht merken können, es war ihr meistens einfach nur zu blöd, da sie alle Dinge immer hinterfragte und sich beim Lernen fragte, warum manches für das Leben wichtig sein sollte. Aus Trotz lernte Herta dann gar nichts und schaffte die Tests und Schularbeiten aber trotzdem auf einem Notenniveau knapp unter dem Durchschnitt. Dies war aber nie genug für ihre Mutter, so ergaben sich immer wieder diese verhassten Diskussionen und Herta fand daraufhin wieder eine pragmatische Lösung. Wenn Mutter sie ins Zimmer zum Lernen schickte, schaute sie wirklich kurz in ihre Unterlagen, bekam viel bessere Noten und den Rest der Lernzeit nutzte sie weltarrestmäßig für sich. Ihre Mutter sah in der Verbesserung der Noten einen endlich eingetretenen Erziehungserfolg und wurde immer besser auf Herta zu sprechen. Herta ihrerseits spielte immer wieder ihre Rollen und hatte oft Erfolg damit. An manchen Tagen war es aber wirklich schwer in so eine Rolle zu schlüpfen und Herta musste viel Wut und Wahrheit

hinunter schlucken. Es ging ihr danach zwar besser als in Rangeleizeiten, aber sie merkte, dass es ihr immer schwerer fiel in der Rolle zu bleiben. Manchmal drehte sie dann durch, fand keine passende Rolle in die sie schlüpfen konnte und fiel ins alte Muster zurück. Wieder gab es viel Streiterei und die eine oder andere Watschn auf beiden Seiten, aber diese Momente kamen viel seltener vor als früher und allein das machte Hertas Leben leichter. Diese „Auszucker" sah sie als notwendiges Abreagieren, da sie das Gefühl hatte, dass sie ihre Mutter bei zu viel unterdrückter Wut irgendwann im Schlaf ermorden müsse und da war so ein Auszucker wohl noch besser.
An einem Tag eines solchen Auszuckers, Herta war in der Zwischenzeit zwölf geworden, und dieser Zuckaus war ein besonders schlimmer, konnte sie sich abends nicht einmal allein in ihrem Zimmer abreagieren. Sie war noch immer so rasend wütend auf ihre Mutter, auf ihre Engstirnigkeit und auf den Umstand, dass die Mutter nur erfundene Hertas zu mögen schien und die echte Herta ständig nur verurteilte und demütigte. Herta ging leise raus in die Küche, ihre Eltern schliefen schon. Sie hatte vor, sich ein paar Waffeln zu machen, dies würde sie sicher beruhigen können. Wenn Herta aufgewühlt war, machte sie gerne Dinge, die immer wieder den gleichen Ablauf erforderten. Sie konnte dabei ihren Kopf ausschalten und ihre Hände einfach machen lassen. Waffeln zu machen gehörte zu diesem kopflosen Tun dazu. Also steckte sie das Waffeleisen ein, wollte gerade die dazugehörigen Lebensmittel aus dem Kühlschrank holen. Dabei fiel ihr ein, wie ihre Mutter bei der letzten Waffelberuhigungsaktion reagiert hatte. Da es nämlich die Tätigkeit war, den Teig in das Eisen zu füllen, die fertigen Waffeln herauszunehmen und wieder den Teig einzufüllen, immer wieder und wieder von vorne

beginnend, machte sie dabei oft gerne haufenweise Waffeln, ohne es wirklich zu bemerken. Beim letzten Mal hatte sie auch davor einen heftigen Streit mit der Mutter gehabt, diese ging einige Stunden aus dem Haus und als sie wieder kam, hatte Herta bereits um die dreißig Waffeln produziert. Als Lohn dafür erhielt sie gleich wieder eine saftige Watschn und verbale Beschimpfungsattacken blieben natürlich auch nicht aus. Als Herta daran dachte, hatte sie plötzlich absolut keine Lust mehr, Waffeln zu machen, sie hatte das Gefühl, dass dies sie jetzt nicht mehr beruhigen konnte, da sie nun an den letzten Vorfall und den letzten Streit denken musste. Das alles noch zusätzlich zu dem jetzigen Streit war zu viel für Herta, so viel Schwachsinn konnte ein Mensch ja nicht ertragen. Erbost schmiss sie die Kühlschranktür wieder zu, schnappte sich ihre Jacke aus der Garderobe und stürmte aus der Wohnung. Entweder würde sie ein langer Spaziergang jetzt beruhigen oder sie würde einfach nie mehr wiederkehren, beides war möglich. Herta ging in Richtung Park und wanderte dort zwei Stunden lang umher. Da sie all ihre Sachen in der Wohnung hatte und sowieso nicht wusste, wo sie hin sollte, blieb ihr nichts anderes übrig als den Heimweg anzutreten. Ein wenig hatte sie sich auch beruhigt und glaubte nun endlich schlafen gehen zu können. In ihre Gedanken versunken, bemerkte sie die beiden großen Feuerwehrwagen kaum, die an ihr vorbei rasten. Erst als sie fast bei ihrem Haus angelangt war, begriff sie, dass die Feuerwehr genau dort stehen geblieben war. Herta lief es kalt den Rücken hinab. Nein, das konnte nicht sein. Herta hatte das Gefühl, dass sich ihre Nackenhaare weiterlaufend den Kopf hinauf aufstellten, ein Gefühl als würden ihr alle Haare zu Berge stehen. Sie begann zu laufen. Die Feuerwehrwagen standen tatsächlich vor ihrem Haus,

ein riesiger Schlauch war auf den dritten Stock gerichtet. Das Wasser schien wie nichts in den züngelnden Flammen zu verdunsten. Herta starrte hinauf. Das war die Wohnung ihrer Eltern, ihr zu Hause. Herta lief noch schneller bis sie bei den Leuten angelangt war, die versammelt auf der Straße vor dem Haus standen, teilweise in Decken gehüllt. Auch Rettungswagen standen da, einige Leute wurden versorgt, viele husteten. Verzweifelt hielt sie Ausschau nach ihren Eltern. Bestimmt hatten sie es aus der Wohnung geschafft, so einen Brand musste man doch gleich bemerken. Plötzlich sah sie vor einem Rettungswagen eine Nachbarin stehen, die sie kannte. Sie lief zu ihr hin, packte sie an den Schultern und schrie sie an.
„Wo sind meine Eltern?? Wissen Sie wo sie sind?"
Die Frau starrte sie ungläubig an.
„Kind, was machst du denn so spät draußen... Mein Gott, wir dachten alle du wärst auch... oh nein.."
Die Stimme der Frau versagte, Tränen liefen ihr über die Wangen. Herta konnte es nicht glauben. Ein Feuerwehrmann kam auf sie zu, der das Ganze beobachtet hatte.
„Befinden sich also nur noch zwei Personen in dieser Wohnung?"
Herta starrte ihn an. Sie schrie.
„Ja, meine Eltern, es sind meine Eltern, so helfen sie ihnen doch anstatt nur hier blöd rumzustehen, gehen Sie da rein! Helfen Sie ihnen, bitte helfen Sie ihnen!"
Der Feuerwehrmann glotzte sie belämmert an, weil er nicht wusste, was er dem Kind nun sagen sollte. Herta konnte nicht glauben, dass er noch immer vor ihr herumstand. Sie lief los, um die Sache selbst zu erledigen. Aber vor dem Eingang des Gebäudes fing sie ein anderer Feuerwehrmann ab, er hielt sie fest. Herta strampelte und schrie, sie konnte sich nicht

befreien. Schließlich gab sie auf und sank in den Armen des Mannes zusammen.

Herta hatte dem schlafenden Bruno ihre Geschichte bei mehreren Besuchen an seinem Krankenbett erzählt. Sie brauchte einige Zeit für die Erzählung, da sie dabei öfter ungewohnt emotional wurde. Noch nie hatte sie jemandem das erzählt. Diese traurige Geschichte war immer nur in ihrem Kopf gewesen und besonders das Ende war für Herta sehr schwer zu berichten, da dies nun wirklich niemand gewusst hatte. Sie war aus der Stadt weggezogen in der dies alles passiert war, da sie die vielen Erinnerungen nicht ertragen konnte. Alle Leute, die sie gekannt hatte und die von dem Feuertod ihrer Eltern gewusst hatten, konnte sie somit auch aus ihrem Leben und aus ihrem Kopf ausschließen. Jahrelang hatte sie nun mit dieser Schuld gelebt, ohne dass sie es irgendjemandem erzählt hatte. Sie fand ja immer, dass das Erzählen und Miteinander sprechen überbewertet war, Kommunikation im Allgemeinen konnte Herta eben einfach nicht so gut leiden und vor allem war sie ja davon überzeugt, darin sowieso sehr schlecht zu sein. Deswegen vermied sie soweit es eben ging alle Arten der zwischenmenschlichen Kommunikation. Ein einziges Mal hatte Herta ein Kommunikationserlebnis mit einem anderen Menschen, das sie nicht als unangenehm empfand. Und das war schon so lange her, dass sie sich an dieses Gefühl gar nicht mehr erinnern konnte.
Sie suchte sich auch ihren Beruf dementsprechend aus, dass sie möglichst von zu Hause aus und ohne Kontakt zu ihren Mitmenschen arbeiten konnte. Sie machte ein Fernstudium, weil dies auch etwas war, was ihr besonders zusagte, da sie wie das Wort schon impliziert in der „Ferne“ auch alles wunderbar erlernen konnte. Als Webdesignerin fand sie schließlich auch

einen „Fernjob“ bei einer Firma weit weg von ihrem Wohnort, die sie aufgrund ihres Talents auch ohne sie persönlich kennenzulernen, anstellte. So baute sie sich ihr Leben in ihrem selbst gewählten Käfig auf, quasi ein immerwährender Weltarrest wie in Kindertagen. Wenn sie dann doch einmal in die Situation geriet, mit anderen sprechen zu müssen, sei es z.B. beim Einkaufen, spielte sie ihre Rollen perfekt und verhielt sich, wie sie glaubte, so wie das Gegenüber sie eben haben wollte. Da dies seit sie aus ihrer Heimatstadt weggezogen war, nicht mehr allzu oft vorkam, schaffte sie es auch gut, ihre Ausraster, bei denen ihr wahres Ich aufblitzen könnte, in sich drin zu behalten. Das Einzige was sie tat, um manches aus ihrem Kopf zu bekommen, war schreiben. Wenn sie schrieb, war sie ganz in ihrem Element und beschäftigte sich sehr wohl mit allem Vorgefallenen. Sie schrieb das ganze Feuererlebnis in ein Tagebuch, las es immer wieder, schrieb es um oder schrieb es wieder neu. Ein Tagebuch war ein dankbarer Begleiter, es redete nie zurück, konnte sie weder kritisieren, noch verurteilen oder anderes. Es nahm nur still ihre Gedanken und ihre Erlebnisse hin und Herta konnte selbst entscheiden, wann es wieder Zeit war, es zu schließen. Ein solches Tagebuchgefühl hatte sie jetzt eigentlich auch mit Bruno, wie sie überrascht feststellte. Bruno war ihr neues Tagebuch, er redete auch nicht zurück und nahm ihre Geschichte hin. Aber er war kein Buch, er war ein Mensch, der atmete und Ohren besaß, die zwar aktuell vielleicht nicht zuhörten, aber doch da waren. Herta ließ sich von dem Weißkittel immer wieder in das Brunozimmer bringen, damit sie weiter erzählen konnte. Als sie ihre Geschichte dann beendet hatte und die Wahrheit gesagt war, wollte sie sich selbst noch einmal eine Zusammenfassung der Geschehnisse erläutern.

„So, nun weißt du es. Ich habe meine Eltern umgebracht. Ich ließ das Waffeleisen eingesteckt, es wurde immer heißer und heißer, fing dann irgendwann Feuer und verbrannte meine Eltern. Bzw. erstickten sie bevor sie dann tatsächlich verbrannten, vermutlich bekamen sie von dem Ganzen nicht mal etwas mit, da sie einfach weiterschliefen und aufhörten zu atmen. Das ist ja sogar irgendwie beruhigend. Ich habe nie erzählt, dass ich es war, die das Waffeleisen eingesteckt ließ. Ich dachte, dann würde man mich verhaften oder so etwas. Verhaften und verurteilen. Ich dachte mir, das kann ich eh selber auch und wollte nicht, dass das irgendjemand erfährt. Bei der Feuerwehr nahm man an, das das „elektronische Gerät", das den Brand verursacht hatte, von meinen Eltern eingesteckt und vergessen worden war. Ich war ja nicht da, ich hatte ihnen erzählt, dass ich bei einer Schulfreundin zu Besuch war und deswegen erst spät nach Hause kam. Auf die Frage, warum ich als Halbwüchsige so spät überhaupt noch unterwegs war, meinte ich kleinlaut, dass ich nicht auf die Eltern gehört hatte und länger als vereinbart geblieben war. Ein Feuerwehrmann meinte dann, dass mein Ungehorsam in dem Fall ja sogar lebensrettend war und lachte sogar ein bisschen. Es war derselbe, der gefragt hatte, ob sich, nachdem ich ja hier war, jetzt nur noch zwei Personen in der Wohnung befänden. Er war offenbar nicht der Hellste, was Einfühlungsvermögen und Diskretion betrifft. Deswegen rede ich auch einfach nicht gern mit den Menschen. Sie können so dumm sein, weißt du?"
Sie sah den teilnahmslosen Bruno an. Sein Gesicht hatte sich in der Zwischenzeit etwas verändert, es war nicht mehr ganz so bunt und man konnte unter dem grünlich blauen Schatten schon wieder hautfarbene Züge erkennen.

„Ich weiß, du weißt jetzt gerade nicht viel aber irgendwo in deinem Kopf bist du ja anwesend, das weiß ich. Ich rede wirklich gern mit dir. Ich habe das Gefühl, ich kann dir alles sagen."
Herta führte den Sicherheitstürblick durch, den sie sich während ihres Erzählens angewöhnt hatte, damit nur ja niemand lauschen konnte.
„Ich möchte dir noch etwas sagen. Es ist so, dass ich schon vor langer Zeit beschlossen habe, meinem Leben ein Ende zu setzen, sobald ich 35 Jahre alt bin. Ich wollte mir dies ja eigentlich selbst zum Geburtstagsgeschenk machen und es genau an diesem Tag erledigen, aber da bist ja du mir in die Quere gekommen. Das macht nichts, ich muss es eben nur noch in diesem Jahr schaffen. Die Vorbereitung läuft, weißt du, die Nachtschwestern sind alle ein wenig einfältig, warum gibt man jemandem, der sich gerade umbringen wollte, Schlaftabletten? Sie sehen mir nicht mal zu, ob ich sie nehme. Da braucht man nur ein bisschen schauspielern und die glauben tatsächlich, dass ich von dem Ganzen nichts mehr weiß. Diese naiven Menschen. Aber dieser Umstand kommt mir eh nur zu Gute, war ja meistens so. 35 Jahre reichen nunmal für ein Menschenleben wie meines. Für meine Mutter haben die auch reichen müssen."
Herta sah Bruno wieder an. Nicht das kleinste Zucken. Zufrieden, dass sie nun alles los geworden war und dennoch nicht gestört wurde, sah sie sich wieder einmal in dem kahlen Zimmer um. Der Fernseher sah stumm und grau auf sie herab. Eigentlich lächerlich einen Fernseher in einem Zimmer zu haben, in dem ein Komapatient liegt. Die Fernbedienung lag sogar auf Brunos Nachtkästchen. Als ob das erste, was er tun wollte, wenn er aufwachte, war, den Minifernseher einzuschalten, der schon die ganze Zeit darauf zu warten schien, so stumm und grau wie er sie ständig

beobachtete. Auf dem Nachtkästchen lag außerdem ein Stapel Papier. Irgendwelche Akten, die wohl vom Krankenhauspersonal vergessen worden waren. Herta schüttelte den Kopf, wieder einmal war für sie die Unfähigkeit dieser Menschen darin bestätigt. Man konnte schließlich nicht irgendwelche Patientenakten herumliegen lassen. Nach dem Türsicherheitsblick nahm Herta den Stapel in die Hände. Es war offenbar Brunos Krankengeschichte verfasst von einem Dr. Enzenbach. Psychiatrischer Facharzt. Herta sah wieder in das Brunogesicht und dachte sich, dass wohl jedes stille Wässerchen auch tief war. Da sie jetzt neugierig geworden war und ungewöhnlicherweise mehr von ihrem stillen Gegenüber erfahren wollte, begann sie zu lesen.

Das Leben kettet dich
oft an
Dinge, Menschen und
Vorkommnisse,
die du eigentlich
nicht haben,
nicht kennen,
nicht erlebt haben
möchtest.
Es ist unerbittlich.
Aber bitte -
und vielleicht gerade
deswegen -
auch schön.

Brunokopf IV

Nachdem Bruno von Jugendamt, Polizei und Rettung aus der Mutterwohnung abgeholt worden war, kam er nie mehr dorthin zurück. Wie er später erfuhr, würde er sein zu Hause nie wieder betreten dürfen. Alle wichtigen Menschen meinten, dass dies nicht gut für ihn wäre. Man brachte ihm seine ganzen Sachen in das Kinderheim, in das ihn die Sozialarbeiterin noch am selben Tag verfrachtete. Er war dort nur vorläufig untergebracht, weil es im „Katholischen Heim für Kinder und Jugendliche", wie es sich nannte, eigentlich gar keinen Platz für den kleinen Bruno gab. Außerdem hoffte man noch, seinen Vater oder andere Verwandte von ihm zu erreichen, die ihn dann aufnehmen konnten. Doch seinen Vater erreichte man nicht, der wollte gar nicht erreicht werden, weil er sich nicht für seinen Sohn interessierte, das hatte er vorher nicht und würde er auch jetzt nicht tun. Vor allem dann nicht, wenn der Junge einige „Problematiken" aufwies, die offenbar durch die traumatische Erfahrung mit der toten Mutter zusammenzuleben, entstanden waren. Oder auch schon davor vorhanden gewesen waren. So zumindest die Meinung der wichtigen Leute. Das Vaterschiff war also abgefahren, schon damals, ohne Wiederkehr. Keiner konnte ihn erreichen, keiner wusste wo er sich überhaupt aufhielt, er hatte sich, wie schon erwähnt, aus dem Leben Bruno´s davon gestohlen. Obwohl er früher ja im Grunde kein schlechter Vater gewesen war, Bruno hatte eigentlich gute Erinnerungen an ihn, sofern er sich erinnern konnte. Er hatte schließlich das Baumhaus in der großen Birke für ihn gebaut, früher musste er ihn ja geliebt haben. Aber vielleicht konnte er einfach seine

Mutter nicht mehr leiden oder ihn selbst oder sie beide und ist deswegen auch nie mehr wieder gekommen. Bruno wusste es nicht. Er hatte auch nie mit seiner Mutter darüber gesprochen, darüber redete man nicht. Seine Mutter war grundsätzlich immer davon überzeugt, dass es viel wichtiger war im Hier und Jetzt zu leben, als sich über Vergangenes den Kopf zu zerbrechen. Der Putzplan stellte zum Schluss eine gute Möglichkeit dar, gemeinsam im Hier und Jetzt zu sein und dann auch noch zusammen zu sein über den Tod hinaus.

Nachdem Bruno von dem Rettungssanitäter mit einer Spritze gebändigt werden konnte, wachte er erst wieder im Krankentrakt des Kinderheims auf. Eine Nonne hatte neben seinem Bett ausgeharrt, bis er aufwachte, damit er nicht abermals durchdrehte, weil er nicht wusste wo er war.

„Guten Tag Bruno, mein Name ist Schwester Emma. Du bist hier im „Katholischen Heim für Kinder und Jugendliche“. Geht es dir soweit gut? Ist dir schlecht von dem Beruhigungsmittel?“

Bruno hatte plötzlich das Bedürfnis sich bei der netten Schwester ebenfalls vorzustellen.

„Guten Tag, mein Name ist Bruno HERBERT. Nein, schlecht ist mir eigentlich nicht, aber ich bin durstig.“

Schwester Emma reichte ihm ein Glas Wasser vom Nachttisch. Bruno trank einen Schluck und sah sich in dem Krankenzimmer um. Es standen weitere fünf Betten darin, die aber alle leer waren.

„Bin ich hier im Heim denn allein?“, fragte Bruno hoffnungsvoll.

Die Schwester lachte.

„Nein, leider nicht, wir sind hier nur im Krankentrakt und es sind sonst keine Zöglinge krank.“

„Bin ich denn krank?“, Bruno lief es kalt den Rücken hinunter, er wollte nicht krank sein. Krank sein war

schmutzig, mit jeder Menge Körperflüssigkeiten, die irgendwo herauskamen und eigentlich im Körper bleiben sollten.
„Nein, krank bist du nicht, ich wollte dich nur in Ruhe beobachten und warten bis du aufwachst."
Beim Thema Aufwachen fiel Bruno seine Mutter ein, die jetzt ganz allein in der Wohnung liegen musste. Wahrscheinlich wachte sie genau jetzt auf, wo niemand bei ihr war. Außerdem gehörte die Wohnung doch weiter geputzt, der Putzplan durfte ja nicht durcheinander kommen! Wohnung putzen, Mutter putzen, Bruno hatte doch viel zu tun und keine Zeit hier zu liegen und mit der netten Schwester zu tratschen. Bruno wollte aus dem Bett springen und fiel fast heraus, da ihm die Beine versagten.
„Hoppla, was soll denn das, wo willst du hin?" Schwester Emma konnte ihn gerade noch auffangen und half ihm zurück ins Bett.
„Du kannst jetzt noch nicht aufstehen und solltest dich noch von der Spritze erholen. Vielleicht schläfst du einfach noch ein bisschen."
Als die Schwester das sagte, bemerkte Bruno, wie müde er eigentlich war. Ein kleines Schläfchen würde ihn wieder zu Kräften bringen, damit er gestärkt nach Hause zum Putzen zurück konnte. Er schloss also seine Augen wieder und gab sich dem traumlosen nachnarkotischen Schlaf hin.
Als Bruno das nächste Mal aufwachte, hatte er gar keine Zeit zu überlegen, dass er es eigentlich eilig hatte, wieder nach Hause zurückzukehren. Schwester Emma meinte sofort, dass er nun sicher hungrig wäre. Bruno war erstaunt, dass die Schwester einen so guten Überblick über seine Bedürfnisse hatte. Tatsächlich knurrte ihm der Magen. Er sollte sich also anziehen, dann würden sie in den Speisesaal gehen, denn es gäbe gleich Abendessen. Bruno erschrak bei dem Wort

„Speisesaal". Was war das für ein riesiges Haus wenn es einen ganzen Saal für Speisen gab? Bruno hatte zwar Angst, konnte aber seinen Hunger nicht leugnen und gab dem Wunsch von Schwester Emma nach, zog sich an und folgte ihr in Richtung Speisesaal. Schließlich musste er auch etwas essen, um wieder gestärkt für das Putzen zu sein. Schlafen und richtig essen waren schließlich die wichtigsten Dinge, um gesund zu bleiben, sagte jedenfalls seine Mutter. Wenn er hier noch etwas aß, brauchte er sich zu Hause nicht mehr darum zu kümmern, sich ein Fertiggericht warm zu machen. Dies sparte schließlich Zeit und unterstützte ihn somit in der Durchführung seiner Pläne. Er folgte also der Schwester durch lange, hohe Gänge, hie und da standen Steinsäulen herum und von der Decke, die mit allerlei Verzierungen im Stein geschmückt war, hingen riesige Lampen. Doch Bruno hatte gar nicht so viel Zeit, nach oben zu sehen, da er unter sich einen glänzenden Steinfußboden bemerkte. Er war wunderschön und glänzte wie frisch poliertes Holz. Bruno starrte beim Gehen auf diesen Boden und setzte seine Schritte ganz sanft, um nicht Striche mit den Schuhen darauf zu machen. Er war plötzlich ganz damit beschäftigt sich zu fragen, wie dieser Boden so schön glänzen konnte, womit behandelten die ihn? War es eine besondere Politur oder gab es etwas Eigenes für Steinböden? Bestimmt gab es das, nur Bruno hatte noch nie Steinböden geputzt, also wusste er nicht, was es war. Dies beschäftigte ihn so sehr, dass er an nichts anderes mehr denken konnte. Derlei Dinge sollten ihn, wie wir bereits wissen, sein Leben lang begleiten, genauso wie die persönliche Vorstellrunde, erstmals angewendet bei Schwester Emma. Ersteres verwirrte ihn und lenkte ihn ständig ab von Dingen, die er eigentlich gerade zu tun hatte, was sehr ärgerlich und auch frustrierend sein konnte. Zweiteres, die

Vorstellrunde, gab ihm im Laufe des Lebens Sicherheit, sodass er dies bei jeder ersten Kontaktsituation einführte. Oft war das zwar unpassend, aber es ging ihm nichts über dieses Gefühl der Sicherheit, also tat er es mit der Zeit ganz automatisch und es war für ihn nicht mehr wegzudenken.

Nachdem er plötzlich von diesem glänzenden Steinboden gedanklich gefangen war, vergaß er, wo er sich eigentlich befand, was er vor gehabt hatte und was jetzt kommen sollte. Noch immer starrte er auf den Boden, als die Schwester eine riesige Tür öffnete. Es schienen ihm tausende Kinderstimmen entgegen zu hallen. Bruno erschrak so sehr, dass ihn das aus seiner gedanklichen Gefangenschaft riss. Er hob den Kopf und sah die gefühlt tausend Kinder in einem riesigen Saal an langen Tischen sitzen, sie unterhielten sich und lachten, Bruno hatte sofort das Gefühl, sie lachten über ihn. Ängstlich versteckte er sich hinter Schwester Emma. Beinahe an ihrem Rockzipfel hängend schlich er ihr in den großen Saal hinterher. Es gab offenbar Germknödel und Suppe zu essen, wie Bruno beim Vorbeigehen feststellte. Der Hunger meldete sich wieder als sein knurrender Magen und er versuchte die ganzen Kinder auszublenden. An der Ausgabe, wo Schwester Emma ihn hinführte, bekam er ein Tablett mit den Speisen, dann musste er sich an einen freien Platz zu den anderen Kindern setzen. Dies widerstrebte ihm zwar, weil die Kinder irgendwie schmutzig auf ihn wirkten und teilweise auch mit Essen um sich warfen, was die anwesenden Schwestern zwar zu unterbinden versuchten, es aber nicht immer schafften. Bruno musste neben einem dicklichen Jungen Platz nehmen, der unangenehm nach Schweiß roch. Der Junge sah ihn von der Seite an, als er sich setzte und meinte gleich:

„Komm mir ja nicht zu nahe du kleines Würstl, sonst hau ich dir eine rein.“

Mit so viel Gewaltbereitschaft hatte Bruno nun auch nicht gerechnet, aber er rückte bereitwillig von dem Jungen ab, da dessen Schweißgeruch ihm sowieso Übelkeit bereitete und er sich schwer tat in Anwesenheit dieses Geruchs etwas zu essen. Doch er hatte solchen Hunger, dass er die Suppe und den Knödel hinunterschlang, bevor er noch längere Zeit darüber nachdenken konnte. Nach dem Essen deutete Schwester Emma ihm wieder, er solle ihr folgen. Gerade wollte er sie fragen, wann er nun nach Hause gehen durfte, da betraten sie wieder den wunderschön glänzenden Steinboden und Bruno war erneut gefesselt von ihm. Er folgte der Schwester, ohne ein einziges Mal den Blick von diesem Boden abzuwenden. Plötzlich standen sie in einem neuen Raum, es waren drei Stockbetten darin. Schwester Emma zerrte aus der Ecke eine Art Notbett hervor und stellte es fast mitten im Raum auf, weil nirgendwo anders Platz war. Auf der Matratze waren seltsame gelbe Flecken, wovor sich Bruno sofort ekelte. Schwester Emma drückte ihm Bettzeug in die Hand und holte vom Kasten eine Decke und einen Polster herunter.

„So, das ist vorübergehend dein neuer Schlafplatz. Bezieh mal bitte das Bett, ich komme gleich wieder, dann schauen wir, ob deine Sachen schon da sind.“

Bruno stand schockiert vor diesem grauenhaften Klappbett. Hier sollte er schlafen? Auf diesen grauenhaften Flecken, mitten in diesem kleinen Zimmer, das eh schon mit den anderen Betten ausgefüllt war? Als Schwester Emma zurück kam, stand er noch immer wie angewurzelt vor dem Bett.

„Aber was machst du denn, ich sagte, du sollst das Bett beziehen!“

„Ich kann nicht..“, presste Bruno hervor. Er wusste nicht, wie er ihr signalisieren sollte, dass er hier keinesfalls übernachten konnte. Nach diesem Schock fiel ihm jetzt erst ein, warum er überhaupt hier schlafen sollte, zu Hause warteten schließlich sein Bett und sein Putzplan auf ihn.
„Ich möchte jetzt bitte wieder nach Hause.“, sagte Bruno bestimmt, nachdem ihm dies wieder eingefallen war.
Die Schwester starrte ihn ungläubig an.
„Junge, du kannst nicht mehr nach Hause. Du hast jetzt kein zu Hause mehr. Weißt du denn nicht mehr, was passiert ist?“
Jetzt starrte Bruno sie an. Was war denn passiert? Sie hatten ihn von zu Hause weg gebracht und ihn an der weiteren Durchführung seines Putzplans gehindert. Bruno strengte sich an, aber ihm fiel nichts ein, was sonst noch passiert sein könnte. Außerdem wartete seine Mutter auch auf ihn und sie wollte ebenfalls in den Putzplan integriert werden.
„Bruno, man hat deine Mutter tot im Schlafzimmer gefunden. Du kannst nicht mehr dorthin zurück. Deine Mutter ist gestorben. Keiner kann dort mehr auf dich aufpassen.“
Gestorben? Bruno setzte sich auf das Bett. Er dachte ein wenig über die Worte von Schwester Emma nach. Diese setzte sich vorsichtig zu ihm. Bruno schüttelte langsam den Kopf.
„Irgendwann wacht sie bestimmt auf. Außerdem ist es egal, ich muss sie ja trotzdem sauber halten. Und die Wohnung. Wer putzt dann jetzt die Wohnung?“
Die Schwester schaute ihn noch ungläubiger an. Dieses Kind war wirklich schwer von Begriff. Sie hockte sich vor ihn hin, nahm ihn an den Schultern und sah ihm tief in die Augen.

„Bruno, deine Mutter ist tot. Ihre Leiche wurde bereits aus der Wohnung weg gebracht und sie wird in den nächsten Tagen begraben. Die Wohnung ist jetzt nicht mehr dein zu Hause. Du wirst nie wieder dorthin zurück können."
Die Schwester sprach ganz ruhig und bestimmt. Nach jedem Satz machte sie eine gedankenschwere Pause, um den Inhalt auf Bruno wirken zu lassen. Er musste verstehen, was geschehen war. Die Worte der Schwester hallten in seinem Kopf wider. Begraben, nie wieder dorthin zurück, nicht mehr dein zu Hause. Bruno hatte, unmittelbar nach dem er seine Mutter tot im Bett gefunden hatte, bereits gewusst, dass sie gestorben sein musste, so dumm war er schließlich nicht. Aber sein Verstand hatte ihn beschützen wollen vor dieser grauenhaften Wahrheit und hatte ihm eine Wirklichkeit vorgegaukelt, die einfach besser war als die Realität. Nämlich, dass seine Mutter vielleicht doch nur schliefe und er in der Zwischenzeit verantwortlich war, die Wohnung sowie sie selbst sauber zu halten, den Putzplan aufrecht zu erhalten, bis die Mutter wieder mit einsteigen konnte. Dass sie wirklich tot war, hatte sein Verstand bis zu den gerade gesprochenen Worten der Schwester vollkommen verdrängt. Rasend schnell stürzte die Realität wieder auf ihn herein, wie ein Kübel voll Eiswasser, der ihm über den Kopf geleert wurde. Das Erlebte kehrte in Bildern und Gefühlen wieder zu ihm zurück. Die starrenden Augen der Mutter, ihre kalte Haut unter seinen Fingern. Plötzlich wurde ihm schlecht. Gerade noch konnte die Schwester ausweichen und er erbrach sich auf den glänzenden Steinfußboden. Suppe und Germknödel waren wieder futsch und der schöne Steinfußboden war beschmutzt. Das quasi Gute daran war, dass Bruno nun nur noch daran denken konnte, dass der glänzende Boden jetzt gereinigt werden

musste. Er fragte die Schwester nach Eimer und Putzmittel.

Dies war also Brunos vorübergehendes zu Hause. Nach dem Vorfall, der das Beschmutzen des glänzenden Steinbodens zur Folge hatte, durfte Bruno die Nacht noch einmal im Krankentrakt verbringen. Dem Wunsch, den Boden selbst reinigen zu dürfen, kam Schwester Emma nicht nach, sie zerrte ihn stattdessen hinter sich her in Richtung Krankenzimmer. Der Gedanke, wer diese Schweinerei nun sauber machen würde, beschäftigte Bruno weiterhin sehr und nicht einmal der glänzende Steinboden im Flur lenkte ihn davon ab. Auf die weiteren Bitten, dies doch bitte sauber machen zu dürfen und ihm zu zeigen, wo sich Putzutensilien befänden, reagierte Schwester Emma nicht. Sie steckte ihn in das Bett und in seinen Mund einen Fieberthermometer. Die Schwester war der Meinung, der Junge wäre wirklich körperlich krank und phantasiere vor sich hin, da er sich einfach seltsam verhielt. Sie hatte noch nie ein Kind kennengelernt, das seinen Dreck selber weg machen wollte bzw. das in weiterer Folge richtiggehend besessen davon war. Der Thermometer zeigte eine normale Körpertemperatur an. Bruno durfte trotzdem im Krankenzimmer bleiben, was ihn wieder ein wenig ruhiger stimmte, da dies bedeutete, dass er nicht auf der gelb befleckten Matratze schlafen musste, die sich mitten in einem Zimmer voller unbekannter Kinder befand. Bruno wusste nicht, welcher dieser beiden Umstände wohl der schlimmere war. Er wollte gar nicht daran denken, dass er die nächste Nacht vielleicht wirklich in diesem Zimmer verbringen musste. Er überlegte sich, dass er, bevor dies geschehen konnte, diese Matratze irgendwie reinigen musste. Offenbar war dies doch der schlimmere

Umstand, das Notbett würde er schon irgendwie so hinschieben, dass er nicht ganz in der Mitte des Raumes, unter Beobachtung aller verweilen musste. Aber diese Matratze.. Ihm ekelte so sehr davor, dass er gar nicht wusste, wie er sie reinigen sollte, wenn man ihn denn ließe, weil er sich nicht vorstellen konnte, sie überhaupt zu berühren. Er war es nun so sehr gewohnt in einem akribisch sauberen Umfeld zu leben, dass er jegliche Form von Schmutz abstoßend fand, besonders Schmutz von anderen Personen, geschweige denn Körperflüssigkeiten aus Öffnungen fremder Körper. Apropos fremde Körperflüssigkeiten, er war in dieser Nacht auch nicht mehr allein im Krankenzimmer. Im Bett auf der gegenüberliegenden Seite des Raumes lag ein Mädchen, das offensichtlich unter einer starken Erkältung zu leiden schien. Sie schniefte und schnäuzte sich ständig, hustete und stöhnte vor sich hin. Bruno zog sich die Bettdecke bis unter die Augen hoch, vielleicht konnte er so die Aufnahme der umherschwirrenden Keime aus der Luft dieses Raumes in seinen Körper verhindern. In der Schule hatten sie einmal einen Film gezeigt, der sehr genau veranschaulichte, wie das mit der Übertragung von mikroskopisch kleinen Keimen funktionierte. Sie waren als kleine Tierchen dargestellt, die in Nase, Mund und Ohren eindringen konnten, natürlich ohne dass der Mensch etwas davon bemerkte. Durch häufiges Hände waschen und sich in Grippezeiten möglichst wenig unter vielen Menschen aufzuhalten, konnte man sich vor der Aufnahme schützen. Aber Bruno befand sich in diesem Heim ganz offensichtlich unter vielen Menschen, es war auch vielleicht gerade Grippezeit und Hände waschen würde ihm in diesem Fall wenig helfen, da dieses Mädchen ja schon die ganze Luft damit verseuchte. Bruno versuchte sich gedanklich von diesen Keimen abzulenken. Er dachte

darüber nach, warum hier überhaupt ein Mädchen im selben Zimmer lag. Es gab schließlich getrennte Jungen- und Mädchentrakte in diesem Heim, wie er schon bei seinem Ankommen feststellen hatte können. Aber vermutlich waren Speisesaal und Krankentrakt davon ausgenommen, es schien ja sowieso schon zu wenig Platz im Heim zu geben, sonst wäre seine Gelbfleckenmatratze nicht mitten in diesem Zimmer aufgestellt worden. Als er wieder an diese Matratze dachte, ekelte er sich zum wiederholten Male und versuchte schnell wieder an etwas anderes zu denken. Von dem vielen Denken wurde Bruno langsam müde, er merkte es kaum aber seine Lider wurden ihm immer schwerer und er konnte die Augen schon nicht mehr offen halten. Er fiel in einen leichten Schlaf.
Als er aufwachte und die Augen langsam öffnete, sah er eine schemenhafte Gestalt an seinem Bett sitzen. Er dachte, Schwester Emma werde wohl schon wieder gekommen sein, hoffentlich wollte sie ihn nicht in das andere Zimmer verfrachten. Ängstlich öffnete er die Augen ganz und sah plötzlich eine fremde Gestalt neben sich sitzen. Es war das Mädchen, das zuvor noch in seinem Bett gelegen und in seiner Erkältung ganz aufgegangen war. Sie schniefte ein wenig und Bruno sah, dass sie niesen musste. Schnell drehte er sich auf die andere Seite, zog sich die Decke ganz über den Kopf und schlang die Arme um seine Knie. Womöglich half ihm die Embryostellung ja auch, ihn vor diesem Keimbefall zu schützen. Das Mädchen nieste laut in seine Richtung und schnäuzte sich daraufhin noch lauter in ein bereits gebrauchtes Taschentuch. Bruno verharrte unter der Decke, wieso musste sie nur so nah bei ihm sitzen. Als es einige Zeit ganz ruhig gewesen war, glaubte Bruno sie wäre womöglich auf dem Stuhl eingeschlafen, oder, und dies hoffte er inbrünstig, sie war leise aufgestanden

und wieder weg gegangen. Bruno zog vorsichtig die Decke unter die Augen und blickte über die Schulter. Sie saß noch immer da und starrte ihn an. Schnell verschwand er wieder unter der Decke. Minuten vergingen und Bruno wartete, dass sich das keimeproduzierende Kind endlich von ihm entfernte. Aber nichts geschah. Zumindest nieste oder hustete sie jetzt nicht mehr. Bruno beschloss nun doch einen Blick zu ihr zu wagen. Solange sie keine weiteren Symptome zeigte, konnte er das Risiko eingehen. Er blickte das Mädchen über die Schulter hinweg an. Sie war rot um die Nase und hatte einen etwas glasigen Blick, aber wie Bruno feststellte, kam dieser Blick aus sehr schönen, fast dreifarbigen Augen. Diese Augen schauten ihm nun ins Gesicht. Der Blick war tief und unergründlich. Die Augen begannen Bruno zu faszinieren. Fast genauso wie der glänzende Steinboden, nur noch schöner, glänzten ihn diese fiebrigen Augen an. Er konnte seinen Blick und seine Gedanken nun nicht mehr davon abwenden, sie hatten ihn in ihren Bann gezogen und er starrte sie an. Dem Mädchen schien dies nichts auszumachen und sie starrte gleichsam zurück. So saßen sie lange Zeit, Bruno in seinem Bett, der sich von ihm selbst unbemerkt zu ihr gedreht und aufgesetzt hatte und das Mädchen auf dem Schwester-Emma-Stuhl neben ihm. Sie saßen so lange da, bis Schwester Emma tatsächlich wieder zurückkehrte und das Mädchen sofort wieder in sein Bett schickte.
„Aber Kind, du bist doch viel zu krank, um hier in der Kälte herum zu sitzen. Was machst du überhaupt da? Los, ab ins Bett!“
Mit diesen Worten riss die Schwester Bruno aus seinem gedanklichen Gefängnis, die Augen verschwanden und er konnte endlich wieder zu sich kommen. Er zog sich wieder die Decke über den Kopf und so

erschöpft wie er von diesem faszinierenden Bockschauen nun war, schlief er in der Embryostellung sofort ein.
Am nächsten Tag hatte Bruno Halsschmerzen, seine Nase war verstopft und er musste ständig niesen. Decke sowie Embryostellung dürften wohl nichts genutzt haben, er hatte sich bei dem Augenmädchen angesteckt. Oder schon davor bei den tausenden anderen Kindern im Speisesaal, dies war schließlich eine Menschenansammlung, wovor man in dem Film gewarnt hatte. Bruno ekelte sich vor sich selbst, aber er konnte nichts dagegen tun, musste sich ständig schnäuzen und seinen Rotz und seinen Hustenauswurf in Taschentücher deponieren, die er sorgfältig im Mistkübel neben dem Bett verschwinden ließ. Immer wieder stand er auf, um sich beim Waschbecken die Hände zu waschen, da ihm nach dem Schnäuzen vor den eigenen Händen graute. Aber da es einfach zu oft vorkam, gab er es irgendwann auf, weil er zu schwach war, um ständig aufzustehen. Anfangs schaute ihm das seltsame Mädchen von ihrem Bett aus zu wie er immer wieder vom Bett zum Waschbecken ging, es schien sie auch irgendwie zu belustigen, denn jedes Mal, wenn er einen Blick zu ihr wagte, lächelte sie ihn ein wenig an. Als er dann schon zu schwach war und beschlossen hatte, nicht mehr jedes Mal aufzustehen, saß sie plötzlich wieder neben ihm, als er nach einem kurzen Schläfchen die Augen öffnete. Er erschrak ein wenig, freute sich dann aber auch irgendwie, dass er wieder in diese wunderbar blitzenden Augen sehen konnte. Keinem der beiden kam es auch nur irgendwie in den Sinn, dass sie auch einige Worte miteinander sprechen hätten können. Das war nicht notwendig. Bruno musste plötzlich sehr stark husten, bekam ein hochrotes Gesicht und sank nach dem Hustenanfall erschöpft im Bett in sich zusammen. Das Mädchen

blickte ihn nun sogar sorgenvoll an. Es stand auf und holte ihm vom Waschbecken ein Glas Wasser. Bruno sah sie dankbar an und trank es in einem Zug leer. So saßen sie dann fast den ganzen Tag, das Mädchen in ihrem Sessel – sie schien sich von ihrer Erkältung schon weitgehend erholt zu haben und schniefte nur noch ab und zu, was Bruno beruhigte, da er meinte, dass es bei ihm dann auch nicht lange dauern konnte – und Bruno in seinem Bett, mal wach und mal halb schlafend. Aber immer wenn er die Augen öffnete sah er in diese dreifarbigen Wunderaugen, die ihn wachsam beobachteten.

Schwester Emma meinte in der Früh nur, dass er in diesem Fall wohl noch länger im Krankenzimmer liegen müsse und Bruno freute sich insgeheim sehr darüber, der Gelbfleckenmatratze noch einmal entkommen zu sein. Krankheit hin oder her, diese Matratze war um vieles schlimmer. Doch Bruno hatte eigentlich gar keine Zeit über solche Dinge nachzudenken. Er hatte ja immer, wenn er wach war diese wunderschönen Augen im Blick, die ihn von allem Bösen ablenkten und ihn ganz in ihren Bann zogen. Er hatte während dieses Tages eigentlich hauptsächlich schöne Gefühle, obwohl er ja krank war. Dieser Umstand störte ihn nicht weiter. So etwas hatte Bruno noch nie erlebt. Er konnte sich auf diese Form der Ablenkung so gut einlassen, sodass es nicht wie sonst eine gedankliche Gefangennahme war, sondern ein Hineinsinken in wohlige Wärme, ein Fallenlassen ohne jegliche Angst. Obwohl sie kein Wort miteinander sprachen, gab es irgendeine Art von Verbindung zwischen ihnen. Sie verstanden sich auch ohne Worte in ihren Köpfen.

Als Schwester Emma am nächsten Morgen zu dem Mädchen sagte, dass es nun wieder auf sein Zimmer gehen könne, da sie ja wieder halbwegs gesund und

nicht mehr ansteckend wäre, war dies für Bruno wie ein Faustschlag in die Magengrube. Er war so in das schöne Versinken in die Augen dieses Mädchens vertieft gewesen, ohne sich um die Realität und die möglichen Folgen einer Gesundung ihrerseits kümmern zu können. Die Wirklichkeit traf ihn nun wieder voll, eine riesige Faust, die nicht nur seine Magengrube erwischte, sondern ihn als ganze Person davon zu schlagen drohte. Er erinnerte sich wieder daran, warum er überhaupt hier war, an die kalte, tote Mutter, die nun wirklich nie wieder aufwachen würde und an das Gelbfleckensechsbettzimmer, das nun sein neues zu Hause sein musste. Wie erschlagen sank er zurück in sein Krankenbett und schloss die Augen. Als er sie wieder öffnete, war das Mädchen aus dem Zimmer verschwunden, ihr Bett sah frisch bezogen und unbenutzt aus und Bruno glaubte schon, dass sein Verstand sich das alles wohl nur eingebildet hatte, damit er nicht an alles andere denken musste. In einer Art Schockstarre legte er sich wieder in der Embryostellung in sein Bett, diesmal nicht zum Schutz vor Keimen, sondern vor allem anderen, was da noch auf ihn zukommen sollte.
Am nächsten Tag in der Früh kam Schwester Emma an sein Bett. Die Erkältung war schon so gut wie weg und Bruno ahnte nun, dass das schon seit Tagen Befürchtete eintreten würde – er musste in das Gelbfleckenzimmer umziehen. Doch Schwester Emma lächelte ihn nur an und setzte sich zu ihm.
„Bruno, ich habe gute Nachrichten für dich. Wir haben entfernte Verwandte von dir gefunden, die dich gerne bei sich aufnehmen würden. Es sind die Großcousine deiner Mutter und ihr Mann. Vermutlich wird es am besten sein, wenn du sie Tante und Onkel nennen wirst. Sie kommen heute Nachmittag, um dich abzuholen. Sie wohnen gar nicht weit weg von hier

und haben ein Haus mit Garten. Dort wird es dir bestimmt gefallen!“

Bruno überlegte kurz, ob ihm das tatsächlich gefallen könnte und kam zu dem Schluss, dass alles besser sein musste, das keine gelben Flecken und sechs weitere Mitbewohner in einem Minizimmer verhieß. Obwohl er noch nie davon gehört hatte, dass seine Mutter eine Großcousine hatte, geschweige denn, was eine Großcousine überhaupt war, nickte er und fügte sich seinem Schicksal. Entscheidungsmacht war ihm zu diesem Zeitpunkt ja grundsätzlich keine gegeben, er konnte nichts anderes tun, als den neuen Plan hinzunehmen. Also legte er seine paar Kleidungsstücke sorgfältig zusammen, packte sie wieder in den Koffer zurück, den Schwester Emma ihm irgendwann hingestellt hatte, und bereitete sich innerlich auf das nächste Leben vor. Er beruhigte sich, indem er sein Bett machte, dabei alle Falten glatt strich und es so aussehen ließ, als hätte nie jemand darin geschlafen. Vielleicht konnte er auf diese Weise auch überhaupt vergessen, dass er jemals hier gewesen war und die Erinnerungen gleichsam aus seinem Kopf streichen, wie die Falten aus der Decke. Es gab zwar auch gute Erinnerungen, aber was sollte er mit diesen in seinem neuen Leben anfangen, sie würden ja doch irgendwann verblassen und nicht mehr wichtig sein. Da konnte er sie auch gleich ganz hier lassen. Vielleicht war dies alles ja auch gar nicht geschehen und das Mädchen war nur eine Konstruktion seines Fieberwahns gewesen.

Am Nachmittag betrat eine kleine, dickliche Frau das Krankenzimmer, blickte ihn aus strengen Augen an, meinte, dass sie seine Tante Maria sei und er sich nun flott anziehen sollte, Onkel Peter warte bereits im Auto. Also zog er seine Jacke und seine Schuhe an, nahm seinen Koffer und verließ das Gebäude mit dem glänzenden Steinboden und den glänzenden dreifarbigen Augen und setzte sich in ein fremdes Auto mit einem murrenden Mann am Fahrersitz. Als er aus dem Fenster sah, um noch einmal einen Blick auf das Heim zu werfen, bemerkte er hinter einem der Fenster des Mädchentraktes eine Gestalt. Sie schien das Auto zu beobachten und Bruno bildete sich ein, dass er die Gestalt winken sah. Ehe er die Hand heben konnte, um zurückzuwinken, fuhr das Auto mit einem Ruck an, er wurde in den Sitz gedrückt und verließ so diesen Abschnitt seines Lebens hinein in ein unbekanntes Nichts.

Maul.
Maul aufreißen.
Meinung sagen.
Aufstehen und gehen.
Maul.
Maul geschlossen halten.
Runterschlucken.
Funktionieren und
vergehen.
Maul.
Unglücklich sein?
Ausgleichen und beides
angehen.
Maul.

Hertakopf IV

Herta konnte nicht weiterlesen, sie war zu schockiert. Bruno's Geschichte war ziemlich genau in dieser Krankengeschichte beschrieben. Aber sie hätte niemals erwartet, dass... Herta ließ den Stapel Blätter zu Boden fallen. Oder eher gesagt, sie rutschten ihr, wie in Zeitlupe aus den Fingern. Ein halbes Leben flog an Herta vorbei und gleichzeitig segelte es blattweise unter das Brunobett. So saß Herta einige Minuten lang, starrte nur vor sich hin, sah zwischendurch immer wieder Bruno an und schüttelte den Kopf. Der lag wie immer da mit seinem nun schon fast wieder rosigen Gesicht, das nur noch stellenweise von bläulichgrünen Striemen durchzogen war, als hätte man ihn mit einer Peitsche gefoltert. In Wahrheit rührten diese Striemen aber von den Gitterstäben einer Kanalabdeckung her, auf die er genau mit dem Gesicht gefallen war, als sie auf ihm landete. Zuvor hatte man noch nichts von diesen Striemen wahrgenommen, da natürlich sein halbes Gesicht zerbrochen war bei diesem Aufprall. Sein Jochbein, sein Kiefer, alles quasi eine wabbelige Masse. Da war es natürlich klar, dass dieser Gesichtsmatsch vorerst nicht als solches zu identifizieren war. Grün und blau wie er war und anfangs teilweise bandagiert wie eine Mumie, hätte nicht einmal seine eigene Mutter ihn erkannt. Bei Mutter musste Herta wieder an das Mutterputzen denken, das in der Anamnese auch kurz beschrieben war und sie schüttelte sich ab, wie ein nasser Hund, um ihren Ekel und das Grauen loszuwerden. Herta überlegte, was wohl schlimmer war: Beide Eltern an ein Feuer zu verlieren, das man selbst verschuldet hatte, oder seine tote Mutter kalt in der eigenen

Wohnung zu finden und danach zu meinen, sie nur so lange rein halten zu müssen, bis sie wieder aufwachen würde. Und dann dahinter zu kommen, dass sie niemals wieder aufwachen würde. Und dann sich irgendwann beim Erwachsenwerden bewusst zu werden, was man da eigentlich als Kind getan hatte. Herta schüttelte wieder ihr Ekelgrauen ab. Für sie war es da natürlich sonnenklar, dass man bei so einer Vergangenheit eine Psychotherapie machen musste. Dass man einen Psychiater hatte, der einem Pillen verschrieb und mit einem redete. Es konnte schließlich nicht jeder so wunderbar mit seiner schweren Kindheit umgehen, wie sie selbst. Bisher hatte sie ja kein schlechtes Leben gehabt, sie hatte sich um eine Ausbildung und einen Job gekümmert und sie konnte eigentlich ein ganz gutes Leben führen. Alleine in ihrer Wohnung. Wenn sie niemanden sehen musste. Anders war es zwar, wenn sie mit Menschen Kontakt haben musste und in ihre verschiedenen Rollen schlüpfte, um nur ja nicht zu zeigen, wer sie wirklich war. Die Frage für sie aber war jetzt eigentlich: Wer war sie denn wirklich? Bruno hatte eine schwere Geschichte, sie wog so schwer, dass er offensichtlich einen ordentlichen Knacks davon getragen hatte. Doch sie hatte das Gefühl, dass er sehr wohl genau wusste, wer er war. Er hatte nur Probleme bei der Bewältigung dessen, wie er eben war. Doch Herta wusste eigentlich gar nicht mehr, wer sie hinter den ganzen Rollen, die sie zu spielen pflegte, tatsächlich war. War sie nicht die aggressive kleine Bitch, die ihre eigene Mutter regelmäßig geschlagen hatte, weil sie wegen irgendeiner Kleinigkeit ausgezuckt war? So eine wollte nun wirklich niemand haben und genau deshalb hatte sie schon als Jugendliche den Plan auserkoren, sich mit 35 das Leben zu nehmen, da sie bis dahin genug gelebt haben musste. Ihre Eltern und vor allem ihre Mutter, die sie zwar nie verstanden und immer etwas an ihr auszusetzen gehabt hatte, hatten es trotzdem nicht verdient einfach so im Schlaf zu verbrennen. Dies alles wäre nicht passiert, wenn sie nicht so eine Bitch hätte sein müssen, die mitten in der Nacht verdammte Waffeln machen musste und das blöde Waffeleisen nicht ausgesteckt hatte. Es wäre nicht passiert, wenn sie auf eine Auseinandersetzung mit ihrer Mutter nicht so verrückt reagiert hätte. Aber es war nunmal passiert und Herta sah nicht ein, warum sie dann das Recht haben sollte, länger leben zu können als ihre Eltern es getan hatten. Mehr durfte für sie nicht vorgesehen sein. Und schließlich interessierte es eh genau niemanden, dass sie mit 35 diese Welt verlassen würde. Sie hatte keine Freunde, keine Bekannten, keine Menschen, mit denen sie irgendwie hätte anecken können, außer jene, mit denen man zwangsläufig zu tun haben musste, wie Supermarktmenschen, Bankangestellte oder Frisörinnen. Für jeden von ihnen hatte sie ihre eigenen Hertas. Die kamen recht gut zurecht mit diesen alltäglichen Kommunikationsdingen, so wie die Krankenhausherta jetzt mit den Krankenhausleuten zurecht kam. Nur die Frisörinnenherta eckte manches Mal mit einer Frisörin an. Dies war dann aber gar nicht mehr die Frisörinnenherta, nein, die war nämlich freundlich, nickte ständig und hörte gespannt zu, was die Frisörinnen zu sagen hatten. Aber irgendwann, wenn die Frisörinnen einmal doch den Bogen überspannten und ihre Quasslerei einfach nicht mehr stoppen wollten, da irgendwann wurde es auch der Frisörinnenherta zu viel und sie ging. Zurück blieb die echte Herta, die Herta, die Herta glaubte zu sein oder sein zu müssen, wenn keine Rolle mehr tragbar war. Da kam also die echte Herta heraus, hörte noch kurz zu mit einem zuckenden Auge und von einem Moment auf den anderen verwandelte sie sich von der

Lächelnden und Nickenden zur Furie, die plötzlich losschrie, wie hohl diese besagte Frisörin wohl sein musste, um so viel Blödsinn in ihrem hirnverbrannten Kopf zu produzieren, der dann als verbaler Durchfall aus ihr herausbrechen musste, jedes Mal, wenn sie einem Kopf die Haare schnitt. Die arme, aus heiterem Himmel beschimpfte Frau wich einen Schritt zurück und sah Herta erschrocken an. Sie hatte nicht erwartet von der eben erst so netten Frau plötzlich halb attackiert zu werden. Herta hatte dies ebenso wenig erwartet, bzw. hatte nicht erwartet auf einmal von ihrer Rolle im Stich gelassen zu werden und selbst in Erscheinung treten zu müssen. Sie mochte sich eigentlich in diesen Momenten selbst nicht, sie mutierte tatsächlich zur Furie, die kaum zu halten war. Wenn alle Stricke rissen und nicht einmal die Rolle mehr mit der Situation fertig werden konnte, musste Furienherta her, die würde dann alles regeln. Oder anders gesagt, der letzte Ausweg war die Flucht in die Aggression und die verbale Attacke, so wie sie es immer gelernt hatte. Die Problemlösung – nämlich, dass man sie in Ruhe ließ – war dann nicht mehr weit, das „Regeln" sah dann so aus, dass Herta nach einigen verbalen Auswürfen mehr, von der Chefin des Salons aus dem Frisörladen hinaus komplementiert wurde. Mit einer halben Frisur stand sie nun auf der Straße und fragte sich, was da gerade geschehen war. So und ähnlich endeten Menschenkontakte, wenn sie tatsächlich einmal ganz sie selbst war und das war für keine der Parteien eine feine Sache, ganz im Gegenteil. Das Gegenüber fühlte sich von ihr klarerweise attackiert und zu Unrecht beschimpft und Herta fühlte sowieso gar nichts mehr und raste nur noch vor Wut. Nämlich vor Wut über die andere Person, die das in ihr ausgelöst hatte und vor allem vor Wut über sich selbst, dass sie offensichtlich nicht anders reagieren konnte

als zum Monster zu mutieren. So sah sie sich nämlich, als Monster, das dann nicht mehr zu halten war, ähnlich dem grünen Hulk, der sich auch durch auftretende Wut vom Menschen in ein wahrhaftiges Monster verwandelt. Sie war die grüne Herta mit funkelnden dreifarbigen Augen, die kein gutes Haar an ihrem Gegenüber lassen konnte. Doch dies war vielleicht auch nur so, weil sie die echte Herta vor so einem Ausbruch nie herausließ, sie sperrte sie in sich ein und ließ die Rollen für sich arbeiten. In der Rolle war sie freundlich, konnte Gefühle zeigen und erlebte manchmal sogar eine Art Vergnügen. Die echte Herta schaute dabei zu, erinnerte sich gerne an die schönen Dinge, die in den Rollen passierten, maß dem aber wenig Bedeutung zu, da sie meinte, dies ja nicht selbst gewesen zu sein. Die echte Herta war die Hulkherta. Eine böse, aggressive Frau, die niemanden an sich heran lassen würde. Außer ein einziges Mal. Und dieses Mal war sie bitter enttäuscht worden. Ab diesem Zeitpunkt gab es keine echte Herta mehr in freier Wildbahn, sie wurde nur in der größten Not hervorgekehrt. Als Herta nun in diesem Raum saß, noch immer an Brunos Bett und in ihrem Rollstuhl, packte sie plötzlich dieses Hulkgefühl. Warum ließ man sie so lange warten, es war jetzt immerhin Zeit für das Abendessen und sie hockte noch immer in diesem Brunozimmer. Herta drückte auf den blauen Knopf mit dem Strichkrankenschwersterchen, das über Brunos Bett baumelte, als könnte er irgendwie davon Gebrauch machen. Der Weißkitteldoktor vom letzten Mal schneite in das Zimmer und fragte,
„Frau Hertz, alles in Ordnung?"
Zum Glück waren die Anamnesepapiere unter Brunos Bett gesegelt, sodass der Doktor nicht sehen konnte, dass sie sie entdeckt hatte.

„Ja, ich möchte jetzt zurück in mein Zimmer, oder wollen Sie mich hier verhungern lassen?“
Die Hulkherta war nun voll ausgebrochen.
„Glauben Sie etwa, ich hätte Lust, hier den ganzen Tag zu verbringen? Glauben Sie, ich wäre das Kindermädchen von diesem halben Krüppel da? Warum bringen Sie mich überhaupt immer hierher? Ich möchte jetzt gefälligst in mein Zimmer und wenn möglich auch dort bleiben. Das ist ja wohl die Höhe, dass sie mich hier sitzen lassen, wie ein ordinäres Möbelstück. Für wen halten Sie mich denn eigentlich? Für einen Clowndoktor ohne rote Nase, der zur fragwürdigen Belustigung von Komakrüppeln eingesetzt wird? Ich bitte Sie!“
Doktor Weißkittel wurde ebenso weiß um seine kleine, spitze Nase, wie sein Kittel. Einen solchen Auftritt hatte er nun wirklich nicht erwartet, genauso wenig wie damals die arme Mundddurchfallfrisörin. Starr vor Schreck blieb er im Türrahmen stehen und wusste offenbar nicht, wie er reagieren sollte. Dieses Zögern veranlasste Herta zu erneutem Hulkigsein.
„Was stehen Sie da rum, wie ein angewurzelter Baumwollstrauch mit ihrem weißen Mäntelchen? Ich habe gesagt, Sie sollen mich in mein Zimmer zurückbringen! Bin ich schwer zu verstehen, oder was? Ich – habe – Hunger!“
Der Baumwollstrauch konnte sich nur langsam aus seiner versteinerten Verwurzelung lösen, kam schnell auf Herta zu, packte ihren Rollstuhl und fuhr wortlos mit ihr in ihr Zimmer. Als er ihr ins Bett geholfen hatte und die Schwester mit dem Essen hereinkam, meinte er noch zu ihr,
„Offensichtlich sind Sie heute in keiner guten Verfassung, Frau Hertz. Darf ich Sie fragen, was genau Sie so wütend gemacht hat? Grundsätzlich lasse ich so nämlich nicht mit mir reden, dies ist kein

normaler Umgangston, ich weiß nicht, ob Sie das bemerkt haben?"
Herta sah ihn entgeistert an und prustete,
„Ob ich es gemerkt habe? Tja, was denken Sie?"
Herta atmete laut aus und seufzte. Sie versuchte aktiv den Hulk wieder loszuwerden, ihn auszuatmen, ihn mit jeder Faser ihres Körpers aus sich herauszublasen. Es wirkte zumindest so viel, dass sie beschließen konnte, nun einfach nichts mehr zu sagen, dies war nun wohl das Beste, um dem Doktor nicht noch mehr hulkige Worte entgegen zu schleudern und ihn so noch mehr zu verwirren bzw. vor den Kopf zu stoßen. Der Doktor schien dasselbe zu denken, denn er sagte auch nichts mehr und wollte sich anscheinend auch nicht noch mehr bieten lassen, denn er drehte sich um und ging mit flatterndem Mäntelchen aus ihrem Zimmer hinaus. Herta atmete tief ein und aus, ihr Puls verlangsamte sich wieder ein wenig und sie merkte, wie wieder normale Lebensgeister in sie zurückkehrten. Warum musste sie nur immer so durchdrehen? Sie wusste nicht einmal, was diesen Auszucker ausgelöst hatte. Bisher konnte sie zumindest benennen, was Auslöser sein konnten, dieses Mal war ihr der Grund aber völlig fremd. Normalerweise passierte so etwas nur während direkter Kommunikation mit anderen. Da sie allein im Zimmer gewesen war, abgesehen von dem schlafenden Bruno natürlich, war es für Herta seltsam, dass trotzdem so ein Anfall aufgetreten war. Hatte Bruno´s Geschichte das bei ihr ausgelöst? Die Geschichte selbst vielleicht nicht, aber eventuell der Umstand, dass sie durch sie an den letzten Moment erinnert wurde, als sie tatsächlich Herta war, und zwar die ursprüngliche Herta ohne immer auch Hulk sein zu müssen, und so auch an den Schmerz des Verlassenwerdens, der ihr damals als fragwürdige Belohnung hinterlassen wurde. Der Anfall galt also

eigentlich Bruno, obwohl auch der im Grunde nichts dafür konnte. Herta bemerkte nun, dass ihr Essen, das die Schwester bereits vor sie auf das Tablett gestellt hatte, schon kalt geworden war. Sie aß es trotzdem schnell auf, da der zuvor zu Schimpfzwecken angekündigte Hunger nun tatsächlich eingetreten war. Nach dem letzten Bissen drückte sie auf das Strichkrankenschwesterchen, um nach ihrer allabendlichen Tablette zu verlangen. Die Schwester meinte, dass dies der letzte Abend wäre, an dem sie ihr so eine Tablette geben dürfe, da diese Tabletten abhängig machen würden und es nun Zeit war, sie wieder abzusetzen. Auf die Frage, ob sie denn noch immer solche Schmerzen hätte, brummte Herta nur grimmig ein unverständliches „Ja, was glauben Sie denn", und die Schwester rauschte genauso wie der Doktor ohne ein weiteres Wort ab. Herta wollte sich heute nicht mehr zusammenreißen. Sie wollte keine von den Rollen mehr auspacken, die sie sonst immer über jede heikle Kommunikationssituation hinweg retteten, denn dies war eben anstrengend und sie hatte keine Lust mehr, heute noch irgendetwas Anstrengendes zu tun. Außerdem brachte es ihr jetzt auch keinen Nutzen mehr ein, die Zeit des Tablettenhaschens war vorbei, sie bekam sowieso keine mehr, ihr Vorhaben war beinahe beendet und sie brauchte jetzt niemanden mehr dazu, also konnte sie auch ihrer wahren Herta freien Lauf lassen, die sowieso keiner haben wollte. Sie tastete wieder nach ihrem Tablettenversteck in der Matratze, der Wulst war immer größer geworden und nach wie vor beruhigte sie das Streicheln des Wulstes ganz wunderbar. Sie steckte die letzte Tablette hinein zu ihren Geschwistern, die sie morgen in den ewigen Schlaf geleiten würden. Heute war nicht mehr der geeignete Tag dafür. Sie ließ sich in die Kissen zurückfallen und musste wieder an Bruno denken. Schon von vornherein war er ihr irgendwie bekannt vorgekommen, aber mit diesem pausbäckigen bunten Gesicht wäre es unmöglich gewesen irgendjemanden zu erkennen. Schon gar nicht jemanden, den sie zuletzt als kleines Mädchen gesehen hatte. Die paar Tage mit Bruno in der Krankenstation des Kinderheims, in dem sie lange Zeit gewohnt hatte, waren eigentlich die schönsten, an die sich Herta in ihrem Leben erinnern konnte. Nie zuvor und niemals danach hatte sie mit irgendjemandem so gut kommuniziert wie mit Bruno. Und dafür wurde nicht einmal ein einziges Wort gesprochen. Doch allein der Blick in seine Augen und das wortlose, tiefe Verstehen genügte. Er hatte sie damals einfach neugierig gemacht und ihr war genauer gesagt auch langweilig in diesem Krankenzimmer gewesen, also hatte sie sich zu ihm gesetzt und ihn schon längere Zeit beim Schlafen beobachtet. Der neue Junge erschien ihr einfach interessant zu sein, ohne dass sie wusste warum. Vielleicht hatte sie zu Anfang auch gedacht, dass sie ihn aus ihrer Fadesse heraus irgendwie ärgern konnte, um sich zu belustigen, was sie mit den anderen Kindern manches Mal tat, da natürlich auch dort wieder alle Angst vor ihr hatten. Gern packte sie ihre Fäuste aus, wenn es nicht nach ihrem Kopf ging, wie eh und je in der Schule zuvor. Und genauso wie die stille Sophie in der Ecke ihres Kinderzimmers traute sich niemand ihr Konter zu geben. Man machte, was Herta sagte, sonst sah es für denjenigen schlecht aus. Dies setzte Herta meist zur Belustigung ein, wenn ihr ein Tag wie der andere erschien und sie irgendwie die Zeit überbrücken musste, bis sie endlich aus diesem Heim ausziehen und ihr richtiges Leben beginnen konnte. Genau so wie sie es sich immer vorgestellt hatte – nämlich mit möglichst wenig Menschen um sie herum, da im Heim anscheinend möglichst viele Menschen um sie herum sein mussten – war es dann auch, da sie alles daran setzte, es so werden zu lassen. Mit Bruno war das aber anders. Sie setzte sich zu ihm, noch mit dem Gedanken, wie sie ihn irgendwie ärgern konnte und als sie dann dort saß und den schlafenden, traurigen Jungen beobachtete, war ihr gar nicht mehr danach. Er sah sogar im Schlaf irgendwie traurig aus. Als er dann aufwachte, merkte sie, dass er vor ihr zurückwich. Dies taten Kinder ja meistens, wenn sie sie sahen. Aber der Grund bei ihm schien nicht derselbe zu sein. Sie merkte instinktiv, dass es dabei nicht um sie ging, sondern dass das Zurückweichen etwas mit ihm selbst zu tun haben musste. Es ging eine Art Angst von ihm aus, die sie nicht kannte. Als er sie dann doch ansah, war dies ein unbeschreibliches Gefühl. Seine offenen Augen waren noch trauriger, als die geschlossenen erahnen hatten lassen und sie glaubte in ihnen die Geschichte mehrerer Leben lesen zu können. Kurz hatte sie Angst, dass er anfangen würde zu sprechen, was dieses unergründliche Band womöglich zerstört hätte. Aber er machte keine Anstalten dies zu tun. Im Gegenteil, auch er starrte ihr in die Augen und es schien als würde er sich selbst darin suchen und sich auch finden. Er drehte sich sogar ganz zu ihr und setzte sich auf, seine Bewegungen waren wie in einer Art Trance. Es schien möglich zu sein, sich mit ihm auf einer Ebene zu unterhalten, die keine Form der Sprache benötigte. Sie wusste, dass er auch sehr viel erlebt haben musste, sehr viel Trauriges. Sie wusste auch, dass er ein besonderer Junge war, der bestimmt einige Macken hatte, wie sie selbst auch nicht gerade der einfachste Mensch war. Auch er schien dasselbe bei ihr zu spüren und gegenseitig halfen sie sich mit diesen Blicken und dem förmlichen Bockschauen ein wenig über eine Zeit hinweg, die für beide sehr schwer gewesen war. Beide wussten jetzt, dass sie nicht allein waren. Als er am nächsten Tag so stark hustete, dass sie schon glaubte, er würde ersticken, brachte sie ihm ängstlich ein Glas Wasser. So etwas hatte sie noch nie für jemanden getan, da ihr nie jemand so wichtig gewesen war, um ihm auch nur ein Glas Wasser zu bringen. Es tat ihr sehr leid, dass sie ihn mit dieser Erkältung angesteckt hatte, das war ihr nicht bewusst gewesen, als sie sich zu ihm ans Bett gesetzt hatte. Aber sie hätte auch nichts daran ändern können, da sie nach diesem ersten Blick sowieso nicht von seiner Seite gewichen wäre. Als er dann immer wieder zum Waschbecken ging, um sich die Hände zu waschen, sah sie sich in dem Gedanken bestätigt, dass er bestimmt einige Macken hatte und lächelte ihn an, da sie zum ersten Mal etwas an jemandem liebenswert finden konnte. Als sie dann von Schwester Emma in ihr Zimmer zurück geschickt wurde, beschloss sie ihn am nächsten Tag zu besuchen und weiterhin Zeit mit ihm zu verbringen. Vielleicht war es ja tatsächlich möglich auch einmal ein Wort mit ihm zu wechseln, sie freute sich fast darauf auch einmal seine Stimme zu hören. Sie mussten es zwar nicht tun, da sie sich auch so verstanden, aber Herta wollte es sogar. Als sie dann freudig in den Krankentrakt kam, war sein Bett leer und gemacht, als hätte nie jemand darin gelegen. Herta glaubte schon, alles wäre nur ein Traum gewesen, da sagte Schwester Emma, die hinter ihr aufgetaucht war, dass sie bestimmt den Jungen suche, der wäre gerade von jemandem abgeholt worden, sie hätte ihn leider knapp verpasst. Herta lief schnell zurück in Richtung Mädchentrakt, da der an der Straße lag, die zum Heim führte, lief in das erste Zimmer, das ihr unterkam, ignorierte die kreischenden Mädchen, die aus Angst, sie würde ihnen jetzt etwas antun, unter ihre Bettdecken krochen und stoppte am Fenster. Gerade noch konnte sie ein schwarzes Auto erkennen, in dem auf der Rückbank eine kleine Gestalt saß. Sie winkte überschwänglich und meinte, ihn auch zurückwinken zu sehen, oder hoffte es nur, da sie nichts Genaues erkennen konnte. Tränen liefen ihr über die Wangen. Dies war es also gewesen. Einmal fand sie jemanden, mit dem sie tatsächlich auch als Herta normal sprechen wollte und dieser Jemand wurde ihr vom Leben wieder genommen. Ab diesem Zeitpunkt hatte sie beschlossen, dass es niemand verdient hatte, die echte, nette und nicht hulkige Herta kennenzulernen, er würde ja doch wieder weggehen. Hulkherta wurde nur in besonderen Situationen zum Schutz ausgepackt, aber das war zu dieser Zeit noch nicht zu erahnen. Nun lag dieser Junge als Erwachsener also im selben Krankenhaus, von ihr höchstpersönlich niedergestreckt durch ihren Sprung in den ersehnten Tod, der dann von ihm unwissentlich aufgehalten wurde zu erscheinen. War dies so etwas wie ein Zeichen? Dass sie es doch nicht tun sollte? Aber was für einen Grund hätte sie denn, es nicht zu tun. Nur weil er wieder aufgetaucht war? Nichts konnte dafür garantieren, dass er noch genauso war, wie damals. Das Leben zeichnete jeden und warum sollte gerade er anders sein, als alle anderen. Immerhin war sie ihm zu diesem Zeitpunkt wohl wirklich wichtig gewesen, denn sogar in seiner Krankengeschichte wurde sie erwähnt, als das Mädchen aus dem Heim mit den dreifarbigen Augen.

Ein Boot wird
von einem Anker
festgehalten.
Auf den Anker
muss man sich also
verlassen können.
Wird er aber beschädigt,
ist
Halt
zu finden,
schwer möglich.
Daher ist auch ein Anker
zu hegen und zu pflegen,
sodass man seinen
Halt
nicht verliert.

Doktorkopf III

Franz hatte nach der schockierenden Nachricht längere Zeit versucht, Christina davon zu überzeugen, sich für das Leben zu entscheiden. Oder zumindest für die Möglichkeit, weiter leben zu können, aufgrund der Chemotherapie. Doch Christina war eine sture Frau. Wenn sie sich einmal etwas in den Kopf gesetzt hatte, dann war sie so gut wie gar nicht mehr davon abzubringen. Den Auslöser zur endgültigen Entscheidung bot ihr dann auch noch der behandelnde Arzt auf der Onkologiestation, der ihr mitteilte, dass eine - zwar sehr geringe und von der Wahrscheinlichkeit des Erfolgs her kaum nennenswerte – Chance bestand, dass sie sich auch ohne Chemo operieren lassen könnte. Da Christina das Risiko ihres Todes und somit vor allem auch das des Kindstodes in ihrem Leib vor der möglichen Geburt nicht eingehen konnte, würde sie sich erst, wenn das Kind irgendwie außerhalb ihres Bauches lebensfähig war, operieren lassen. Die Chancen auf eine erfolgreiche Operation schwanden aber mit jedem Monat, jeder Woche und eigentlich jedem Tag, den sie noch wartete, da zurzeit noch nicht genau feststellbar war, wie schnell er ohne Chemo wachsen würde. Die letzte Chemo lag zwar schon einige Zeit zurück und der Tumor war bisher nur wenig gewachsen, aber dies konnten auch noch die letzten Auswirkungen der Therapie sein, also musste dahingehend noch abgewartet werden. Für Christina spielte dies aber keine Rolle, sie würde so lange mit dem wachsenden Tod im Kopf weiterleben, wie sie konnte, um das wachsende Leben in ihrem Bauch möglichst fertig zu brüten. Franz hatte dabei wenig bis eigentlich gar keine Entscheidungsmacht. Er durfte

seine Meinungen kund geben, die dann kommentarlos hingenommen wurden, jedoch relativ unberücksichtigt in der Weite des Weltalls verhallten. Franz hatte sich noch nie in seinem Leben so machtlos gefühlt. Er trug sehr viel Zorn mit sich herum. Besonders dann, wenn er dabei zusehen musste, wie schlecht es seiner Frau an manchen Tagen ging. Sie konnte dann kaum aus dem Bett aufstehen, hatte unglaubliche Kopfschmerzen, die sie beinahe bewegungsunfähig machten. An solchen Tagen, die zum Glück noch nicht so häufig waren, wusste er nicht wohin oder worauf er seinen Zorn richten sollte. Eigentlich galt er dem wachsenden Etwas in Christinas Kopf. Aber es war schwer, Zorn auf diesen Kopftod zu richten, der sich ja nicht personifizieren ließ, damit er ihm eine reinhauen konnte. Andererseits richtete sich sein Zorn auch gegen seine Frau, da sie sich einfach so für das Kind und eigentlich gegen sich selbst entschieden hatte, ohne seine Wünsche wirklich zu registrieren. Aber gegen sie konnte und wollte er den Ärger nicht richten, da er fürchten musste, nur noch eine begrenzte Zeit mit seiner geliebten Frau verbringen zu dürfen, die er nicht im ständigen Streit zubringen wollte. Er grübelte gerade darüber nach, ob er sich einfach einen Boxsack kaufen sollte, den er jeden Abend anständig verprügeln konnte, als seine Frau ihn von der anderen Seite des Tisches schon zum dritten Mal ansprach,
„He, hallo, Erde an Franz, wo bist du? Ich habe dich etwas gefragt!“
Heute war für Christina ein guter Tag, sie hatte kaum Kopfschmerzen und konnte ihn an solchen Tagen so als ob nie etwas gewesen wäre, mit einem strahlenden Lächeln beschenken. Franz musste wieder daran denken, wie wunderschön Christina war und wie schrecklich grausam es war, diesen wunderbaren, schönen und liebenswerten Menschen durch diese

beschissenste aller Krankheiten dahin vegetieren zu sehen. Ja, für ihn war es die schlimmste Krankheit, man konnte sagen, was man wollte, auch als Psychiater, der jeden Tag vielen verschiedenen psychischen Krankheiten begegnete. Diese waren auch auf ihre Weise schlimm, aber seit es diesen Krebs gab, hatte sich sein Leben auf eine Weise verändert, die es ihm schwer machte, sich auf andere Leiden einzulassen, weil er für sich den Tiefpunkt definiert hatte. Wer darüber lag, dem konnte es nicht so schlecht gehen, der sollte sich einfach auch mal zusammenreißen und an sich arbeiten. Da er immer häufiger solche Gedanken hatte, zweifelte er immer mehr an sich selbst und seinem Beruf, dass er schon überlegte, ihn bald aufgeben zu müssen, wenn es so weiter ginge. Er fühlte sich unqualifiziert dafür, weil er meinte, die Probleme seiner Patienten nicht mehr so gut verstehen oder nachvollziehen zu können, wie davor. Nur ein einziger Fall schaffte es noch, ihn in seinem Psychiaterwesen zu berühren, ihn zu motivieren, doch weiter zu machen. Aber gerade heute hatte er auch bei diesem Fall keine guten Fortschritte gemacht, wie er fand. Christina spielte mit ihrer ungehörten Frage genau darauf an, denn er wusste, ohne es akustisch verstanden zu haben, was sie wissen wollte. Nämlich wie es mit diesem Fall voran ging. Wenn er nach Hause kam und es war ein guter Tag für sie, war dies derzeit immer das erste Thema, das besprochen wurde. Also fasste Franz nach längerer Grübelei den Entschluss, ihr von dieser heutigen Misere zu erzählen.

„Ich weiß schon, was du hören willst. Aber heute kann ich dir leider nichts Gutes erzählen. Irgendwie ist heute alles ein wenig aus dem Ruder gelaufen. Der ursprüngliche Plan ist irgendwie nicht ganz aufgegangen, weißt du. Herta hat zwar Bruno´s

Krankengeschichte zufällig“, bei diesem Wort zeichnete Franz mit den Fingern Gänsefüßchen in die Luft, „gefunden, ist dann aber leider komplett durchgedreht. Wir dachten ja, sie würde vielleicht sentimental und etwas weicher werden, wenn sie erführe, dass Bruno dieser Junge war, den sie damals im Heim kennengelernt hatte. Aber im Gegenteil, sie war wie eine Furie, hat mich beschimpft und wollte dringend weg aus dem Zimmer. Kurz hab ich versucht, sie darauf hinzuweisen, wie es mir damit geht, und dass ich so nicht mit mir reden lasse, um sie wieder irgendwie zur Vernunft zu bringen. Aber sie wurde nur noch patziger und da hab ich es heute einfach aufgegeben, ich wusste wirklich nicht mehr was ich sagen hätte sollen, also bin ich einfach gegangen und hab sie sitzen gelassen.“

Christina hörte nur gespannt zu und blickte ihren Mann lange an, ohne etwas zu sagen. So lange bis er wieder weiter erzählte.

„Ich weiß ja auch nicht, so hab ich sie noch nie gesehen. Ich bin ihr ja jetzt schon öfter mal begegnet, aber da war sie eigentlich immer ganz nett und zuvorkommend. Es ist, als hätte sie sich als Person gewandelt, verstehst du? Als wäre etwas in eine ganz falsche Richtung gelaufen und ich kann wirklich nicht sagen, woran der Fehler tatsächlich liegt.“

Christina sah ihn weiterhin nur an und überlegte. Sie war ihm bei diesem Fall in letzter Zeit eine große Hilfe gewesen. Oft ist es einfach wichtig, die Dinge über einen Blick von außen darauf betrachten zu können.

„Aber warum denkst du, dass ihre Reaktion ein Fehler sein muss? Nur weil ihr behandelnden Ärzte es euch anders vorgestellt habt? Man kann schließlich die Reaktionen und Gefühle eines Menschen niemals vorhersehen, das solltest du eigentlich besonders gut wissen. Vielleicht wäre es wichtig, sich nicht auf den

„Fehler“ zu konzentrieren und herauszufinden, was ihn verursacht hat, sondern die Person hinter der Geschichte tatsächlich wahrzunehmen und ihren Blickwinkel zu betrachten.“
Franz dachte über diese kritische Äußerung nach. Natürlich hatte sie damit recht, aber er verstand nicht, warum er so verbohrt gewesen war und dies nicht selbst gleich so sehen hatte können. Er war einfach enttäuscht gewesen, dass der Plan nicht aufgegangen war und konnte mit so einer Herta, wie sie sich ihm nach dem Lesen der Brunogeschichte gezeigt hatte, schwer umgehen. Diese Wandlung ihrerseits war ihm schwer verständlich. Er hatte sie zuvor als ganz anders wahrgenommen. Vielleicht war sie ja dort nicht die gewesen, die sie zu sein vorgab? Aber was für einen Grund könnte so ein Verhalten haben? Über das viele Nachdenken hatte Franz nicht bemerkt, dass seine Frau sich bereits zum dritten Mal die Schläfen rieb. Als er zu ihr aufsah und ihr seine neueste Erkenntnis mitteilen wollte, erschrak er davor, wie schlecht sie plötzlich aussah. Alle Gedanken an seine Arbeit oder an irgendetwas anderes waren wie weggeblasen und er sah nur noch Christina's Leiden vor sich. Vor seinem inneren Auge sah er nun auch, wie es sein würde, wenn sie nicht mehr da wäre. Er würde hier sitzen, allein, auf den leeren Platz gegenüber starren und mit sich und der Welt nichts mehr anzufangen wissen. Ein im Hintergrund plärrendes Kind würde seine Situation sicher nicht verbessern, davon war er überzeugt. Vor allem war es dann das Kind, ES war der Grund, warum Christina nicht mehr weiterleben konnte und dies würde ihm nie mehr aus dem Kopf gehen. Es würde eingebrannt sein in seine Gedanken, für immer, wie ein rot unterstrichener Satz mit Ausrufezeichen: Du – bist - schuld! Franz schüttelte sich kurz und kaum wahrnehmbar. Er konnte nicht glauben, welche

Gedanken ihn plagten, während seine Frau – noch, und hoffentlich noch länger – vor ihm saß und offensichtlich schlimme Schmerzen hatte. Auch an diesen war ja nun mal ganz klar das kleine Leben in ihrem Bauch schuld, dass die Chemo verhinderte, gute Schmerzmittel verhinderte und die Energie und das Leben, das noch in seiner Frau war, aufsaugte wie ein Schwamm. So ein Schwamm war nicht nur in ihrem Bauch, sondern auch in ihrem Kopf. Beides war zurzeit todbringend für sie. Er wusste nicht, wie er ihr beibringen sollte, dass er solch dunkle Gedanken hatte. Dass er das Baby im Bauch zurzeit auf dieselbe Stufe setzte wie den Krebs im Kopf. Das durfte er ihr niemals sagen. Es würde sie zutiefst verletzen. Er würde sie dadurch womöglich noch im Leben verlieren. Er musste irgendwie damit umgehen lernen, zurzeit wusste er aber einfach nicht, wie er das anstellen sollte. Der große Psychiater war an seinem Tiefpunkt angelangt. Er konnte seine Patienten kaum mehr verstehen, er erkannte sich selbst in der jetzigen Verfassung nicht mehr wieder und er konnte nicht ehrlich zu seiner Frau sein. Eine große Spirale abwärts zog ihn hin zum tiefsten Punkt, den er je in seinem Leben erreicht hatte und er schaffte es nicht, den Strudel aufzuhalten. Er wusste nicht mehr, wie er mit seinen eigenen Problemen umgehen sollte und konnte sich auch nur noch schwer vorstellen, anderen in dieser Verfassung irgendwie weiterhelfen zu können, weil er nur noch mit sich selbst beschäftigt war. Gewaltsam riss er sich von dem Spiralenstrudel los und tat das, was er noch fähig war zu tun: Er half Christina aus dem Sessel, begleitete sie stützend an ihr Bett, deckte sie zu und brachte ihr einen Kräutertee. Als er mit dem Tee zu ihr ins Schlafzimmer kam, schlief Christina, dahingerafft von all den Energien, die sie innerlich aufsaugten. Er setzte sich zu ihr, betrachtete sie lange und fragte sich, wie er denn ohne sie leben sollte und wie er den Sprung aus dem Strudel schaffen konnte. Er legte sich zu ihr ins Bett, umarmte sie und hielt sie fest, wie einen schwachen, kranken und viel zu leichten Anker, der ihn nicht retten konnte. Viel lieber als sich selbst hätte er sie gerettet, aber dies war so zurzeit nicht möglich, denn sie wollte nicht gerettet werden. Der Anker würde für sich allein weiter treiben, irgendwann unvermeidlich untergehen und ihn mit sich in die Tiefe reißen.

Ein Vogel kann fliegen,
ohne zu fallen.
Ein Mensch kann fallen,
ohne je geflogen zu sein.
Er wünschte sich oft,
er könnte fliegen, um
engstirnig und ignorant
aus dem Blickfeld derer
zu fliehen,
die trotz allem
bereit wären,
ihn aufzufangen.

Hertakopf V

Heute war also der große Tag gekommen. Herta schlug die Augen auf und fühlte sich bereits beim Aufwachen irgendwie erlöst, ruhig und zufrieden. Heute würde es nicht notwendig sein, irgendeine Rolle hervorholen zu müssen, denn sie hatte das Gefühl, dass sie diesen letzten Tag ganz allein als Herta schaffen konnte. Viel würde sie wohl nicht kommunizieren müssen an diesem, ihrem letzten Tag. Er würde ablaufen, wie jeder andere zuvor. Doch da fiel ihr ein, dass sie an jedem Tag zuvor auch bei Bruno im Zimmer gewesen war. Es war eine sehr schöne Zeit mit ihm gewesen. Sie konnte frei sprechen, ihm als Herta alles erzählen, was ihr auf der Seele lag und auch schweigend bei ihm sitzen, ohne sich auf irgendeine Art und Weise unwohl zu fühlen. Genau so wie damals, dachte sie, genau so wie sie im Krankentrakt des Kinderheims an seinem Bett gesessen hatte, genauso haben sie sich gegenseitig angeschwiegen. Der einzige Unterschied war, dass Bruno damals wach und bewusst bei ihr gewesen war. Als sie noch nicht gewusst hatte, dass dieser Mann, der da im Krankenbett vor ihr lag, der Junge von damals war, hätte sie niemals gewollt, dass dieser Mensch aufwacht und mit ihr zu reden beginnt. Sie wäre in diesem Falle vermutlich schreiend aus dem Brunozimmer gelaufen, Gipsbein hin oder her, wäre schnurstracks auf und davon gewesen und hätte niemals den Mut oder auch nur das Bedürfnis gehabt, diesen Menschen tatsächlich kennenzulernen. Nun war die Situation aber eine andere. Sie kannte diesen Menschen ja bereits, hatte aber trotzdem noch nie ein Wort mit ihm gesprochen. Und doch hatte sie das Gefühl, ihn zu kennen. Herta war verwirrt, sie wollte nicht an Bruno denken oder an damals, als er sie einfach verlassen hat. Gerade hatte sie sich noch so gut gefühlt, da der Tag endlich gekommen war und jetzt war ihr Kopf wieder voll mit Bruno. Vielleicht hatte sie gestern ja überreagiert, vielleicht war das einfach nur alles zu viel für sie gewesen. Wieso hatte sie unbedingt weg von ihm gewollt, als sie herausgefunden hatte, wer er war? Wieso war sie so hulkig zu dem einen Weißkitteldoktor gewesen, ohne dass der irgendeinen Einfluss auf ihr Befinden gehabt hätte? Herta konnte sich ihre Reaktion selbst nicht erklären. Wieder einmal befingerte sie den Wulst von Tabletten in ihrer Matratze. Vielleicht war es ja deswegen. Vielleicht hatte sie Angst, weil er jetzt aufgetaucht war, er, mit dem sie damals eine unvergesslich schöne Zeit als „normale" Herta gehabt hatte. Und er, der sie dann wieder ohne einen Blick des Abschieds verlassen hatte. Herta krampfte die Finger um den Wulst. Warum plagte sie das noch immer so dermaßen. Sie waren doch noch Kinder gewesen, die noch nichts vom Leben gewusst hatten. Nichts konnte man zwar auch nicht dazu sagen, da sie zu diesem Zeitpunkt beide schon so viel Grausames erlebt hatten, aber immerhin waren sie trotz allem Kinder, die nichts von Zärtlichkeit und Liebe wissen konnten. Und solcherlei auch davor so gut wie gar nicht erlebt hatten, da alle vorhandenen Eltern entweder psychisch komplett gestört, gewalttätig oder praktisch nicht anwesend oder interessiert an ihnen gewesen waren. Herta hatte eigentlich keine Ahnung, wie sich so etwas anfühlte. Aber sie hatte den Verdacht, dass diese Gefühle in den paar Tagen mit Bruno tatsächlich da gewesen waren, wenn auch nur im Ansatz oder als kleiner Funke. Als sie seine Geschichte bis zur Hälfte durchgelesen und ihn danach angesehen hatte, könnte es sogar sein, dass sie diesen Funken verspürt hat. Der

Funke musste die wilde Hulkherta irgendwie ausgelöst haben, richtiggehend entzündet, da sie überhaupt nicht wusste, wie sie damit umgehen konnte. Oder wollte. Denn was Herta wollte, war heute ihr Leben zu beenden. So wie sie es sich schon so lange vorgenommen hatte, nach ihrem 35. Geburtstag. Sie hatte zwar weder Liebe noch Zärtlichkeit für ihre Eltern empfunden, aber irgendeine Form des Gerechtigkeitssinns, der in ihr währte, hielt sie zu dieser Entscheidung an. Vielleicht auch nur, um mit ihrem schlechten Gewissen, das sie plagte, da sie am Tod ihrer Eltern schuld war, irgendwie fertig werden zu können. Ein Plan, der sie in ihrem gesamten Erwachsenenleben begleitet hatte, sie immer wieder beruhigt hatte, wenn sie meinte, dieses Leben nicht mehr aushalten zu können. Der Funke hatte die Hulkherta ausgelöst, weil sie kein Bedürfnis mehr gehabt hatte, ihn etwas anderes, etwas Positives auslösen zu lassen. Und womöglich konnte sie das auch schon gar nicht mehr, nach so vielen Jahren, in denen positive Momente eher Mangelware gewesen waren. Das Wichtigste für Herta war nun, dass ihr einfach der Wille fehlte, diese ganze Geschichte als schicksalhaft gut zu sehen, als etwas, das sie davon abhalten könnte, es zu tun. Denn das würde nichts und niemand schaffen. Ihre Finger lagen immer noch verkrampft um den Wulst. Das beruhigende Gefühl, das er noch am letzten Abend in ihr ausgelöst hatte, war nicht mehr fühlbar, stattdessen war die Hulkherta zurückgekehrt, die verhindern würde, dass die echte Herta aus irgendwelchen sentimentalen Gründen von ihrem Plan abkommen könnte. In ihren dreifarbigen Augen loderte es, sie lächelte vor sich hin, ohne dass diese Augen daran beteiligt gewesen wären. Sie könnte es eigentlich gleich tun, aber ihre Vernunft sagte ihr, dass die Tat gleich vormittags erledigt, keinen Erfolg bringen würde. Die Schwester kam gleich mit dem Frühstück, dann war die Visite, dann gab es Mittag- und Abendessen, immer wieder würden Menschen in das Zimmer schneien und irgendetwas bemerken. Nein, sie musste wieder bis zum Abend warten, wenn nur noch die paar Nachtschwestern herumlaufen würden. Selten kamen sie einfach so in das Zimmer Nachschau halten. Sie würde die Tabletten abends rausholen, wenn es dunkel war und die Schwester von ihrem abendlichen Begrüßungsbesuch gegangen war. Dann würde sie sich mit ihrem Gipsbein irgendwie in das Badezimmer hieven, den Stuhl mitnehmen, zusperren und den Stuhl zusätzlich unter die Türklinke klemmen, sodass es noch schwieriger werden würde, zu ihr zu gelangen. Und dann würde sie endlich für immer einschlafen und wäre allem entkommen, hätte den verschuldeten Tod ihrer Eltern sozusagen gerächt, indem die Mörderin aus dem Weg geschafft war. Dieser Plan für den Abend stimmte sie wieder etwas ruhiger, sie hatte alles im Griff. Das Lodern in den Augen wurde wieder weniger bis die dreifarbigen Augen wieder fast normal zu schauen schienen. Die schauten auf die Uhr und Herta freute sich heute richtig auf ihr Frühstück, das jede Minute eintreffen musste. Schließlich war es ihr letztes Frühstück, sie würde sich jeden Bissen auf der Zunge zergehen lassen, denn gefrühstückt hatte sie ja immer schon gern. Sogar ihr Vater hatte immer gesagt, dass das Frühstück die wichtigste Mahlzeit des Tages war und dieser pflegte bekanntlich nicht sehr Vieles von sich zu geben. Obwohl es nur Krankenhausfraß war, versuchte sich Herta ein ganz besonders gutes Mahl vorzustellen. Das Auge aß ja auch mit und das innere Auge konnte so einiges beschönigen, wenn man nur seinen Blick nach innen wand und nicht zu viel Aufmerksamkeit auf die manchmal seltsame Konsistenz mancher

Speisen aufwandte. Als die Schwester mit dem Frühstück kam, begrüßte Herta diese freundlich und strahlte sie an. Die Schwester sah sie nur leicht irritiert an, ob des wieder gewandelten Verhaltens, zuckte aber innerlich die Schultern und stellte der strahlenden Herta ihr nicht so sonderlich strahlendes Frühstück vor die Nase. Herta konzentrierte sich nun auf ihr Essen und hatte alle Mühe die Wandlungsfähigkeit ihres inneren Auges auf den Fraß anzuwenden, der vor ihr stand. Doch so war sie zumindest abgelenkt und dachte nicht mehr über Bruno oder Dinge nach, die mit ihm zusammenhingen.

Den weiteren Vormittag verbrachte Herta an ihrem Fenster sitzend. Sie schaute über den Park hinweg, begutachtete jede Pflanze, jedes Tier und gezwungenermaßen, da es sonst nichts zu Schauen gab, auch jeden Menschen, der in ihr Blickfeld kam. Bei den Pflanzen und Tieren verweilten ihre Blicke natürlich weitaus länger. Immer schon hatte sie die Natur geliebt. Es gab in ihr so viele wunderschöne Plätze, an denen man unbehelligt von allem andern einfach nur sein konnte. Dort gab es nur die Pflanzen, die Tiere und sie selbst, wobei sie immer genau darauf achtete die Genannten nicht in ihrem Lebensraum durch ihre Anwesenheit zu stören. Immer wieder kam es vor, dass sie in ihrer wunderschönen Einsamkeit mitten im Wald einem Menschen begegnen musste. Wenn dies der Fall war, versuchte sie diesem aus dem Weg zu gehen, indem sie sich ins Unterholz flüchtete. Wenn dies nicht möglich war, ging sie schnurstracks an diesem vorbei und hielt sich manchmal die Hände vor die Augen, so als ob sie die Sonne blenden würde, um diesen Menschen, der sie hier in ihrer Einsamkeit störte, auszublenden.

Herta versuchte während des Fensterschauens am Vormittag so viele schöne Erinnerungen an die Zeiten

in der Natur, die sie ganz für sich allein auf dieser Welt und in diesem Leben gehabt hatte, hervorzurufen und die Gefühle dabei wieder hervorzuholen. Ja, die Welt konnte wirklich schön sein, besonders jetzt im aufkeimenden Frühling, wenn alles wieder zum Leben erwachte. Doch wer war wieder schuld an der Zerstörung dieser Schönheit, an der Zerstörung ihres Wohlbefindens und so vielen pflanzlichen sowie tierischen Lebens? Natürlich, der Mensch. Herta versuchte die aufkommenden grimmigen Gedanken wieder zu unterdrücken, denn sie wollte den heutigen Tag mit positiven Erinnerungen und Gedanken abschließen. Doch außer der Natur und der Zeit mit Bruno fiel ihr ansonsten nicht wirklich Positives ein, woran sie sich gerne zurück erinnert hätte. Umso besser, dass dieses trostlose Leben nun beendet wird, dachte sich Herta gerade, als die Schwester mit dem Mittagessen hereinrollte. Die Zeit war wie im Flug vergangen. Vielleicht war das so, wenn man wusste, dass die Stunden, die man noch zu leben hatte, bereits gezählt waren. Was gab es heute für sie als letztes Mittagsmahl? Käsespätzle mit Salat und Pudding. Herta war immer wieder überrascht, dass es in einem Krankenhaus, wo man ja eigentlich auf gute Ernährung und auf die Aufnahme von gesunden Dingen bedacht sein musste, immer wieder Speisen zu essen gab, die einfach nur fettig und belastend für den Körper waren. Eine spannende Sache, wie Herta fand. Aber kein Wunder, von Menschenhand gemacht. Der Mensch tat immer so gescheit, aber die einfachsten Dinge kriegte er nicht hin. Was soll´s, Herta hatte Essen mit Käse immer gern gemocht, deswegen war das letzte Mittagsmahl für sie in Ordnung. Besonders mit geschlossenen Augen.
Die Nicht-Pferd-Schwester hatte ihr heute das Essen gebracht. Herta freute sich irgendwie, da sie mit dieser

Schwester am ehesten zurande gekommen war, zwar als die naive, dümmliche Rollenherta, aber immerhin. Ein wenig Dummheit konnte schnell glücklicher machen.

„Hallo, Frau Hertz, wie geht es Ihnen heute? Ich habe gehört, dass Sie gestern.. nun ja, ein wenig ungehalten waren? Was war denn los?“

Um die Bedenken der Schwester gleich zu zerstreuen und sie nicht auf den Gedanken zu bringen, dass sie sich womöglich an alles erinnern könnte, meinte Herta strahlend,

„Ach, ich hatte gestern einfach noch einmal mehr Schmerzen und plötzlich so einen Hunger, wissen Sie, wenn ich Hunger habe, werde ich schnell zur Furie und bin nicht mehr ich selbst. Laut Werbung hätte ich einen Schokoriegel gebraucht.“, Herta lachte lauthals. Dies schien die Nicht-mein-Bier-Schwester zu erleichtern und sie nickte verständnisvoll.

„Ja, so geht´s mir auch manchmal, für solche Fälle haben wir eine Naschlade im Schwesternzimmer. Sozusagen eine Schoko-Lade.“, die Schwester kicherte als ob dies der Scherz des Jahres gewesen wäre. Herta machte aber brav mit und gluckste vor sich hin. Die Schwester machte sich auf den Weg nach draußen, hielt dann noch einmal inne, denn sie schien etwas Wichtiges vergessen zu haben und Herta stockte mit der Gabel in der Hand.

„Achja, Mahlzeit, lassen Sie es sich gut schmecken!“, grinste die Schwester und drehte sich wieder zur Tür. Herta fuhr erleichtert fort, sich die Gabel mit dem ersten Bissen zum Mund zu führen und begann bereits die Augen zu schließen, um ihr inneres Auge gewaltig mitessen zu lassen. Da drehte sich diese verdammte Schwester noch einmal zu ihr und meinte,

„Achja, und noch was, ich wusste ja, dass ich noch was vergessen hatte. Wir wecken heute Nachmittag

Herrn Herbert auf, da seine Verletzungen soweit gut verheilt sind und ein weiteres künstliche Koma nicht mehr notwendig sein wird.“ Herta fiel beinahe die Gabel aus der Hand. Gebannt starrte sie die Schwester an.
„Vielleicht wäre es für ihn schön, wenn er ein freundliches Gesicht vor sich sehen würde, wenn er aufwacht. Da Sie jetzt immer so viel Zeit bei ihm verbracht haben, dachte ich, das könnte Ihnen beiden vielleicht gut tun.“
Die Schwester lächelte sie an und war auch schon bei der Tür hinaus getrippelt.
Herta konnte es wieder einmal nicht fassen. Warum spielte ihr das Leben nur so seltsame Streiche? Herta ließ die Gabel sinken, denn sie hatte jetzt keine Energie mehr, um die pampigen, trockenen Käsespätzle in ihrem Kopf zu etwas Köstlichem werden zu lassen. Sie stocherte darin herum und grübelte darüber nach, wie sie die Sache jetzt wohl anstellen sollte. Man würde von ihr erwarten, dass sie am Nachmittag in Bruno´s Zimmer ging, um ihn wieder im Leben in Empfang zu nehmen. Dabei hatte sie doch geplant gehabt bis zum Abend selbst nicht mehr an diesem Leben teilzunehmen. Sie wollte ihm außerdem keinesfalls begegnen. Der Gedanke war zurzeit so abwegig für sie, dass sie heftig den Kopf schüttelte. Was sollte sie jetzt nur tun? Sie blickte gehetzt auf die Uhr. Sie konnte ja einfach sagen, sie wolle nicht bei ihm sein, sie fühle sich nicht besonders gut und irgendwann würde es bestimmt passen. Es konnte sie schließlich keiner zwingen zu ihm zu gehen. Aber da fiel Herta ein, dass sie sehr viel mit Bruno gesprochen hatte, ihm sehr vieles erzählt hatte, das sie nie einer Menschenseele anvertraut hätte. Was, wenn er sie doch irgendwie gehört hatte? Wenn er den Schwestern irgendetwas davon sagte und sie dann in

die geschlossene Abteilung der Psychiatrie verlegt wurde, würde ihr die Durchführung ihres Plans um einiges schwerer fallen. Nein, die einzige Lösung nämlich erstens dem Kennenlernen, und was auch immer dann folgen würde und zweitens dem Aufgedecktwerden ihres Plans entkommen zu können, war, sich zu beeilen. Sie stocherte noch ein wenig in ihrem Essen herum, legte die Serviette so hin, dass es aussah als hätte sie ein wenig gegessen und wartete, bis die Schwester ihr Tablett wieder abservierte. Sie meinte gleich, um eine eventuelle Fragerei zu vermeiden, dass sie heute irgendwie keinen Appetit hatte und nun einige Stunden schlafen wolle. Die Schwester nickte und entgegnete, dass dies eine gute Idee wäre, sie würde sie in Ruhe schlafen lassen. Zum Glück war zurzeit nur noch eine Patientin mit ihr im Zimmer, die aber so hinüber war, dass sie ständig schlief und an einen Katheder angestöpselt war, was hieß, dass die die Toilette sicher nicht benutzen würde. Herta missfiel es, dass sie jetzt wieder wegen Bruno so einen Stress hatte, er schien ihr tatsächlich einen Strich durch die Rechnung machen zu wollen, obwohl es ihm nicht bewusst sein konnte. Herta wälzte sich und ihren Gipsfuß aus dem Bett, wurschtelte irgendwie die ganzen Tabletten aus dem Matratzenversteck und humpelte ins Bad. Noch einmal blickte sie beim Vorbeigehen aus dem Fenster und beobachtete eine Amsel dabei, wie sie von einem Baum losflog und aus ihrem Blickfeld verschwand. Sie ließ die Tabletten in ihren Zahnputzbecher fallen, holte dann noch den Stuhl neben ihrem Bett, zerrte ihn humpelnd und schwitzend ins Bad, versperrte die Tür und klemmte die Stuhllehne unter die Klinke. Soweit, so gut, bisher war alles dem Plan entsprechend vorbereitet, außer dass sie noch gerne ein Abendessen erlebt hätte, dass nun nicht mehr möglich war. Da der Krankenhausfraß das aber eigentlich eh nicht wert war, war dies für Herta ok und sie konnte darüber hinwegsehen. Sie setzte sich auf den Sitz in der Dusche, den Zahnputzbecher mit den schlafbringenden Tabletten in der einen und einen Becher Wasser in der anderen Hand. Nun würde sie es also tun, dann wäre es endlich erledigt. Noch ein letztes Mal ließ sie die guten Momente ihres Lebens vor ihrem inneren Auge ablaufen. Dann rief sie sich alle Gründe in Erinnerung, warum sie das hier tun musste, schüttete die ersten paar Tabletten in ihre Hand und ließ sie mit einem Schluck Wasser ihren Hals hinunterrutschen. So fühlte sich also der Anfang vom herbeigesehnten Ende an.

Ein Gang kann lang sein.
Lang kann ein Gang sein.
Kann ein Gang lang sein?
Ja.
Geh einfach durch.

Brunokopf V

Als Bruno langsam zu sich kam, wusste er nicht, wo er war. Im ersten Moment dachte er, er wäre in seinem Bett und würde gerade aus einem sehr tiefen Schlaf aufwachen. Doch da er so gut wie nie tief schlief, war schon allein dieses Gefühl irritierend. Er versuchte seine Augen zu öffnen, aber die Helligkeit blendete ihn, so als ob er seine Augen längere Zeit nicht benutzt hätte. Schnell kniff er sie wieder zu. Seltsam war auch, dass er Geräusche hörte, die in seiner Wohnung normalerweise nicht anzutreffen waren. Irgendetwas piepte ständig neben ihm und eine ferne Stimme schien außerdem mit ihm zu sprechen. Nein, derartige Geräusche hörte man eigentlich nie in seiner Wohnung, da seit Bruno dort wohnte, kein anderer Mensch sie je betreten hatte. Abgesehen davon, dass er dafür nie einen Grund gesehen hatte, da er eigentlich niemanden kannte, den er tatsächlich bei sich haben wollte, hätte er es rein aus sauberkeitstechnischen Gründen nie zulassen können. Andere Menschen waren schließlich immer irgendwie schmutzig, jedenfalls niemals so sauber, wie er selbst und fremder Geruch oder gar Körperflüssigkeiten, wie Schweiß oder Spucketröpfchen waren ihm von jeher ein Gräuel. Irgendeine Art von Besuch hätte womöglich alle drei dieser Gräuel in seine Wohnung gebracht und dies wäre einfach zu viel für ihn. Die Stimme sprach im Hintergrund irgendetwas, er konnte es nicht genau verstehen, irgendwie schien er sogar noch halb zu schlafen. Er versuchte noch einmal die Augen zu öffnen, unterdrückte den stechenden Schmerz, der gefühlt direkt in sein Hirn raste, als hätte er Eis zu schnell gegessen. Er blinzelte vor sich hin und konnte nur schwach in der ihn umgebenden Helligkeit eine Gestalt vor sich erkennen. Er versuchte den Kopf zu heben, ließ ihn aber schnell wieder zurücksinken, da er bemerkte, dass dieser stark schmerzte. Und nicht nur der, sein ganzer Körper fühlte sich gerädert an, als wäre er gerade durch den Fleischwolf gedreht worden. Allmählich begann er seinen Körper und seine Gliedmaßen wieder zu spüren und er wünschte sich, dies nicht zu tun, da er nur noch aus Schmerz zu bestehen schien. Und wenn nicht aus Schmerz, dann aus dumpfer Taubheit, die sich in einigen Regionen ausbreitete. Was war nur geschehen, wieso lag er in seinem Bett, konnte sich kaum rühren, sah wie ein Maulwurf und hörte so schlecht? Er konzentrierte sich, blinzelte nochmals in Richtung der Gestalt vor sich und versuchte die Worte zu verstehen, die sie sprach. Langsam wurden diese deutlicher und klarer, seine Augen funktionierten auch schon besser und plötzlich hatte er eine Art Déja vù. Befand er sich etwa auf der Krankenstation im Kinderheim und dieses geheimnisvolle Mädchen saß wieder an seinem Bett und sprach endlich mit ihm? In all seinen Therapien war dieses Mädchen immer wieder ein Thema gewesen, er konnte sie einfach nicht vergessen. Er bereute es zutiefst, dass er sie damals nicht suchen gegangen war, aber immerhin hatte er sich in einem Ausnahmezustand befunden und musste seiner neuen Tante folgen. Er hatte ja auch geglaubt, dass sie vielleicht gar nie da gewesen war, weil sie genauso plötzlich verschwunden war, wie sie zuvor aufgetaucht war. Aber womöglich war sie ja jetzt zu ihm zurückgekehrt, vielleicht wiederholte sich die ganze Geschichte und er hatte noch eine Chance, sie wieder zu sehen. Also strengte sich Bruno noch mehr an, um die Gestalt zu erkennen und um die Stimme zu verstehen. Als diese immer deutlicher wurde, erkannte

Bruno, dass da kein Mädchen mit ihm sprechen konnte, diese Stimme war viel zu tief und dumpf. Nein, das war eine Männerstimme, die da versuchte zu ihm durchzudringen. Und wenn er sich nicht ganz im Geschlecht geirrt hatte oder das Mädchen nicht schon ihr Leben lang Kettenraucherin gewesen war, konnte diese Gestalt nicht sie sein. Enttäuscht aber doch neugierig geworden, blickte er wieder auf, die Konturen vor ihm wurden schon klarer und er kam wieder ganz zu sich. Vor ihm saß Dr. Enzenbach, der Doktor, der ihm zum ersten Mal tatsächlich zugehört hatte, als er seine Schubladengeschichte erzählte.
„Herr Herbert, wie schön, da sind Sie ja wieder. Ich dachte schon, wir verlieren Sie nochmal an den Schlaf. Jetzt haben Sie es geschafft, Sie sind wieder in dieser Welt angekommen.“, teilte ihm der Doktor freudestrahlend mit.
„Was..., wo bin ich denn? Was ist denn passiert..?“ Bruno blickte sich so gut es ging um, ein fremdes Zimmer, also lag er auch in einem fremden Bett und als er an sich herunter blickte, bemerkte er, dass sein ganzes Bein in einem Gips gefangen war und mehrere Schläuche aus seinen Armen ragten. Jetzt wurde ihm auch klar, dass das piepende Etwas die Maschine war, die irgendetwas an ihm überwachen sollte, denn er war... in einem Krankenhaus! Panisch riss Bruno die Augen auf, es war ihm nun egal, wie sehr dies schmerzte, er war in einem Haus voller antibiotika-resistenter Keime, die ihn umbringen würden, er war bestimmt bereits verseucht. Das Piepen neben ihm wurde immer schneller, sein Atem ging rasselnd und vor seinen Augen begann die Welt wieder ein wenig zu verschwimmen. Dr. Enzenbach bemerkte seine Panik und schien das Problem zu erkennen.
„Ist schon gut, Bruno, Sie sind in guten Händen. Hier ist alles in Ordnung, Sie sind allein in diesem Zimmer,

es ist alles sauber und desinfiziert und nur penibel reinliches Personal betritt diesen Raum. Es ist in Ordnung. Sie dürfen sich entspannen. Ihnen wird nichts passieren, das verspreche ich.“

Die ruhige Stimme des Doktors und die Worte „desinfiziert“ und „reinlich“ konnten das schnelle Piepen des Geräts ein wenig verlangsamen.

„Aber was ist denn passiert, warum bin ich überhaupt hier?“, krächzte Bruno, denn auch seine Stimme schien ihm noch nicht richtig zu gehorchen.

Der Doktor sah ihn beinahe liebevoll an und erklärte,

„Sie hatten einen Unfall und lagen einige Wochen im künstlichen Koma. Sie hatten schwere Verletzungen, die ausheilen mussten, deshalb haben wir das Koma einige Zeit aufrecht erhalten, um eine schnelle Genesung zu garantieren. Sie werden wieder gesund, alles kommt in Ordnung.“

Der Doktormund lächelte wieder beruhigend und die Doktoraugen blickten nach wie vor sehr fürsorglich. Bruno fühlte sich in der Nähe von Doktor Enzenbach ganz wohl, er strahlte irgendeine Art von Vertrautheit aus, die ihn ein wenig verwirrte. Beim letzten Mal als er an ihn gedacht hatte, hatte er ja auch sehr gemischte Gefühle gehabt, jetzt fiel es ihm wieder ein. Er war sehr aufgeregt gewesen und hatte sogar ein wenig Angst vor diesem Mann gehabt, der ihn so ohne Weiteres wirklich zu verstehen schien. Zu diesem Zeitpunkt war er gerade auf der Straße oder auf dem Gehweg herumgeirrt und danach hatte er keine Erinnerung mehr. War er denn vor lauter Aufregung und Verwirrtheit auf die Straße gelaufen und von einem Auto angefahren worden? Der Doktor hatte „Unfall“ gesagt, dies hatte ja oft mit dem Verkehr und Autos zu tun. Deshalb fragte er den Doktor, um sicher zu gehen,

„Was für einen Unfall hatte ich denn, was ist passiert, hat mich ein Bus erwischt?"
Der Doktor lächelte. Ja, tatsächlich, als ob es da irgendetwas zu lächeln gab. Bruno sah ihn irritiert an. Dr. Enzenbach registrierte seine Verwirrung, wurde wieder ernst und meinte,
„Nein, also es war kein Bus, der Sie erwischt hat. Erwischt hat Sie etwas ganz anderes.. Wissen Sie, es ist so.. eine Frau fiel aus einem Fenster hoch über Ihnen und ist im Sturz direkt auf Sie gefallen, als Sie nichtsahnend den Gehsteig entlang gegangen sind."
Der Doktor lächelte jetzt wieder. Bruno war schockiert. Ob des Lächelns, der unglaublichen Nachricht und ob des Umstandes, dass ihm eine Frau so nahe gekommen war, dass sie ihn sogar außer Gefecht gesetzt hatte. Sie musste direkt auf ihm gelandet sein, also auch direkt auf ihm gelegen sein und beinahe all ihre Körperflüssigkeiten hatten sich dabei bestimmt schon vermischt. Bruno dachte, dass sich so ungefähr Sex anfühlen musste und schüttelte sich vor Ekel. Aber noch immer verstand er nicht, was es für den Doktor dabei zu lächeln gab. Vielleicht war der ja doch nicht so ein Versteher wie Bruno gerade noch geglaubt hatte. Vielleicht war er ein kranker Irrer, der sich offensichtlich am Unglück anderer Personen belustigte. Fand er es etwa witzig, dass ihn eine Frau so unglücklich erwischt hatte? Bruno wurde ein wenig wütend. Dieses Gefühl half ihm zumindest über den Ekel hinweg, den er beim Gedanken an die Nähe zu dieser Frau empfand. Da der Doktor noch immer die Unverschämtheit hatte weiter vor sich hin zu lächeln, blaffte er ihn ärgerlich an,
„Warum grinsen Sie denn bitte so? Was bitte soll an dieser Geschichte so amüsant sein? Erklären Sie mir das! Immerhin sind Sie der Doktor, das ist ein absolut unangemessenes Verhalten!"

Dr. Enzenbach's Lächeln versteinerte, denn auch er hatte gerade ein Déja vù, vom Angeblafftwerden einer anderen Person. Seine Augen blickten Bruno aber wissend an.
„Ist schon gut, Herr Herbert, kein Grund sich aufzuregen. Ich erkläre Ihnen alles. Wissen Sie, es ist so. Diese Dame, nun ja, sie ist auch hier im Krankenhaus.“
Bruno lief es kalt den Rücken hinab. Irgendetwas regte sich da in ihm, er konnte nur nicht sagen, was es war. Es war kein rein unangenehmes Gefühl, er konnte es nicht einordnen. Vorerst ordnete er dies dem Unbehagen zu, das der Sturz auf ihn und das Körper-an-Körper-Sein mit dieser Frau in ihm ausgelöst hatte.
„Die Dame hatte und hat nach wie vor natürlich auch viele Verletzungen und ist nicht ohne Weiteres davon gekommen. Sie, Herr Herbert, hat es aber weitaus schlimmer erwischt, da Sie ja die schlechtere Seite des Aufpralls zu spüren bekommen haben, nämlich den Betonboden unter ihnen. Jedenfalls hat die Dame es auch nicht gerade gut getroffen, außer den äußeren Verletzungen leidet sie nämlich zusätzlich unter einer Amnesie. Sie kann sich an den Vorfall und was vielleicht dazu geführt hat nicht mehr erinnern. Offensichtlich hatte sie aber ein sehr schlechtes Gewissen, was Sie betrifft, denn sie ist bisher jeden Tag bei Ihnen im Zimmer gewesen, hat bei Ihnen gesessen und ich glaube auch mit Ihnen gesprochen.“
Bruno zuckte bei diesen Worten zusammen. Nun ging ihm ein Licht auf, warum ihm vorhin ein Schauer über den Rücken gelaufen war. Er erinnerte sich nämlich. Zwar nicht an jedes einzelne Wort, aber er erinnerte sich an ihre Geschichten. Sie hatte ihm so einiges erzählt. Bruno hörte deutlich ihre Stimme in seinem Kopf. Wie die Erinnerung an einen längst vergessenen Traum schnellte dies alles jetzt wieder vollends in sein

Hirn, hervorgeholt durch die Worte des Doktors. Was war da noch alles gewesen. Waffeln. Ein Feuer. Tote Eltern. Ein schreiendes Mädchen vor einem brennenden Haus. Bruno fiel alles in Sekundenbruchteilen und kleinen Geistesblitzen wieder ein, wie ein Film lief das Ganze vor seinem inneren Auge ab, so als wäre er selbst dabei gewesen. Nun berührte ihn diese fremde Frau sogar. Obwohl ihm nach wie vor sehr davor ekelte, dass sie ihn bei dem Vorfall so intensiv berührt hatte, konnte er jetzt so etwas wie Mitgefühl für sie empfinden. Ja sogar eine Art Zärtlichkeit keimte in ihm auf. Sie hatte ihm ihr Herz ausgeschüttet, hatte ihm ihr Innerstes offenbart. Doch da war noch etwas, was sie ihm erzählt hatte. Daran konnte er sich aber nur sehr dumpf erinnern, alles war etwas verschwommen. Der Doktor blickte ihn schon sorgenvoll an, da er nach seinen Ausführungen zu dem Unfall nun schon minutenlang mit schockiert aufgerissenen Augen vor sich hingestarrt und er ihn schon einige Male durch Ansprechen aus seiner Trance zu befreien versucht hatte.
„Herr Herbert, ist alles in Ordnung? Bruno, hören Sie mich? Was ist denn los?“
Doch Bruno konnte sich nicht aus seiner Trance befreien, er durchlebte gerade innerhalb von Minuten und Sekunden, was ihm diese fremde Frau in der ganzen Zeit anvertraut hatte. Wie ein Film im Zeitraffer, der in seinem Kopf ohne Rücksicht auf Verluste – in diesem Fall war der Verlust offensichtlich sein Bewusstsein für die Gegenwart – abgespult wurde. Ja, sie hatte ihm noch etwas gesagt. Etwas Wichtiges. Denn nicht nur, dass sie in Wahrheit schuld am Tod ihrer Eltern war, hatte sie nie jemandem erzählt. Sondern auch, dass sie sehr wohl wusste, was der wahre Grund für ihren Sturz aus dem

Fenster gewesen war. Nämlich, dass es kein Sturz war, sondern ein Sprung. Sie war nicht gestürzt, sondern auf ihn herabgesprungen, hatte sich auf ihn gesetzt, wie ein Todesengel, bereit zu gehen und ihn mit sich hinab zu reißen. Natürlich hatte sie das so nicht gewollt, nein, nein, er kam ihr ja sogar in die Quere. Sie wollte etwas ganz anderes und das hatte sie auch vor zu vollenden. Sie hatte ihm alles erzählt. Bruno schluckte ein paar Mal. Diese Körperregung brachte ihn wieder ein wenig in die Gegenwart zurück und er sah Dr. Enzenbach an. Dieser, froh, dass Bruno wieder unter den Lebenden zu weilen schien, meinte,
„Da sind Sie ja wieder, was war denn nur los?"
Doch Bruno konnte nicht antworten. Zu sehr war er noch in seinem Kopf gefangen. Der Doktor deutete dies offensichtlich als Nachgrübeln über die fremde Frau, denn er meinte,
„Sie fragen sich vielleicht, wo denn die Frau jetzt ist, die die ganze Zeit an ihrem Bett verweilt hat?"
Der Doktor lächelte ihn nun wieder auf die übliche unpassende Weise an, die er nicht einordnen konnte.
„Schwester Maria meinte, es ginge ihr heute nicht allzu gut und sie müsse sich ausruhen. Vielleicht ist sie auch einfach aufgeregt, dass sie Sie jetzt wirklich kennenlernen kann. Immerhin trägt sie die Last der Schuld auf ihren Schultern, dass Sie hier wegen ihr liegen müssen. Es kann schon sein, dass sie dadurch gehemmt ist, zu ihnen zu kommen. Aber keine Angst, wenn Sie möchten, dass sie kommt und ich ihr das mitteilen darf, wird sie bestimmt bald bereit sein, Sie zu besuchen."
Bruno versuchte sich zu sammeln. All diese fremden Informationen, die er eigentlich gar nicht wissen konnte, strömten auf ihn ein. Wieso nur konnte er sich so genau an all diese Dinge erinnern, fast so als hätte er sie selbst erlebt? Die Worte des Doktors sickerten in

seinen Kopf und suchten sich einen Weg durch das Gewirr an Informationen, das dort zurzeit die Oberhand hatte. Sie würde ihn also besuchen kommen. Und heute ginge es ihr nicht gut, sie wolle sich ausruhen. Als diese neue Information in Bruno`s Kopf angekommen war und er sie verarbeitete, wurde ihm der Ernst der tatsächlichen Lage bewusst. Langsam wurde ihm klar, warum diese Frau ihn sicher nicht besuchen kommen würde.

„Hat sie gewusst, dass ich heute aufwachen werde? Hat sie es gewusst, bevor sie müde war? Wo ist sie jetzt?“, fragte er den Doktor, wieder panisch geworden.

Eigentlich konnte es ihm ja komplett egal sein. Schließlich war die Frau bei ihrem egoistischen Suizidversuch auf ihn gesprungen, hatte ihn schwer verletzt, und was am schlimmsten war, ihn mit ihrem Körperdreck beschmutzt. Er fühlte sich schmutzig und ekelhaft, wie er da lag in seinem Krankenhaus-schürzchen, das hinten offen war. Er fühlte sich allein deshalb schon schmutzig, weil er sich in einem Krankenhaus befand. Und daran war nur sie schuld mit ihrer wahnwitzigen Idee sich aus dem Fenster zu stürzen. Musste einem da nicht klar sein, dass die Wahrscheinlichkeit, dabei irgendjemanden zu treffen, sehr groß war? Vielleicht hatte sie es ja sogar irgendwie darauf angelegt, zwar nicht gerade ihn aber zumindest irgendjemanden zu erwischen, den sie mit in den Tod reißen könnte. Oder der sie in dem Fall bremsen würde?

„Sie ist vermutlich in ihrem Zimmer und schläft.. und ja, ich denke, Schwester Maria hat ihr gesagt, dass Sie heute aufwachen werden, da sie ihr ja angeboten hat, bei Ihnen zu sein, wenn dies passiert.“, entgegnete der Doktor ruhig auf Bruno's Fragen. Die Informationen in Bruno's Kopf rasten um die Wette. Er konnte sich zwar nicht sicher sein, dass es so war, vielleicht bildete er sich das Ganze auch nur ein, vielleicht waren das doch nur Träume gewesen und die Geschichten hatten mit dieser Frau gar nichts zu tun. Der Verstand oder das Unterbewusstsein konnten sich ja vieles herbei produzieren, um eine Erklärung für diesen Unfall zu finden. Aber einen Teil davon hatte der Doktor schließlich schon bestätigt, irgendetwas musste also an seiner Vermutung dran sein. Er konnte das, was sie ihm vielleicht anvertraut hatte nicht einfach so stehen lassen. Er musste es dem Doktor mitteilen, und musste ihm sagen, was er vermutete. Wenn er konnte, würde er sie eben nochmals von diesem egoistischen Plan abbringen, diesmal aber bewusst.

„Doktor, bitte schauen Sie schnell in ihr Zimmer. Sie hat mir erzählt, dass sie sich bei dem Sprung umbringen wollte, und dass sie es hier im Krankenhaus nun zu Ende bringen würde. Ich habe keine Ahnung, ob es stimmt, aber bitte, schauen Sie einfach nach, ob es ihr gut geht."

Der Doktor schluckte. Alle im Krankenhaus hatten ja gewusst, dass Frau Hertz sich hatte umbringen wollen, ihnen war es schließlich klar gewesen. Aber sie hatten alle gedacht, dass sie es nicht mehr wusste. Sie waren überzeugt davon gewesen, dass sie unter einer Amnesie litt, aber wie konnte sie ihm das alles erzählt haben, wenn sie es selbst nicht mehr wusste? Und wie konnte er es überhaupt wissen, er hatte schließlich die ganze Zeit im Koma gelegen. Der Doktor starrte Bruno nur ungläubig an.

„Nun los, gehen Sie schon, bitte!"

Bruno machte eine Handbewegung zur Tür. Dr. Enzenbach riss sich selbst aus seiner Starre, sprang auf und hastete zur Tür hinaus. Bruno sah sich in dem Zimmer nach etwas um, das er als Krücke verwenden konnte, um dem Doktor zu folgen. In der Ecke stand ein Rollstuhl, wie praktisch, dachte Bruno, robbte irgendwie zu diesem hin, ohne dass er wusste, wie er es anstellte oder wie das möglich war, da er ja gerade noch im Koma gelegen hatte. Adrenalin konnte ja so einiges bewerkstelligen. Beim Rollstuhl angekommen hievte er sich irgendwie darauf und rollte los, hinaus aus seinem Zimmer, den Gang entlang. Instinktiv wusste er, wo er entlang fahren musste. Vor sich hörte er bereits aufgeregtes Stimmengewirr, er konnte nicht mehr weit vom Zimmer der mysteriösen Dame entfernt sein. Er folgte den Stimmen, bog links beim nächsten Zimmer ab und befand sich plötzlich in einem aufgeregten Auflauf, mehrere Schwestern liefen wie aufgescheuchte Hühner in dem Zimmer auf und ab, Doktor Enzenbach hämmerte gerade an die Badezimmertür, rief einen Namen und hämmerte dabei weiter. Die ganze Szene erinnerte Bruno nur zu gut an seine eigenen Erlebnisse mit seiner Mutter. Auch er hatte gehämmert und gerufen, auch er hatte versucht irgendwie in das Zimmer zu gelangen, in dem er seine Mutter in Not vermutete. Er sah sich selbst wieder mit der Brechstange vor der Muttertür, daran ziehen und zerren bis sie endlich aufkrachte. Der Doktor hatte zwar keine Brechstange zur Hand, begann sich aber gegen die Tür zu werfen, einmal, zweimal, dreimal, doch die massive Tür gab keinen Millimeter nach. Schnaufend und verzweifelt sah der Doktor die Tür an, wie einen Feind, der ihn beinahe besiegt hatte. Er atmete tief durch, schien noch einmal all seine Kräfte zu sammeln, nahm Anlauf und schmiss sich mit all seiner Kraft und all seinem Gewicht gegen die Tür. Ein lautes Krachen ertönte und gleich darauf hing die Tür schief im Rahmen und gab einen Spalt frei zum Badezimmer. Der Doktor rief noch einmal den Namen, drückte fest gegen die hängende Tür und gab den Weg zum Badezimmer frei. Die Schwestern liefen dem

Doktor nach in Richtung Bad, doch der kam bereits wieder mit einer Frau auf den Armen heraus und legte sie auf das Bett. Sie war entweder tot oder tief und fest eingeschlafen, Bruno wusste es nicht. Er rollte zu ihr hin, der Doktor rief den Schwestern etwas zu und nun näher gekommen, konnte Bruno das Gesicht der Frau erkennen. Wie angewurzelt blieb er stehen und starrte sie an. Er kannte dieses Gesicht. Nur zu gut kannte Bruno dieses Gesicht. Es war das Mädchen aus dem Heim, das Mädchen mit den dreifarbigen Augen. Alles um ihn herum erschien plötzlich wie in Zeitlupe abzulaufen. Alle hasteten umher, bemühten sich das Bett mit der, wie Bruno hoffte, Schlafenden aus dem Zimmer zu bekommen, um sie irgendwo anders hinzubringen. Bruno konnte diese Fülle an Informationen und Ereignissen nicht mehr fassen, die Schwäche, die durch das soeben durchlebte Koma in seinem Körper war, übermannte ihn nun und er sackte in dem Rollstuhl ohnmächtig zusammen.

Als Bruno wieder aufwachte, glaubte er zuerst, dass dies alles ein böser Traum gewesen war. Zu absurd war doch die Vorstellung, dass genau dieses Mädchen von damals aus dem Heim ihn beinahe mit ihrem Sturz in den gewollten Tod umbringt. Doch als er wieder ganz zu sich gekommen war, stellte er fest, dass er wieder in seinem Bett im Krankenhaus lag und spürte seinen nackten Hintern auf dem Leintuch, der aus dem Krankenhausschürzchen hervorragte. Unruhig blickte er sich um, kein Mensch war in dem Zimmer. Er musste wissen, wie es der Frau mit den dreifarbigen Augen ging, musste ihren Namen endlich erfahren und musste endlich mit ihr sprechen. Aber vielleicht war dies schon gar nicht mehr möglich, vielleicht hatte er es nicht geschafft, rechtzeitig aufzuwachen und sie noch einmal vor ihrem Tod zu bewahren. Bruno drückte unentwegt auf das blaue Strichkranken-schwesterchen bis endlich eine Schwester in sein Zimmer kam. Diese teilte ihm mit, dass Frau Hertz, so hieß sie also, gerade noch auf der Intensivstation war und er später zu ihr könne. Immerhin hieß das, dass sie noch lebte, er hatte es also tatsächlich geschafft. Bruno blickte auf die Uhr. In einigen Minuten müsste eigentlich das Mittagessen kommen. Bruno hatte gestern, als er das Zimmer mit seinen Augen untersucht hatte, den Speiseplan des Krankenhauses an der Tür wahrgenommen und die geeignete Uhrzeit für das Mittagessen war bald eingetreten. Bruno war es immer schon schwer gefallen sich irgendeinem Plan zu widersetzen, oder es hinzunehmen, wenn ein Plan von irgendjemand anderem durchkreuzt wurde, wie zum Beispiel der Busplan. Wenn ein öffentliches Verkehrsmittel nicht genau zu jener Uhrzeit ankam, an dem es laut Plan da sein sollte, konnte Bruno meist nicht in dieses einsteigen. Es war einfach nicht richtig. Da wartete er lieber noch weitere 10 Minuten, um beim nächsten Bus zu hoffen, dass der zur richtigen, geeigneten Uhrzeit ankam. Er betrachtete den Speiseplan und daraufhin die Uhr. Er stellte sich vor, wie die Schwester das Essen bringen und das Zimmer leer vorfinden würde. Er würde das Essen nicht zum geeigneten Zeitpunkt einnehmen können, wenn er jetzt das Zimmer verließ. Aber die Neugier und die Sehnsucht waren dieses Mal tatsächlich stärker, er wollte unbedingt zu Frau Hertz, er wollte ihr wieder ins Gesicht sehen und seinem Verstand noch einmal bestätigen, dass es sich wirklich um dieses Mädchen von damals handelte. Er schwang sich also aus dem Bett, humpelte zum Rollstuhl, machte die Tür auf und blickte sich im Gang um. Keine Gefahr, der Gang war leer. Bruno rollte geduckt am Schwesternzimmer vorbei, um die nächste Ecke und sah vor sich das

Schild, das zur Intensivstation leitete. Er ließ sich wieder instinktiv dahin rollen, es war, als wüsste er genau, wo er hin musste. Auf dem Gang befand sich nach wie vor niemand, auch in der Intensivstation war niemand anzutreffen. Ein wenig verwundert aber erleichtert blieb Bruno vor dem Zimmer stehen, an dem ein behelfsmäßiges Namensschild angebracht war: Herta Hertz. Herta hieß sie also. Mitsamt ihrem Nachnamen war dies ein sehr klingender Name, wie Bruno fand. Herta Hertz hatte ihm ihr Herz ausgeschüttet und vielleicht sein Herz irgendwie erobert, wer weiß. Bruno konnte selbst seinen Gedankenkitsch kaum glauben, zwang sich in die Realität zurück und öffnete die Tür. In dem Zimmer befand sich nur ein einziges Bett und niemand sonst war darin. Bruno dachte, dass es in diesem Krankenhaus wohl einen Personalmangel gab und rollte zu Herta's Bett. Sie war an einen Tropf angehängt, schien ansonsten aber nichts Äußerliches von ihrem zweiten Suizidversuch davongetragen zu haben. Anscheinend schlief sie aber noch sehr tief. Bruno rollte noch näher heran, bis er so an ihrem Bett saß, wie sie es damals an seinem getan hatte. Er sah sich ihr Gesicht an. Es hatte sich nur wenig verändert, war aber von Zeichnungen des Lebens übersät, es gab kleine Fältchen und ein wenig eingefallene Wangen, was auch vom längeren Krankenhausaufenthalt und dem Unfall herrühren mochte. Aber ohne Fältchen, fand Bruno, war es genau dasselbe Gesicht, in das er vor so langer Zeit so gerne geblickt hatte. Außer dass ihre wunderschönen Augen damals immer offen gewesen waren und ihn mit diesem unergründlichen, fast schon süffisanten aber liebevollen Blick angesehen hatten. Diese Augen hatten ihn fasziniert, er war komplett in sie vertieft gewesen, so wie es manches Mal ein Gegenstand oder ein Steinfußboden schaffte, ihn so zu faszinieren, dass er die Welt um sich herum vergaß. Diese Vorkommnisse waren Bruno aber immer unangenehm gewesen, wenn er sich endlich von dem verstandraubenden Gegenstand oder Umstand lösen hatte können. Im Gegensatz dazu, war es ihm aber nie unangenehm gewesen, wenn er Herta ins Gesicht geblickt hatte und von ihren Augen gefangen gewesen war. Im Gegenteil, er wollte eigentlich immer nur mehr davon, er wollte sich nie mehr von ihnen lösen. Herta's Hand lag neben ihm auf ihrem Bett. Niemals wäre er auch nur im entferntesten auf die Idee gekommen, einen anderen Menschen berühren zu wollen. Niemals schüttelte er Hände oder umarmte gar irgendwelche Personen. Sein letzter Körperkontakt war wohl der unbewusste mit dem Krankenhauspersonal gewesen, das ihn versorgt hatte und davor mit Herta, die auf ihm gelegen hatte. Immer noch empfand er ein wenig Unbehagen, wenn er daran dachte, aber es war kein Ekel mehr dabei, als er jetzt so vor ihr saß und sie betrachtete. Er wollte sie berühren. Noch mehr wollte er zwar, dass sie ihre Augen öffnete und ihn ansehen würde, aber das musste er noch ausschließen, da er vermutete, dass sie so schnell nicht aufwachen würde. Also entschloss er sich mutig dazu all seine Grundsätze, also eigentlich seine Störungen, unbeachtet zu lassen, so wie er es schon mit der Ignoranz des Speiseplans getan hatte und ihre Hand zu berühren. Zuerst strich er nur leicht mit den Fingerspitzen über ihren Handrücken. Nach diesem Durchbruch würde er sich zwar die Hände länger desinfizieren müssen, im Moment fühlte es sich aber sehr gut an. Er wagte sich noch weiter vor, indem er mit den Fingern ihre Hand umschloss, zuerst sehr zaghaft und dann immer fester. Er fuhr dabei mit den Fingern in ihre geschlossene Hand, berührte die Handinnenfläche, die ein wenig feucht und warm war, was ihn aber überraschenderweise nur sehr wenig störte und nur wenig bis fast gar keinen Ekel in ihm hervorrief. So saß er nun da, fasziniert nach so langer Zeit einen Menschen bewusst zu berühren und er fühlte sich gut. Es kribbelte richtig in seiner Hand, die mit dem Daumen über den Handrücken von Herta strich und ihre Hand fest umschlossen hielt. Plötzlich meinte er, sich einzubilden, dass die Hertahand sich bewegt und seine Hand ebenfalls gedrückt hätte. Da er so hin und weg von ihrer beider Hände gewesen war, hatte er ihr schon längere Zeit nicht mehr ins Gesicht geblickt, wandte den Kopf jetzt aber zu ihr hin und stellte fest, dass ihre Augen ein wenig geöffnet waren und ihn tatsächlich anblickten. Sofort war er gefesselt von der dreifarbigen Schönheit und fühlte sich mit klopfendem Herzen an eine wunderschöne Zeit zurückerinnert. Er drückte ihre Hand, wollte ansetzen, endlich ein Wort mit ihr zu sprechen, entschied sich dann aber es nicht zu tun und sah sie weiterhin nur an. Sie erwiderte seinen Blick und lächelte.

Grenzüberschreitung.
Nicht immer möglich.
Zäune behindern den Weg,
verhindern den Übergang,
sind die Behinderung
einer Gesellschaft,
die vergessen hat,
was Freiheit bedeutet.
Aber jeder kann
zumindest die eigenen
inneren Zäune
einreißen,
um dahinter,
seine
Brücken
vorzufinden.

Doktorkopf IV

Franz hetzte vom Krankenhaus in die Klinik, die gleich gegenüber lag, denn er hatte sich schon zu seinem Termin verspätet. Gerade war er bei seiner Frau auf der Onkologiestation gewesen, um die weitere Vorgehensweise zu besprechen. Christina wollte sich einfach nicht überreden lassen sich sofort, so schnell wie möglich operieren zu lassen. Es ging ihr weiß Gott wie schlecht, sie konnte die Schwangerschaft nur schwer aushalten, alles Schlechte, das in einer Schwangerschaft sein konnte, hatte sie um das wahrscheinlich hundertfache verstärkt, da der Krebs ihr die Kräfte raubte, die ihr Körper für die Schwangerschaft eigentlich benötigte. Überraschenderweise ging es dem Kind aber den Umständen entsprechend gut, ganz im Gegensatz zu ihr selbst. Franz hatte das Gefühl, dass sie es irgendwie schaffte, ihre letzten Energien dem Kind zu geben, wie auch immer das funktionierte. Sie war nun im fünften Monat schwanger, niemand wusste, wie sie das bis hierher geschafft hatte. Das Kind war aber einfach noch nicht lebensfähig ohne sie, und Christina hatte ja schon zu Beginn beschlossen, das Ganze durchzuziehen, komme was wolle. Sie war nun schon stationär auf der Krebsstation untergebracht, da er sie allein zu Hause nicht versorgen konnte, sie benötigte außerdem überwachte medizinische Betreuung rund um die Uhr. Franz hatte gerade mit ihr und einem Kollegen, den er schon vom Studium her kannte, besprochen, wie eine Operation stattfinden könnte, welche Risiken diese bergen und was wahrscheinlich eintreten würde. Der Tumor war weiterhin nicht übermäßig gewachsen, eine Operation war also immer noch möglich, aber mit wenig Aussichten auf Erfolg. Zumindest auf den Erfolg, dass Christina das irgendwie überleben könnte. Die Überlebenschance für das Kind wurde ja mit jedem Tag, den es aus ihr heraussaugte größer. Franz konnte sich immer noch nicht mit der Idee anfreunden, dass er das Kind großziehen sollte, das nach seiner Meinung seine Frau töten wird. Nachdem, was er bei diesem Gespräch nun alles erfahren hatte, war er sehr aufgewühlt und konnte kaum klar denken. Er war nun sicher, dass er seine Frau verlieren würde, so viel stand für ihn fest. Doch er gab sich selbst nun keine Zeit, darüber länger nachdenken zu können, da er seinen Termin in der Klinik wahrnehmen wollte, einfach um sich von all dem Tumor- und Babygerede abzulenken. Er wollte nicht nachdenken, wollte nichts wahr haben und wollte einfach nur sein altes Leben zurück, in dem alle noch gesund waren und keine verrückten Babyüberlebenspläne geschmiedet wurden, die eigentlich für seine Frau gemacht gehörten. Franz hastete also in die Klinik und fuhr mit dem Lift in den zweiten Stock. Dort erwartete ihn schon die Stationsschwester. Aber es schien keinen Grund zur Eile zu geben. Heute war schließlich auch nichts Großartiges mit Hans, seinem zurzeit wichtigsten Patienten, vorgesehen. Die Schwester teilte ihm nur mit, dass Hans schon längere Zeit mit seinem Laptop im Zimmer saß und schrieb. Die Frage, ob Bruno oder Herta auch anwesend waren, verneinte die Schwester, zumindest hätte sie nichts davon mitbekommen. Franz betrat also nach einem kurzen Klopfen das Zimmer von Hans. Dieser saß tatsächlich auf seinem Bett und schrieb begeistert vor sich hin. Da Franz ihn nicht aus seinem Schreiben reißen wollte, setzte er sich nur leise auf den Stuhl neben der Tür und wartete, ob Hans ihn registrieren würde. Dieser war aber sehr vertieft und

durchlebte offensichtlich gerade einige wichtige Phasen, da er plötzlich Tränen in den Augen hatte und ein wenig zu schluchzen begann. Franz war durch dieses Verhalten nicht alarmiert, da es ja zu dem Plan gehörte und er mit Sicherheit einiges durchlebte, was jetzt gerade wichtig für ihn war. Hans hörte allmählich auf zu schluchzen und die Tränen wurden nun von einem Lächeln abgelöst, das erleichtert und gerührt zugleich wirkte. Womöglich waren die Tränen und das Schluchzen auch gar nicht negativ behaftet gewesen, Franz konnte es noch nicht sagen, da er nicht wusste in welcher Phase Hans gerade war. Plötzlich hielt Hans inne und hörte auf zu schreiben. Langsam ließ er die Hände vom Laptop gleiten und schien sich wieder langsam im Hier und Jetzt einzufinden. Er blickte auf und bemerkte jetzt erst, dass Franz schon bei ihm saß.
„Hallo, Herr Doktor. Sie werden nicht glauben, was gerade passiert ist...“, sagte Hans, offensichtlich noch immer gerührt, denn ein paar Freudentränen liefen ihm gerade über die Wangen.
„Guten Tag Hans, was ist es denn, was sie eben durchlebt haben? Ich bin schon sehr gespannt. Ihre Reaktion darauf sieht jedenfalls sehr positiv für mich aus. Ich hoffe doch, es war etwas Gutes?“
„Das können Sie aber laut sagen, dass das etwas Gutes war. Sie werden begeistert sein. Bruno hat es geschafft! Er hat sie gerettet und ein weiteres Mal wirklich davon abgehalten. Und das Beste daran ist: Die beiden haben sich jetzt wirklich kennengelernt. Sie haben sich endlich gefunden!“, erzählte Hans aufgeregt mit tränenerstickter Stimme.
Franz konnte gar nicht glauben, was Hans da tatsächlich geschafft hatte. Dies war ein riesiger Fortschritt für ihn. Niemals hätte er geglaubt, dass es auf diese Weise wirklich möglich sein würde, Bruno

und Herta zusammenzuführen. Und dass es Hans so gut tun würde.
„Wissen Sie, ganz sicher bin ich mir nicht, ob ich nur vor Freude weine, oder auch ein bisschen, weil Bruno jetzt Herta hat.. und nicht ich.“
Aha, Franz durchblickte jetzt die Situation, so war das also. Er musste ihn noch einmal auf die Realität hinweisen, damit er es tatsächlich verstehen konnte. Es war natürlich schwierig, so etwas zu akzeptieren, vor allem in so einer Situation, weil es sich für Hans einfach anders anfühlte. Doch Hans war gerade noch so sehr in seiner eigenen Welt, dass Franz ihm da heraus helfen musste, damit er das Ganze tatsächlich als einen guten Fortschritt betrachten konnte. Franz setzte sich also mit seinem Stuhl noch näher zu ihm, nahm ihm den Laptop ab, stellte diesen auf den Tisch und blickte Hans tief in die Augen. Er musste ihm klare Worte und Fakten sagen, genauso, wie es zu Anfang für die Therapie vereinbart gewesen war. Also sagte Franz eindringlich zu seinem Patienten,
„Hans, machen Sie keinen Unterschied mehr zwischen sich und Bruno. So können Sie das Ganze viel leichter akzeptieren und das Positive daran sehen. Sie sind Bruno! Also haben Sie als Bruno Herta nun tatsächlich gerettet.“
Hans blickte ihn nur stumpf an.
„Was, Sie meinen, ICH habe sie gerettet? Jetzt habe ich es wirklich geschafft?“
Die Augen von Hans wurden wieder etwas klarer und blickten den Doktor jetzt fest an.
„Ja, Sie haben ja recht, jetzt weiß ich es auch wieder. Entschuldigen Sie, ich war so mitgerissen von meiner eigenen Geschichte. Da vergesse ich dann oft alles, was wir bisher schon besprochen hatten.“
Hans hielt kurz inne, um eine Weile vor sich hinzustarren. In seinem Kopf arbeitete es sichtlich und

Franz befürchtete schon, er hätte ihn wieder verloren. Doch da sah Hans plötzlich auf und betrachtete den Doktor aufmerksam. Ein Lächeln umspielte seine Lippen, die Freude schlich langsam in ihn hinein.
„Ja, Sie haben ja so recht! Das ist wirklich ein schöner Erfolg. Ich habe eine Zusammenführung geschafft. Wahnsinn, dass das geklappt hat, finden Sie nicht?"
Franz nickte und versuchte sich aufrichtig mit seinem Patienten zu freuen, da dies wirklich ein starker Durchbruch war. Bloß war die ganze Geschichte mit seiner Frau, und dass sie mit ziemlicher Sicherheit bei dieser Operation sterben würde, so sehr in seinem Bewusstsein, dass er sich nur schwer konzentrieren konnte. Hans bemerkte dies, denn die beiden waren schon längere Zeit jeden Tag zusammen in der Therapie und Hans mochte den Doktor sehr gern, da er bemerkt hatte, dass dieser eben auch nur ein Mensch war. Er verstand sich wunderbar mit ihm, und zwar nicht nur auf einer Arzt-Patienten-Ebene, sondern irgendwie ging das Ganze tiefer. Er mochte ihn einfach und empfand ihre Beziehung fast so wie eine Freundschaft, obwohl er genau wusste, dass dies unter den gegebenen Umständen nicht möglich war. Aus diesem Grund bemerkte er aber durchaus, wenn es seinem Gegenüber nicht gut ging. Er hatte das schon vor längerer Zeit bemerkt, als der Doktor einmal mit tiefen Augenringen bei ihm erschienen war. Als er ihn dann fragte, was denn los sei, meinte er, dass es ihm einfach nicht gut ginge, sein Befinden aber nichts mit seiner Therapie zu tun hatte. Er hatte ihn abgeblockt, natürlich, Hans wusste schon so viel von Ärzten, dass sie halt professionell sein wollten, oft um jeden Preis. Aber er hatte damals nicht locker gelassen und gemeint, dass es dem Doktor ja auch gut gehen musste, um eine Therapie richtig durchführen zu können, also sollte er ihm jetzt bitte sagen, was denn los war, sonst

müssten sie die Stunde eben abbrechen. Hans war fast ein wenig erbost gewesen, da er ihre Beziehung schon damals als sehr intensiv wahrgenommen hatte und er gerne mehr über die Person erfahren würde, die ihn behandelte und so vieles über sein Innerstes wusste, das er selbst gar nicht kannte. Er meinte dann auch, dass er das Gefühl hatte, dass er dem Doktor nicht wirklich vertrauen könne, wenn er ihm nie etwas von sich erzählte. Er erklärte ihm, wie man sich da manchmal als Patient fühlte, wenn einer so viel Privates und Intimes von einem zu wissen verlangte, der aber von sich nicht das kleinste Bisschen preisgab. Das war ja schon fast, als würde man mit einer Maschine sprechen, die auf Knopfdruck die richtige Diagnose und eine Tablette ausspuckte. Sicher, manchmal war es auch angebracht, dass der behandelnde Arzt ein unpersönliches Gegenüber und einfach nur ein Arzt war, weil es vielleicht irritieren konnte, wenn man den Arzt zuvor idealisiert hatte und dann feststellen musste, dass er auch nur ein Mensch war. Doch bei Hans war dies nicht der Fall, er wollte einen echten Menschen als Gegenüber und keinen Roboter. Er wollte, dass sein Gegenüber Gefühlsregungen zeigte und sich ihm mitteilte, wenn er selbst Probleme hatte, die man ihm nach seinem Aussehen zu urteilen nicht absprechen konnte. Nachdem Hans so vehement darauf bestanden hatte, dass er sich ihm offenbarte, beschloss Franz ihm das mit seiner Frau zu erzählen. Als er damals mit den Augenringen ankam, war es nämlich genau der Tag gewesen, nachdem er von der Diagnose erfahren hatte und er war die ganze Nacht mit Christina wach geblieben. Sie hatten geredet und geredet, zusammen geweint und sich fest gehalten. Und aus dieser Situation heraus fuhr Franz direkt in die Klinik, da er es zu Hause einfach nicht ausgehalten hatte, ohne jede

Sekunde loszuheulen und seine Frau bereits jetzt zu vermissen. Er erzählte Hans also an diesem Tag, dass er am Tag zuvor davon erfahren hatte und sprach lange mit ihm über diesen Tumor. Aber vor allem über das Leben. Zu diesem Zeitpunkt bemerkte auch Franz, dass er seinen Patienten nun eher als Freund zu sehen begann, was ihm natürlich Angst machte und er sprach viel mit Christina darüber. Als Hans ihn nun ansah und bemerkte, dass es ihm schlecht zu gehen schien, war es also kein Wunder, dass er ihn fragte,
„Was ist denn los, wie geht es Ihrer Frau, gibt es etwas Neues?“, und blickte ihn sorgenvoll an. Franz konnte sich nach dieser Frage einfach nicht mehr halten und die Tränen strömten ihm über das Gesicht. Er erzählte Hans von der Aussichtslosigkeit der Operation und seinem Problem, das er mit dem Kind haben würde, wenn dieses denn überleben sollte. Hans hörte ihm aufmerksam zu und nickte ein paar Mal.
„Ich verstehe, dass das furchtbar für Sie sein muss. Aber wenn man so darüber nachdenkt.., Hans wartete noch einen Augenblick mit der folgenden Ausführung, damit sich der Doktor wieder beruhigen konnte und wieder fähig war, ihm zuzuhören.
„Das ist vielleicht ein wenig hart ausgedrückt, aber könnte es nicht auch schön sein, wenn von Ihrer Frau ein Teil zurückbleibt? Denn wenn sie schon sterben muss und so ziemlich alle Maßnahmen verweigert, um ihr eigenes Leben zu retten, was sie offenbar für sich so entschieden hat, dann wäre es doch zumindest schön, wenn ein Teil von ihr – nämlich ihr Kind – bei Ihnen bleibt. Oder was meinen Sie?“
Franz dachte darüber nach. Noch immer hatte er Mühe, die Tränen zurückzuhalten und so emotional wie er im Moment war, konnte und wollte er sich auf nichts anderes einlassen, als darauf, dass er seine Frau weiterhin bei sich haben wollte, kein Kind, keinen

Tumor, sondern nur seine liebe Frau. Deshalb erwiderte er auf Hans' Einwand fast sofort, den Gedanken im Keim erstickend,

„Nein, das wäre nicht schön. Ich könnte mit dem Kind nichts anfangen. Es ist nicht sie und ich will nur sie bei mir haben. Es macht mich so wütend, dass sie sich nicht helfen lässt.. an etwas anderes will ich im Moment einfach nicht denken..“

Franz konnte nicht mehr weiter sprechen, er war zu aufgewühlt, stützte seine Ellbogen auf die Knie und seine Hände an die Stirn. So saß er dann eine Weile und blickte zu Boden, um sich wieder zu beruhigen. Er hielt den fürsorglichen und besorgten Blick von Hans gerade nicht aus. Er konnte sich doch nicht von seinem eigenen Patienten behandeln lassen, genau so fühlte es sich im Moment nämlich an. Er musste sich jetzt zusammenreißen und mit dieser Sentimentalität Hans gegenüber aufhören, wo käme er denn hin, wenn er sich jetzt schon bei seinen Patienten ausheulen musste. Er atmete tief ein, hob den Kopf und sah Hans an. Doch Hans war nicht mehr da. Eine andere Person blickte ihn plötzlich an, er hatte sofort erkannt, dass es nun nicht mehr Hans war, der ihm da gegenüber saß. Dessen Augen – oder genau genommen die Augen der anderen Person - blitzten auf, ein süffisantes Lächeln spielte um ihre Lippen und der leicht abfällige Blick ruhte auf Franz. Dieser war richtiggehend perplex von der neuen Situation, denn noch nie hatte eine „Wandlung“, wie sie es in der Klinik nannten, direkt in Anwesenheit einer anderen Person stattgefunden. Hans war immer entweder nur für sich gewandelt, während des Schreibens oder während er schlief. Jedenfalls immer dann, wenn es niemand mitbekam. Aber anscheinend erforderte die Situation für ihn eine solche Wandlung jetzt sofort. Oder er konnte es gerade nicht kontrollieren. Aus seinem Mund kamen nun Worte

mittels einer Stimme gesprochen, die nicht Hans zu gehören schien und auf eine Weise, die er nie gewählt hätte.
„Mein liebes Weißkitteldoktorchen, da sind sie ja wieder. Ich musste ja jetzt mit anhören, was sie da vor sich hin jammern und möchte Ihnen von meiner Seite nur eines sagen: Seien Sie doch froh, dass Sie nach dem Tod Ihrer Frau noch das verdammte Balg haben! Denn sonst werden Sie nichts mehr haben, kapieren Sie das denn nicht? Ihre Frau wird tot sein und auch wenn Sie sich das jetzt so zusammenreimen, das Kind ist nun mal nicht daran schuld. Wenn es noch irgendeine Chance für Ihre Frau geben sollte, dann ist sie wenn schon selbst schuld daran, und das wissen Sie genau. Wenn Sie dem Kind die Schuld geben, sind Sie wirklich dumm, das muss jetzt mal gesagt sein."
Franz starrte Herta ins Gesicht. Er hatte nicht erwartet, dass das persönliche Gespräch mit Hans nun so etwas auslösen könnte. Die harten Worte von Herta gruben sich in sein Unterbewusstsein, wie lange, krallenartige Finger, die ihm die Wahrheit in sein Hirn kratzten. Er sammelte sich wieder ein wenig und versuchte sich von seinem eigenen Problem zu lösen, da dieser Schritt von Hans nun beachtet werden musste, denn genau auf so etwas hatten Sie es in der Therapie abgesehen gehabt – dass sich die Persönlichkeitsanteile möglichst annäherten. Denn bei einer multiplen Persönlichkeitsstörung oder auch dissoziativen Identitätsstörung war dies immer das Ziel in der Therapie – zumindest in dieser Klinik – nämlich die verschiedenen Personen, die alle in einer Person leben, möglichst zu einer Person zusammenzuführen, sodass die ursprüngliche Person wieder besser damit leben kann, da sie akzeptiert, dass alle anderen Personen in ihr in Wahrheit auch sie selbst sind. Franz konzentrierte sich nun also auf Herta und meinte,

„Frau Hertz, wie schön, dass Sie hier sind. Wie geht es Ihnen denn? Ich habe ja gehört, dass sich einiges bei Ihnen und Bruno getan hat?“
Franz wollte testen inwieweit Herta nun in Hans' Welt war. In der realen Welt.
„Nun hören Sie doch auf vom Thema abzulenken. Was mit mir und Bruno ist, tut jetzt überhaupt nichts zur Sache. Immer wollen die Menschen nur von sich selbst ablenken, das können sie ja besonders gut – ablenken und anderen die Schuld in die Schuhe schieben. Wissen Sie was? Sie ekeln mich an! Will hier den großen Doktor raushängen lassen und schafft nicht einmal sein eigenes Leben! Sehen Sie zu, dass Sie es schaffen Ihr eigenes Kind zu akzeptieren und sich womöglich darüber zu freuen, wenn Ihnen sonst schon nichts bleibt. Dieses Leben will Ihre Frau Ihnen noch hinterlassen, dazu ist sie offenbar fest entschlossen, also nehmen Sie dieses Geschenk an. Oder lassen Sie es bleiben und gehen Sie elendiglich an Ihrem eigenen Leben mit eigenem, gesunden Kind und viel, viel Geld zugrunde. Mögen Sie doch daran ersticken!“
Franz starrte sie nur erschrocken an. Eine derartige Aggression hatte er selbst von Herta noch nicht erlebt, besonders weil Herta eine ganz besonders verschachtelte Persönlichkeit war, die in sich noch weitere Möglichkeiten ihrer selbst zu tragen schien. Von denen man sagen muss, dass sie um einiges umgänglicher waren, als dieser Aggressionshaufen, der nun vor ihm saß. Und sein Problem dürfte sie wohl fast auf einer persönlichen Dimension aufregen. Womöglich weil sie ja eigentlich Hans war. Und weil Hans für ihn schon fast so etwas wie ein Freund war. Und weil Freunde einem eben auch einmal die Wahrheit ins Gesicht sagen, wenn sie auch noch so ein schmerzhafter Schlag sein mochte. Franz fand nach wie vor keine Worte zu dem Gesagten oder eher

Geplärrten von Herta. Diese fühlte sich daraufhin wieder bestätigt noch mehr von sich zu geben, doch sie meinte dann nur,
„So, dieses Trauerspiel hier muss ich mir jetzt nicht mehr länger geben."
Und verschwunden war sie. Zurück blieb ein in sich zusammengesackter Hans, der verdattert auf seinem Bett saß und nicht wusste, wo er war. Offensichtlich wusste er auch nicht, was gerade passiert war, denn er blickte den Doktor nur müde an und meinte,
„Entschuldigen Sie, ich muss wohl gerade ein wenig eingenickt sein. Plötzlich bin ich so müde, ich glaube ich muss mich jetzt hinlegen.."
Und da lag er auch schon, halb auf dem Bett, halb mit den Beinen am Boden und schnarchte los. Nachdem sich Franz von dem ganzen Schauspiel ein wenig erholt hatte, packte er Hans' Füße, hob sie ins Bett, wurschtelte die Bettdecke unter ihm hervor und deckte ihn damit zu. Im Hinausgehen begann es in Franz' Kopf zu arbeiten, denn er dachte darüber nach, mit welchen Worten Herta ihn geprügelt hatte.

Die Wahrheit,
die ist oft so eine Sache.
Doch genau genommen,
keine Sache,
sondern auch
ein großes Fragezeichen.
Greifbar und doch wieder
entrückt,
fehlbar, was manchmal
entzückt,
unerträglich,
macht sie oftmals
verrückt.

Hans

Immer schon war Hans ein eher ruhiger, zurückhaltender Mensch gewesen. Im Grunde hatte er sich sein Leben so zurecht gelegt, wie er es haben wollte, hatte einen Job als Computerspezialist und war eigentlich immer mit allem und jedem zurecht gekommen. Meist hatte er es sich aber einfach gemacht, indem er unangenehmen Situationen aus dem Weg gegangen war, andere in ihrer Meinung bestätigt hatte, auch wenn es nicht seine eigene Meinung war und er hatte bei beginnenden Streits und Auseinandersetzungen jedes Mal klein bei gegeben, da er den Aufwand des Streitens nicht betreiben wollte. Viel lieber ordnete er sich unter, tat das, was andere ihm sagten und lief in der Menge mit als schlingerndes U-Boot, das niemandem auffiel, weil er das eben so wollte. Er war immer der Meinung gewesen, dass seine Kindheit ihm genug Aufregung beschert hatte, mehr davon meinte er in seinem weiteren Leben nicht mehr ertragen zu können und so arrangierte er sich als kleiner, für andere vielleicht langweiliger Kauz, der es immer allen recht machen wollte, um nur ja keinen Ärger zu bekommen. Falls da einmal ein Ärger war - und ärgern musste Hans sich eigentlich oft genug - tat er aber doch so, als wäre dieser einfach nicht da. Er schluckte alles in großen Mengen hinunter, spielte sich selbst eine Realität vor, die es eigentlich nicht gab und glaubte so mit seinem Leben zufrieden und glücklich zu sein. Doch eines Morgens wachte er auf und konnte sich nicht mehr daran erinnern, wie er ins Bett gekommen war. Seine letzte Erinnerung war die, dass er von einem eher harten Arbeitstag, da er einige Male von seinem Chef angeschnauzt worden war, nach

Hause gekommen war und auf seinen Schuhen einigen Schmutz und Dreck bemerkt hatte. Als er nun an sich herunterblickte, bemerkte er, dass er in einem sehr sauberen und vermutlich gebügelten Schlafanzug steckte, sein Bett frisch duftend bezogen war und seine Wohnung fast blitzte vor lauter Sauberkeit. Am Vorabend war die Wohnung zwar nicht komplett verschmutzt gewesen, da er im Grunde von Haus aus ein recht ordentlicher und sauberer Mensch war, was auch von seiner Kindheit herrühren mochte, aber man bemerkte doch, dass da jemand sehr gründlich gereinigt hatte. Als er in den Vorraum ging, zum Ort seiner letzten Erinnerung, standen die vormals sehr schmutzigen Schuhe frisch geputzt und gewachst im sauberen Schuhregal. Hans wunderte sich an diesem Morgen sehr. Er durchdachte alle Möglichkeiten, die zu diesem ungewöhnlichen Vorfall geführt haben mochten und kam darauf, dass womöglich putzwütige Einbrecher hier gewesen waren, oder dass seine Mutter mal schnell aus dem Grab zu ihm heraufgestiegen war, um ihn zu lehren, dass er gefälligst besser putzen sollte, oder, und diese Möglichkeit empfand er dann doch als die wahrscheinlichere, dass er selbst dies alles im Schlaf getan hatte. Er fühlte sich auch sehr müde und ausgelaugt, was diese Vermutung noch bestätigte, da er nach seiner Meinung eigentlich einige Stunden tief und fest geschlafen haben müsste, dies aber offensichtlich nicht der Fall gewesen war. Hans maß dem Ganzen an diesem Morgen dann nicht mehr viel Bedeutung zu, er versuchte auch wie immer das Positive daran zu sehen und dachte sich, dass es ja gar nicht schlecht wäre, sich selbst in der Nacht als Putzkraft zu haben, ohne dass man davon weiß. Immerhin musste man sich dann nicht bewusst mit dreckigen Fußböden und schmutziger Wäsche herumärgern. Doch als dieses Phänomen so gut wie jede Nacht aufzutreten begann, machte sich Hans dann doch Sorgen. Vor allem weil er ja so gut wie gar nicht mehr zum Schlafen kam. Immer wieder schlief er deshalb in der Arbeit vor seinem Computer ein oder war so müde, dass er viele Fehler machte, wodurch sein Chef nur noch mehr Grund hatte, ihn anzublaffen und zu erniedrigen. Zu dieser Zeit begannen sich die nächtlichen Aktivitäten zu erweitern und fanden mitunter auch tagsüber statt. Er hatte kleine Aussetzer während er auf dem Weg von der Arbeit nach Hause war und fand sich dann beim Verlassen eines Supermarktes wieder, den er sich nicht erinnern konnte, betreten zu haben und die Kassiererin rief ihm nach,

„Schönen Tag noch, Herr Bruuuuno!“

Die Vorfälle häuften sich, die Menschen um ihn herum benahmen sich komisch, nannten ihn manchmal bei einem falschen Namen und machten in seinem Viertel oft einen weiten Bogen um ihn. Er bekam verschiedene Bonuskarten und andere Dinge auf den Namen „Bruno HERBERT“ zugesandt, obwohl er Hans Herbert hieß und wunderte sich eigentlich jeden Tag über irgendetwas Neues, woran er sich nicht erinnern konnte und was er nicht bestellt oder veranlasst hatte. So ging das einige Zeit, ohne dass er wusste, was er dagegen unternehmen sollte und ob er überhaupt etwas dagegen unternehmen konnte. Selten sprach er mit jemandem über seine Probleme oder seine Sorgen, da er ja immer allem Ärger aus dem Weg gehen wollte und womöglich bedeutete, diese Dinge jemandem anzuvertrauen, dass ziemlicher Ärger auf ihn zukommen konnte oder schon allein ein Aufwand, etwas an dieser Situation zu ändern. Also lebte er so gut es ging damit weiter, akzeptierte die unterschiedlichsten Wunder in seinem Alltag und da sie eigentlich nie schlimme Auswirkungen hatten, ganz im Gegenteil - seine Wohnung und er selbst waren seitdem das alles begonnen hatte ja sauberer denn je – beschloss er, einfach nichts dagegen zu tun, so wie er eigentlich jeder Problemstellung gegenüber stand, die ihn irgendwie aufregen konnte. Das einzige Problem dabei war aber, dass er nach wie vor nicht wirklich viel schlief. Er versuchte sich tagsüber auszurasten, wenn er konnte, hatte aber auch dabei die Angst im Nacken, dass er dann wieder irgendwo aufwachen würde, wo er zuvor definitiv nicht gewesen war. Und dieser Umstand machte ihm auf Dauer nun doch Angst. In der Arbeit bereitete ihm der Schlafmangel immer wieder Probleme, sodass sein Chef ihm befahl, sich mit einer Webdesignerin in Verbindung zu setzen, die „weitaus mehr drauf hat, als Sie" und ihm vielleicht bei einigen Problemen weiterhelfen konnte, die er durch verschlafene Fortbildungen in seinem Job jetzt hatte. Sie würde Bescheid wissen und möchte nur per E-Mail kontaktiert werden. Er sollte sich alle Fragen und Probleme aufschreiben und ihr eine Aufstellung zukommen lassen. Als er dies getan hatte, antwortete sie ihm kurz und knapp und meinte als PS dazu, dass er diese Dinge in seinem Beruf wohl wissen müsste und was er denn bei der letzten Fortbildung getan hätte, wo die neuen Programme alle durchgenommen worden waren. Hans wollte auf diese schnippische Bemerkung eigentlich nichts antworten, da es ihm ja nur irgendwelchen Ärger einbringen würde, aber er tat es dann doch, entweder aus Neugier oder einfach nur aus Geschafftheit, da er immer sehr müde war und er sich auch in bewussten Momenten oft nicht mehr darüber im Klaren war, was er tat. Also antwortete er ihr, dass sie das nichts anginge und jeder vor seiner eigenen Haustür kehren sollte. Daraufhin schrieb sie nochmal zurück, was dies bedeuten solle, vor der Haustür kehren, sie hatte da nichts zu kehren, das mache schließlich der Hausmeister. Danach hatten sie eine längere Hin- und Herdiskussion über den Einsatz und die Sinnhaftigkeit von Sprichwörtern, wobei Herta natürlich der Meinung war, dass diese Dinge absoluter Schwachsinn wären und ja niemand verstünde, wovon man sprach, wenn man das Sprichwort aus irgendeinem Grund nicht kennen sollte. Herta – ja, die echte Herta - interessierte sich für diesen Mann, der da in Reimen mit ihr sprach zu Anfang nur sehr wenig und sie überlegte immer wieder, ob sie ihm überhaupt noch einmal antworten sollte. Aber mit der Zeit begann sie der rätselhafte E-Mail-Computer-Typ aus der Firma zu interessieren und bei Herta war es wirklich eine Seltenheit, wenn sie einmal ein anderer Mensch interessierte. Hans fand die E-Mails zu Beginn auch lästig und musste schwer mit sich kämpfen, aus reiner Höflichkeit doch immer wieder zu antworten, da sich das nunmal so gehörte und er schließlich keinen Ärger haben wollte. Niemals hätte er nicht mehr geantwortet oder irgendetwas auf sich sitzen gelassen. Im Laufe des E-Mail-Verkehrs sah er dann aber schon immer extra in seiner Mailbox nach, ob von ihr eine Nachricht gekommen war. Er genoss es dann sogar einmal eingehend mit einer anderen Person zu diskutieren, seine Meinung kund zu geben und sich ordentlich auszulassen. Dies tat er schließlich im richtigen Leben nie. Aber per E-Mail hatte er das Gefühl, sich besser ausdrücken zu können und die Worte waren für ihn in geschriebener Form weniger schlimm, als wenn er sie hätte aussprechen müssen. Sie unterhielten sich also über dieses und jenes, mal halb im Streit, mal interessiert aneinander, mal abwertend und mal freundlich, was zumindest für Herta eine ziemliche Überwindung war. Beide konnten es also gar nicht erwarten, eine Nachricht vom anderen zu bekommen, beide mussten sich immer wieder zu irgendetwas überwinden, aber weil sie es wollten – und das war der Unterschied zu anderen Situationen, in denen sie es nicht tun würden. In denen Herta sowie Hans sich verstellen würden und ihr wahres Selbst und das was sie wirklich ausmacht, nie zeigen würden. Als der Kontakt immer intensiver wurde, bemerkte Hans eine Veränderung an sich. Er versuchte sich manches Mal in der Arbeit durchzusetzen, sagte nicht mehr zu allem Ja und Amen und war ein ganz klein wenig selbstbewusster als sonst. Herta hatte ihn dabei unterstützt, da er davon berichtete, wie er oft seinen Ärger in sich hineinfraß und nicht sagte, wenn ihm etwas nicht passte. Sie sagte ihm ganz offen, er solle nicht so ein Weichei sein und sich einmal etwas trauen. Sie meinte, was sollte denn schon passieren. Ihm fielen da zwar einige Gründe ein, aber in manchen Situationen schaffte er es tatsächlich eine veränderte Version von sich ans Tageslicht zu bringen, nämlich eine, die nicht mehr alles hinunterschluckte. Seit er diese Dinge mit Herta besprochen hatte, wurden Hans' nächtliche und sonstige Aussetzer weniger, er konnte sogar öfter wieder durchschlafen und war somit wieder viel aktiver und es ging ihm einfach wieder besser. Manches Mal gab es zwar immer noch verschiedene Seltsamkeiten, aber da sie weniger wurden, maß er denen so gut wie gar keine Bedeutung mehr bei. Hans schlug Herta dann eines Tages ein reales Treffen vor, aber zu seiner Sorge antwortete Herta danach längere Zeit nicht. Er meinte schon, dass er sie so verschreckt hätte, dass jetzt auch ihr E-Mail-Kontakt vernichtet war, aber einige Tage später schrieb sie ihm dann doch wieder. Zwar nur sehr wenig, aber Hans freute sich umso mehr darüber. Denn es waren nur die Angaben eines Treffpunkts, einer Uhrzeit und „heute Abend“, enthalten.

Nach der Arbeit machte sich Hans also sofort auf den Weg, um die wundersame Unbekannte im wirklichen Leben zu treffen. Beide waren sehr aufgeregt. Hans brachte kaum ein Wort heraus, als er die schöne Herta erblickte, die Dreifarbigkeit ihrer wundervollen Augen faszinierte ihn sofort und er war auf den ersten Blick verliebt in sie gewesen. Herta verhielt sich anfangs sehr zurückhaltend, immer so als müsse sie sich selbst vor irgendetwas bewahren. Sie wurde aber mit jedem Treffen offener und scherzte mit ihm herum, was sie so gut wie noch niemals getan hatte. Hans wusste nicht, ob sie auch solche Gefühle für ihn hatte. Er war wie immer sehr unsicher und schüchtern. Herta hingegen taute immer mehr auf, war manches Mal fast zu ehrlich zu ihm, sodass es verletzend hätte sein können, wenn Hans nicht Hals über Kopf verliebt gewesen wäre. Aber immer wenn sie sich dann wieder verabschiedeten, wirkte Herta wieder eher kalt und abweisend, so als ob sie ihn sowieso nie mehr wiedersehen wollte. Hans versuchte sich darüber nicht allzu viele Gedanken zu machen, sie war schließlich auch nicht der einfachste Mensch, wie er bereits herausgefunden hatte und somit schrieb er dieses Verhalten den diversen kleinen Störungen zu, die sie ihm ansatzweise sogar beschrieben hatte. Aber welcher Mensch hat denn schon keine Störungen, der werfe den ersten Stein, apropos Sprichwort. Als sie sich eines Abends verabschiedeten, war Herta noch abweisender als sonst, drehte sich einfach um und ging schnellen Schrittes davon, so als ob sie vor ihm weglaufen würde. Doch da sie ein solches Verhalten schon öfter gezeigt hatte, beachtete er dies nicht weiter. Er beschloss sie beim nächsten Treffen zu fragen, ob sie auch Gefühle für ihn hätte, so wie er für sie. So wie er das fast bei jedem Treffen zuvor schon beschlossen hatte. Aber er meinte, diesmal würde er es wirklich tun. Aber mit diesem Mal wurde es schwierig, da er sie nach dem letzten Treffen nicht mehr erreichen konnte. Sie antwortete ihm auf keine E-Mails mehr und nahm auch das Telefon nie ab. Leider hatte sie kein Handy, sondern nur eine Festnetznummer, weil sie meinte, dass sie bestimmt nicht jederzeit erreichbar sein musste, soweit käme es noch. Also dachte er, dass sie vielleicht auf irgendeiner Reise wäre, von der sie ihm nichts erzählt hatte und versuchte sich damit ein wenig zu beruhigen. Doch als die Tage immer mehr wurden und schon fast ein Monat erreicht war, in dem er nichts von ihr gehört hatte, begann er sich doch ernsthaft Sorgen zu machen. Immer öfter rief er bei der Festnetznummer an, doch nie nahm jemand ab. Bis dann doch jemand abnahm. Es war der Hausmeister, der ihm nicht gerade höflich mitteilte, dass er gefälligst aufhören solle, diese Nummer ständig anzurufen, Frau Hertz wohne hier nicht mehr. Als Hans fragte, wohin sie denn verzogen sei, lachte der schreckliche Mensch nur verächtlich auf und meinte, na ich hoffe für sie in den Himmel. Die liebe Frau Hertz wäre vor fast einem Monat hier aus dem Fenster gesprungen und sofort tot gewesen. Als Hans das hörte, brach für ihn eine Welt zusammen. Er ließ den Hörer sinken und konnte diese Nachricht einfach nicht glauben. Er wollte unbewusst schon auflegen, da hörte er gerade noch, dass der Hausmeister ihn über das Telefon anplärrte. Resigniert hob er den Hörer wieder zum Ohr, starrte dabei in die Leere und hörte wie der ihn fragte, wie denn sein Name sei, denn hier lägen noch so einige Sachen herum und auf einem Briefkuvert hätte sie einen Zettel mit der Aufschrift „Für Hans“ hinterlassen. Als Hans dazu nichts sagen konnte, da er völlig unter Schock stand, meinte der Hausmeister nur, wenn er dieser Hans sei, dann solle er gefälligst in die Wohnung kommen und ihre Sachen fort schaffen, Frau Hertz hätte schließlich sonst keine Hinterbliebenen und was solle er mit den ranzigen Möbeln anfangen. Nachdem der feinfühlige Herr Hausmeister den Hörer auf die Gabel geknallt hatte, dass es nur so krachte in der Leitung, ließ Hans auch den seinigen langsam wieder sinken und rang um Fassung. Was war da gerade geschehen? Auf so eine unfassbare Nachricht war Hans definitiv nicht eingestellt gewesen. Er hatte erwartet, dass es ihr einfach zu viel mit ihm geworden war, dass sie einen anderen hatte und er hatte auch den Verdacht gehabt, dass sie womöglich entführt worden war, weil sie so gar nicht auffindbar gewesen war. Kurz hatte er an kleine, grüne Männchen gedacht, die sie in ihr Mutterschiff mitgenommen hatten, doch diesen Gedanken verwarf er auch bald wieder. Aber so etwas Absurdes hatte er wirklich nicht erwartet. Er wusste nicht, sollte er weinen, sollte er resignieren und sich dem Schock hingeben, sollte er einfach verrückt werden? Er beschloss dies alles jetzt nicht zu tun, stand auf und begab sich zu der Adresse, an der er Herta nach ihren Treffen öfter abgesetzt hatte. Er hatte natürlich auch überlegt, ob er versuchen sollte, sie in ihrer Wohnung aufzusuchen, da sie sich nicht meldete, aber bei dem Gedanken daran war er sich wie ein gestörter Stalker vorgekommen, der einer wehrlosen Frau in ihrer Wohnung auflauerte und da er keinen Ärger bekommen wollte, vermied er dies. Als er vor dem hohen Haus stand, wagte er es nicht den Blick entlang des Gehsteigs gleiten zu lassen, wo ihr Körper vermutlich aufgeschlagen war, aus Angst einen großen Blutfleck oder derart Ähnliches zu entdecken. Der Hausmeister hatte ja gesagt, dass sie direkt aus einem Fenster ihrer Wohnung gesprungen war und wenn sie nicht in den Innenhof, wo ihr Sprung bestimmt von lauter Bäumen gebremst worden wäre, gesprungen war, dann bestimmt auf die Straßenseite und da war sie

entweder auf der Straße, einem parkenden Auto oder auf dem Gehsteig gelandet. Hans richtete seinen Blick stattdessen fest auf die Haustür und auf die Namen an den Klingelknöpfen. „Hertz“ stand noch dort, ganz klein, ganz links unten. Er drückte auf die Klingel. Insgeheim hoffte er, dass das Ganze nur Einbildung gewesen war, so wie einiges in seinem Leben derzeit seltsam abzulaufen schien. Aber natürlich öffnete ihm niemand und es wäre ein Zufall gewesen, hätte sich der Hausmeister in diesem Moment auch gerade in der Wohnung befunden. Also drückte er auf den Knopf ganz rechts oben, wo „Hausmeister Schmid“ stand und der blaffte ihm sogleich entgegen, wer da sei, und dass derjenige sich schon was traue ihn um diese Uhrzeit noch rauszuläuten. Es war gerade halb acht abends. Er erklärte, wer er war und Hausmeister Schmid öffnete ihm hausmeisterlich die Tür, nämlich mit einem langen, nervigen Surren, das klang, als würde es direkt aus dessen Kehle kommen. Er führte ihn in die Wohnung im dritten Stock, die schon ziemlich ausgeräumt und durchwühlt aussah. Als der Hausmeister seinen Blick bemerkte, meinte der ganz unhausmeisterlich kleinlaut:
„Einige der Sachen habe ich bereits an Interessierte angebracht. Ich wusste ja nicht, dass noch jemand kommen würde. Die hatte ja niemanden. Nie Besuch, war selbst fast nie draußen und man bemerkte oft nicht mal, wenn sie da war. Sie war ein bisschen wie ein Gespenst.“
Tatsächlich bemerkte man in diesem Augenblick in den hausmeisterlichen Schweinsaugen so etwas wie Anteilnahme. Doch ebendieses anteilnahmige Glitzern verschwand in der nächsten Sekunde und er sagte wieder ganz er selbst:
„Naja, jedenfalls hatte sie ja keine Verwandten oder sonstige Gestalten, die sich um ihre Sachen

gekümmert haben, also habe ich das eben in die Hand genommen."
Doch dies alles kümmerte Hans kein bisschen und er fragte nach dem eigentlichen Grund seines Kommens: „Sie haben am Telefon von einem Kuvert gesprochen, auf dem mein Name steht?"
Schmid übergab ihm wortlos ein A4-Kuvert, das eine Art Buch zu enthalten schien. Hans besah sich den Zettel, der außen angebracht worden war. Herta's Handschrift war lang und geschwungen und doch wieder fast zierlich und klein. Es stand wirklich nur „Für Hans" darauf. Da er nun sofort nach Hause wollte, um sich in Ruhe den Inhalt anzusehen, verabschiedete er sich schnell von dem herzallerliebsten Hausmeister Schmid und ging oder lief beinahe nach Hause. Dort angekommen, riss er das Kuvert auf und es kam ihm ein Büchlein entgegen. „Tagebuch" stand in großen, geschwungenen Lettern darauf geschrieben, die fast der Handschrift von Herta ähnelten. Sie hatte ihm tatsächlich ihr Tagebuch hinterlassen? Er verstand die Welt nicht mehr. Er hielt das Ding in Händen, wie einen fremden Gegenstand, den er nicht zu bedienen wusste. Als er es langsam durchblätterte, sah er, dass die Seiten alle voll geschrieben waren. Es gab auch viel Hingefetztes, viele Ausrufezeichen und einige Kritzeleien, was er auf den ersten Blick beim Blättern wahrnahm. Sie hatte ihm wohl irgendetwas mit diesem Tagebuch sagen wollen und dies konnte er nur herausfinden, indem er sich hinsetzte und es zu lesen begann. Er las die ganze Nacht lang durch, mochte keine Sekunde lang aufhören und war schockiert darüber, dass sie ihm so wenig von sich anvertraut hatte. Und dann auch wieder froh, dass sie ihm zumindest jetzt alles mitteilte. Seine Gefühle fuhren sowieso Achterbahn während des Lesens, er konnte sich gar nicht mehr

davon losreißen, als hielte er einen Bestseller in seinen Händen, den man nicht mehr weglegen konnte. Als er an die letzten Seiten gelangte, las er immer langsamer und wurde traurig, dass der intensive letzte Kontakt mit Herta gleich vorbei sein sollte. Sie teilte ihrem Tagebuch soeben Folgendes mit:

„Bald ist also der Tag gekommen. Bald wird es endlich ein Ende haben. Obwohl ich vor kurzem einen interessanten Menschen kennengelernt habe“,

- damit war offensichtlich er höchstselbst gemeint -

„werde ich nicht von meinem Plan abweichen. Das verspreche ich dir. Ich werde es wirklich durchziehen, damit es endlich vorbei ist. Auch wenn das Schicksal anscheinend versucht mir Steine in den Weg zu legen,“

- jetzt war er also ein Stein -

„bin ich trotzdem froh, dass der Zeitpunkt nun bald kommen wird. Dann bin ich endlich erlöst von dieser Schuld und dem Leben selbst, das immer eine Qual gewesen ist. Happy Birthday, 35, ich komme.. bzw. ich gehe!“

Ihr 35igster Geburtstag war also der Tag ihrer „Erlösung”. Auf der letzten Seite fand Hans eine kleine Notiz, die ebenfalls mit dem Vermerk „Für Hans“ versehen war:
„Bitte verstehe. Danke für alles.“
Das war es also. Hans schlug das Tagebuch zu und konnte es nach wie vor nicht fassen. Ja, sie hatte Schlimmes erlebt und ja, es war sicher sehr oft schwer für sie gewesen, so zu sein, wie sie nunmal war. Aber eigentlich ließ sie sich selbst ja nie so sein, wie sie war

und Hans glaubte, dass genau dies ihr eigentliches Problem gewesen sein wird. Aber er verstand nicht, warum sie sich deshalb des Leben nehmen hatte müssen. Vor allem, weil sie ja jetzt mit ihm über alles reden hätte können. Er hätte ihr schon einmal die Meinung gesagt und ihr diese Dinge bestimmt ausreden können. Er hätte sie so sein lassen, wie sie war, er hätte sie so geliebt wie sie war, aber sie musste ja aus dem verdammten Fenster springen. Hans war sogar ein bisschen wütend, was ihn wiederum von der Trauer und dem Verlust ablenkte. Wütend auf sie und wütend auf sich selbst, weil er nicht fähig gewesen war, diese Frau wirklich kennenzulernen. Sie war immer sehr verschlossen gewesen, aber manches Mal konnte sie auch mit ihm lachen und diese Momente hatte er genossen. Wenn sie verschlossen und ruhig gewesen war, wusste er nie, was er sagen sollte und versuchte dann immer irgendwelche dummen Scherze zu machen, da er glaubte, er müsse sie aufheitern. Doch er hätte sie einfach fragen sollen, was los war. Oder irgendetwas in der Art. Aber jetzt war es zu spät. Hans legte das Büchlein beiseite. Für diese Nacht hatte er genug erfahren. Besser würde es nicht mehr werden und er merkte nun wie sehr ihn das alles erschöpft hatte. Er legte sich gleich so wie er war auf die Couch und schlief sofort ein.

Als er aufwachte befand er sich in seinem Bett. Er war wieder frisch gestriegelt in einen bügelsteifen Pyjama gesteckt und genauso war seine Wohnung wieder fein säuberlich geputzt, gebohnert und poliert. Außerdem war er wieder so müde, dass er fast nicht aufstehen konnte und jeder Muskel im Leib schmerzte ihn. Es war also schon wieder geschehen. So lange hatte er die nächtlichen und sonstigen Anwandlungen jetzt unter Kontrolle gehabt. Er hatte jetzt die Bestätigung, dass

Herta ihm über diese Dinge hinweg geholfen hatte. Allein der Kontakt mit ihr und die paar Treffen hatten ihm anscheinend so gut getan, dass er seinen Schlafwandel – wofür er es anfangs hielt – automatisch unter Kontrolle gehabt hatte. Aber Herta war jetzt nicht mehr da. Sie hatte ihn verlassen, bewusst hatte sie ihn einfach in dieser Welt zurück gelassen. Jetzt war er wieder allein und hatte seine Probleme zurück. Wie ihm schien noch um einiges schlimmer als davor, da er noch nie solche Schmerzen am ganzen Körper gehabt hatte von der vielen Putzerei. Er mühte sich ab irgendwie aufzustehen, wusch sich sein Gesicht und besah sich im Spiegel. Eine zombiehafte Fratze sah ihm da entgegen, Herta's Entschwinden aus seinem Leben hatte seine Spuren hinterlassen. In den darauffolgenden Tagen verschlimmerte sich die Situation nur noch, er ging zur Arbeit, um sich irgendwie abzulenken, war aber so müde und erschöpft von all den nächtlichen Aktivitäten, dass er wieder in das alte Muster zurückfiel und manches Mal sogar an seinem Arbeitsplatz einschlief. Eines Tages wachte er von solch einem ungewollten Nickerchen plötzlich in einer Gefängniszelle auf. Er konnte sich nicht erinnern, wie er dorthin gekommen war.

„Sieh mal einer an, unsere Diva ist aufgewacht. Haben wir uns wieder beruhigt?“, ätzte der Gefängniswärter vor der Zelle ihn an.

„Wo bin ich, warum bin ich hier?“, fragte Hans nur verwirrt.

Verwundert blickte der Wärter ihn an.

„Was ist denn mit Ihrer Stimme passiert? Plötzlich in den Stimmbruch gekommen oder was? Na jedenfalls wissen Sie doch genau, warum Sie hier sind. Sie haben in Ihrer Firma gewütet, wie eine Furie. Ihr Chef hat Sie anscheinend beim Schlafen am Arbeitsplatz erwischt und Sie zur Rede gestellt und daraufhin sind Sie angeblich ausgezuckt, haben ihn beschimpft und dann attackiert, weswegen man die Polizei gerufen hat. Sie haben ihn ordentlich verprügelt.“, erklärte er ihm, was vorgefallen war.

„Aber.. das habe ich doch gar nicht gemacht! Das war ich nicht! Was soll das denn, wieso beschuldigen Sie mich denn so einen Blödsinn getan zu haben?“, antwortete Hans aufgebracht.

„Wenn Sie das nicht glauben, dann sehen Sie sich doch einmal bitte Ihre Fingerknöchel an. Wenn das nicht die Spuren vom Kontakt Ihrer Faust mit dem Kiefer Ihres Chefs sind, na dann weiß ich auch nicht.“, meinte der Mann zynisch und ging wieder davon. Hans besah sich seine Hände. Schockiert betrachtete er seine schmerzenden Knöchel, sie waren blutig geschlagen. Dies konnte einfach nicht wahr sein, Hans war den Tränen nahe. So etwas würde er doch niemals tun. Noch nie hatte er irgendjemanden geschlagen. Ihm fiel es ja sogar schwer sich verbal irgendwie zu wehren oder durchzusetzen, dies mit den Fäusten zu versuchen, wäre ihm noch gar nie in den Sinn gekommen.

Als er wieder aus dem Gefängnisgewahrsam entlassen wurde, in den er nur gekommen war, da er nicht nur den Chef, sondern auch zwei Polizisten verletzt hatte und gar nicht zu beruhigen gewesen war, verstand er wieder einmal die Welt nicht mehr. Er putzte und verprügelte Leute im Schlaf, was geschah da nur mit ihm? Als er daheim ankam, flatterte ihm schon per Eilbrief seine fristlose Kündigung ins Haus. Natürlich, wie hätte es anders sein sollen, doch Hans war trotzdem erschrocken. Fast ein ganzes Jahrzehnt hatte er nun schon für diese Firma gearbeitet und jetzt das. Zunichte gemacht innerhalb weniger Augenblicke, in denen er nicht einmal er selbst gewesen war. Ihm war, als hätte eine andere Person sein Leben zerstört. In den nächsten Tagen und Wochen lag er meist nur untätig in seiner Wohnung herum, zwang sich wach zu bleiben, weil er Angst hatte, dass er wieder zur Putzfrau oder zum Monster mutieren würde. Aber er schaffte es natürlich nicht immer, wach zu bleiben. Durch den ständigen Schlafentzug und all seine Ängste hatte er auch seinen Appetit verloren, er aß nur noch, wenn er kurz vor dem Kollaps stand und dieser folgte dann auf den Fuß. Als er sich schnell einige Lebensmittel aus dem Geschäft holen wollte, wurde er dort ohnmächtig. Er wurde mit der Rettung in ein Krankenhaus gebracht und körperlich wieder aufgepäppelt. Da er zuvor so wenig und so eintönig gegessen hatte, hatte er bereits eine Anämie, war komplett abgemagert und konnte sich eigentlich nur glücklich schätzen, dass er nicht in seiner Wohnung umgefallen war, denn sonst wäre er jetzt vermutlich tot. Aber auch dies war ihm im Moment egal, ihn interessierte nicht mehr, ob er lebte, tot war oder irgendetwas dazwischen, wo sich sein Zustand gerade befand. Er hatte sich schon aufgegeben, da er in seinem Leben so keinen Sinn mehr sah. Er überlegte schon, ob er es nicht Herta gleich tun und ihm davon springen sollte. Aber auch dazu hatte er nicht die Kraft, er konnte sich nicht vorstellen, sich so etwas zu trauen, dafür war er wohl einfach zu feig, dachte er sich und gab sich wieder seinem vegetativen Zustand hin. Er war schon einige Zeit im Krankenhaus gewesen, als die Schwestern ihm seltsame Dinge erzählten. Nämlich davon, was er in der Nacht oder wenn er eigentlich schlief, machte. Oder manchmal auch aus einem wachen Zustand heraus, dies konnte niemand so genau sagen. Er würde dann im Krankenhaus herumgehen, manchmal schleichend und manchmal aufrecht dahin stampfend. Er würde als schleichende Person immer wieder

kleinlaut fragen, ob er nicht bitte dieses Krankenhaus verlassen dürfte, er hätte Angst vor all den Keimen. Als sie ihm dann antworteten, dass dies jetzt nicht möglich wäre, würde er offensichtlich nervös, fast panisch werden, und beruhigte sich dann damit, dass er das Krankenzimmer putzte. Er bestünde dann so eindringlich darauf, dass man ihm irgendwelche Putzutensilien gab, dass eine Schwester ihm dann einmal einen Fetzen in die Hand drückte und er putzte damit wie wild darauf los. Eine Sache wurde auch noch betont, als diese Erzählungen begannen, nämlich, dass er sich bei den Schwestern jedes Mal mit einem anderen Namen vorstellen würde, nämlich so,
„Guten Tag, mein Name ist Bruno HERBERT."
Wenn er als die aufrecht stampfende Person unterwegs war, wäre er der glatte Gegensatz zu diesem Bruno. Er wäre aggressiv, vorlaut, sarkastisch und hätte vor allem eine Stimme, die wie ausgewechselt klingen würde. Eine Frauenstimme. Er beschimpfte dann die Schwestern, dass er nach Hause wollte und was er hier in diesem heruntergekommenen Krankenhaus überhaupt suchen würde. Nach diesen Vorfällen wurde Hans dann klar, dass da irgendwas ordentlich schief lief. Er wusste nicht mehr, wer er war. Er konnte sein Leben so nicht mehr ausstehen, resignierte und lag tagsüber nur depressiv in seinem Bett. Der zuständige Arzt sprach dann mit ihm und meinte, dass er ihm gerne einen Kollegen von sich vorstellen würde. Einen Facharzt für Psychiatrie. Der würde gerne einmal mit ihm über die verschiedenen Vorfälle sprechen, dieser könne ihm womöglich helfen. Da Hans nur resignierte, nickte er lediglich zu diesem Vorschlag, er wollte einfach nur, dass der Arzt ihn in Ruhe ließ und so gab er ihm seinen Willen, wie er es immer schon gegenüber Autoritäten getan hatte. Also besuchte ihn am darauffolgenden Tag der neue Doktor.

„Guten Tag, Herr Herbert, mein Name ist Enzenbach. Wissen Sie, warum ich heute bei Ihnen bin?“, stellte sich der neue Doktor vor. Hans nickte nur und sah in eine andere Richtung.
„Gut, dann wissen Sie also Bescheid, worum es geht. Die Schwestern und Ärzte auf der Station haben mir ein wenig von Ihren verschiedenen Wandlungen erzählt. Möchten Sie mir auch noch irgendetwas dazu sagen?“
Hans schüttelte den Kopf und sah in eine andere Richtung.
„In Ordnung, das müssen Sie zurzeit auch nicht. Vielleicht wäre es für Sie aber von Interesse, zu wissen, was es mit Ihren Wandlungen auf sich hat? Und was man vielleicht dagegen tun könnte?“
Weil der Doktor irgendwie einfühlsam sprach und das Wort „Wandlungen“ so selbstsicher aussprach, als wüsste er genau, wovon er redete, nickte Hans langsam und drehte den Kopf zum Doktor. Er hatte ihn bisher noch nicht angesehen. Dieser lächelte ihn auf eine authentische Weise an, sodass er, wenn er sich später an diesen Moment zurück erinnerte, sofort Vertrauen zu ihm fasste.
„Was kann man denn dagegen tun?“, fragte Hans ihn, da er nun eine zarte Hoffnung gefasst hatte.
Der Doktor antwortete, nun etwas zurückhaltender mit seiner Euphorie,
„Nun ja, bevor wir herausfinden können, was wir dagegen tun können, müssen wir sehen, worum es sich überhaupt handelt. Wir müssten einige Gespräche führen und ich müsste sehen, dass ich nach Ihren Wandlungen anwesend bin, damit ich eventuell mit den Personen sprechen kann, in die Sie sich wandeln.“
„Welche Personen, wovon sprechen Sie überhaupt?“, fragte Hans ihn, wieder hoffnungslos geworden durch die plötzlichen Forderungen des Doktors, denn das

klang nach Arbeit und Hans wollte einfach nur seine Ruhe und eine Pille, die ihn wieder normal machte. Aber so einfach war es leider nicht. Doch darauf sollte sich Hans später doch einlassen können. Der Doktor erklärte ihm, dass er laut den Schilderungen der anderen Kollegen glaube, dass es sich bei seinem Problem um eine dissoziative Identitätsstörung handelte. Dies sei eine recht seltene psychische Erkrankung. Sein Unterbewusstsein springe dabei zwischen verschiedenen Teilen seiner Persönlichkeit hin und her und dies habe er mit den „Personen" gemeint, denn diese Teile stellen sich im Moment der Wandlung als eigenständige Persönlichkeiten ein, man wäre dann quasi tatsächlich „jemand anderes", spreche und handle anders, als man es normalerweise tun würde und habe dann selbst meist Erinnerungslücken, während diese „fremden" Personen den eigenen Körper kurzfristig übernehmen. Als der Doktor den ängstlichen Blick von Hans sah, versuchte er ihn zu beruhigen und meinte, dass sich dies nun vielleicht schlimm anhöre, da es immer beängstigend für einen Menschen sei, wenn er das Gefühl hat, dass er keine Kontrolle mehr über sich selbst habe oder über das, was mit ihm passiere. Er verglich dies mit dem Phänomen der Flugangst. Selten hätten Menschen Angst vorm Autofahren, aber sehr viele hätten Angst vor dem Fliegen. Dies wäre unter anderem damit zu erklären, dass man beim Fliegen die Kontrolle über dieses riesige Flugzeug und über Leben oder Tod dem Piloten automatisch übergeben müsse. Man hätte keine andere Wahl, denn man könne schlecht selbst vorne einsteigen und das Flugzeug steuern. Beim Autofahren würden zwar weitaus mehr Unfälle passieren, aber wiederum weitaus mehr Menschen hätten Angst vor dem unkontrollierbaren Fliegen als vor dem selbst kontrollierten Autofahren. Zumindest würde es sich für jeden so anfühlen, als hätte man beim Lenken des eigenen Autos die Kontrolle über alles, was geschieht. Dabei hinge auch das von vielen Faktoren ab, die man nicht kontrollieren könne, nur, es fühle sich eben nicht so an. Und so in etwa könne man sich diese Erkrankung vorstellen. Jemand anderer übernehme kurzfristig die Kontrolle über den eigenen Körper und man könne in dieser Zeit nichts dagegen tun. Dahingegen wäre ein „normales" und „gesundes" Leben zu haben, auch nicht so, dass man immer die Kontrolle über alles habe, da sehr Vieles, was wir nicht beeinflussen können wiederum unser Verhalten beeinflusst. Es fühle sich eben nur so an und mit guten Gefühlen könne der Mensch sich mit Vielem abfinden. Hans hörte ihm während seiner Ausführungen interessiert zu, denn auf diese Weise konnte er ungefähr verstehen, was mit ihm passierte. Wobei es immer noch unglaublich für ihn war, dass fremde Personen seinen Körper übernehmen würden. Als ob irgendwelche Aliens ihn von weit weg steuern würden und er könnte nichts dagegen tun. Der Doktor meinte, dass es verschiedene Möglichkeiten gäbe, wie man ihm helfen könnte. Aber er müsse bereit sein, sich auf die Therapien einzulassen und mit ihm Gespräche zu führen, die sehr intim sein würden, da er viel über sein Innerstes herausfinden müsse, um die Hintergründe zu den aufgetretenen gespaltenen Persönlichkeitsteilen verstehen zu können. Als er dies gesagt hatte, war es längere Zeit still in Hans' Krankenzimmer. Noch nie hatte Hans jemandem viel über sich erzählt. Warum sollte er auch, die Menschen würden sich nur über seine Geschichte aufregen und ihn womöglich verachten oder für irgendetwas verurteilen. Dies hatte Hans bisher immer vermieden, da er schlichtweg Angst davor gehabt hatte, sich jemandem anzuvertrauen. Nachdem er bei seinen Pflegeeltern ausgezogen war, wollte er seine Vergangenheit für immer hinter sich lassen. Er wollte ein neues Leben beginnen und nie mehr an die alten Dinge zurückerinnert werden, deswegen verließ er auch seine Heimatstadt und zog in eine Stadt, die einige Autostunden von zu Hause entfernt lag. Er mochte zwar seine Pflegeeltern und sie konnten nichts dafür, aber auch sie erinnerten ihn und deshalb beschloss er, dass es besser war auch sie hinter sich zu lassen. Nun sollte er also alles wieder aus seinem Hinterstübchen hervorkramen, obwohl er sich geschworen hatte, es für immer gut verpackt und eingeschnürt dort zu belassen. Doch ihm war klar, dass es vermutlich nicht helfen würde, wenn er den Doktor belog und ihm nicht die Wahrheit über sich erzählte. Er musste wohl oder übel alles hervorholen, ob er wollte oder nicht. Er konnte sich jetzt gut vorstellen, dass dies alles sogar damit zu tun haben könnte, dass er diese Dinge immer so wunderbar verpackt in seinem Kopf gehabt hatte. Ein halbes Leben war in seinem Kopf deponiert, bewusst verdrängt und weggesperrt, aber nun mal doch da. Der Doktor sah ihn nach wie vor geduldig fragend an. Hans nickte langsam und meinte, dass ihm nichts anderes übrig bleiben würde, er wäre bereit mit ihm zu sprechen. Dr. Enzenbach lächelte wieder und erklärte ihm, dass er in diesem Fall am morgigen Tag in das gegenüberliegende Gebäude verlegt werden würde, es war eine psychiatrische Klinik. Er würde dort stationär aufgenommen werden, da dies alles sicher einige Zeit in Anspruch nehmen würde und der Doktor die Möglichkeit brauche Tag und Nacht bei ihm sein zu können, um seine Persönlichkeitsanteile kennen lernen zu können. Nach wie vor hörte sich das für Hans sehr absurd an, da er sich nicht vorstellen konnte, dass der Doktor jemanden kennen lernen wollte, der in seinem Körper wohnte. Aber er nickte dazu nur und fügte sich seinem Schicksal, er hatte schließlich nichts mehr zu verlieren und der Doktor schien ihm wirklich helfen zu wollen. Also brachte man ihn am darauffolgenden Tag in die Klinik.

Als Franz ihn in die Klinik brachte, wusste er noch nicht einmal, ob die Diagnose überhaupt stimmte. Er hatte schließlich nur von den Kollegen erfahren, was passiert war und deren Meinungen übernehmen müssen, da er selbst noch keine Symptome bei seinem neuen Patienten sehen hatte können. Wenn es so war, dachte sich Franz, dann war es ein sehr ungewöhnlicher Krankheitsverlauf. Im Schlaf zu wandeln oder sich gar in eine vollends andere Persönlichkeit zu verwandeln, war grundsätzlich sehr untypisch und eher in Hollywood zu finden als im wahren Leben. Bei einer dissoziativen Identitätsstörung hatte er bisher nur Patienten gehabt, die wenig dissoziierten. Eine Veränderung in der Persönlichkeitsstruktur war dabei kaum wahrnehmbar und nur, wenn man sich wirklich damit auskannte, erkannte man leichte Anzeichen, wie eine veränderte Sprache oder ein plötzlich kindliches Verhalten. Aber es war ungewöhnlich, wenn jemand tatsächlich als veränderte Person aufwachte, die im Schlaf für ihn handelte. So etwas hatte Franz noch nie erlebt und auch nur wenig von wirklichen Wandlungen gehört. Deshalb war dieser Fall für Franz von Anfang an sehr spannend und mit der Zeit auch emotional besetzt, da er Hans ja wirklich sympathisch fand.
An den ersten Tagen in der Klinik saßen die beiden stundenlang beisammen und unterhielten sich über Hans' Vergangenheit. Später sollte Franz herausfinden, dass Hans genau dieselbe Vergangenheit wie Bruno hatte, bis zu dem Zeitpunkt als er, Hans, von Pflegeeltern adoptiert worden war. Das Erzählen der

Anamnese verlangte Hans einiges ab, man merkte, dass er dies alles lange für sich behalten hatte, aus Angst davor es wieder hervorzuholen und alles noch einmal durchstehen zu müssen, was oft beim Erzählen traumatischer Erlebnisse geschah. Franz wusste, dass Patienten dann oft wieder in die Vergangenheit abrutschten, weswegen man z.B. in einer Traumatherapie das eigentliche Trauma in der ersten Zeit überhaupt nicht behandelte, denn in erster Linie war es wichtig Strategien zu finden, wie man mit dem Trauma besser umgehen lernt bzw. mit den Auswirkungen dieses Traumas, die sich oft sehr unterschiedlich gestalteten. Bei Hans war es eben eine starke Persönlichkeitsstörung, die sich erst in den letzten Monaten gezeigt hatte. Und Franz wollte genau diese mit ihm bearbeiten. Dafür musste er die Dinge aus seiner Vergangenheit wissen, auch wenn es noch so schwer für Hans war, diese zu erzählen. Franz konnte keine Traumatherapie machen, dafür hatte er erstens nicht die Ausbildung und zweitens war der Leidensdruck durch die Persönlichkeitsstörung für Hans viel zu groß, als dass man die unbehandelt lassen hätte können. Franz erklärte ihm das alles genau, denn er wollte, dass er verstand, warum er zurück in die Hölle musste. Er musste vorerst seine Geschichte erfahren, die Geschichten der Persönlichkeitsanteile erfahren, um sich ein genaues Bild von der Tiefe und Schwere der Erkrankung machen zu können und um sich über die Auslöser klar zu werden, die oft nicht unwichtig waren, um mehr über die Struktur und Hintergründe einer Persönlichkeit erfahren zu können. Eine Persönlichkeitsstörung bildete sich oft bereits in der Kindheit aus und wird durch traumatische Erlebnisse wie Gewalt- oder Missbrauchserfahrungen mit ausgelöst. Hans beschrieb seine Erlebnisse. Die Trennung seiner Eltern, den Putzwahn seiner Mutter und schließlich das bittere Ende seiner Mutter, die sich im Schlafzimmer mit Schlaftabletten das Leben genommen hatte. Als Hans davon erzählte, wie er zwei Wochen lang mit der Leiche seiner Mutter zusammengelebt und sie sogar gewaschen hatte, lief es sogar Franz kalt den Rücken hinunter, da er nicht oft solch dramatische Geschichten hörte. Später sollte Franz noch erfahren, dass die beschriebene Kindheit mit der Bruno's bis zu dem Zeitpunkt übereinstimmte, an dem Hans bei seiner Tante und seinem Onkel auszog, die ihn aus dem Heim geholt hatten. Auch Hans hatte im Heim ein Erlebnis mit einem Mädchen gehabt, das für ihn offensichtlich sehr prägend gewesen war. Bruno beschrieb bei seiner Sitzung in Franz' Praxis genau dasselbe Erlebnis. Nachdem Tante und Onkel Hans aus dem Heim abgeholt hatten, veränderte sich sein Leben völlig. Der Onkel verging sich gleich in der ersten Nacht an dem Jungen und er sollte dies immer wieder erleben müssen. Die Tante wusste davon, aber sagte kein Wort dazu. Im Gegenteil, wenn er versuchte ihr etwas anzuvertrauen, prügelte sie ihn, was sie grundsätzlich gerne als Lösungsmöglichkeit aller Probleme, die Hans ihrer Meinung nach irgendwie verursacht hatte, heranzog. Dadurch ging Hans oftmals grün und blau geschlagen aus dem Haus und musste immer erzählen, dass er vom Baumhaus gefallen oder die Treppe hinabgestürzt war. Dies ging einige Wochen lang weiter und Hans wurde auch regelmäßig für den Hausputz ausgenutzt, da er ja wirklich gerne putzte und dies sein einziger Lichtblick war in diesem grauenvollen zu Hause. Er konnte zwar auch dabei nicht alles für die Tante zufriedenstellend erledigen, aber immerhin durfte er putzen. Als er dann eines Tages mit einem neuen blauen Auge am Garten der Nachbarin vorbei marschierte, wurde diese stutzig und fragte Hans, was denn passiert war. Hans stotterte herum und traute sich nichts zu sagen, er ging einfach weiter, da er Angst hatte, die Tante würde die Szene vom Fenster aus beobachten und ihn dann noch mehr prügeln, wenn er nach Hause kam. Die Nachbarin war eine sehr liebe Frau, sehr aufmerksam und mütterlich, fast so wie seine Mutter in frühen Jahren zu ihm gewesen war. Als sie Hans noch einmal mit diversen Verletzungen vorbei gehen sah, beschloss sie, das Jugendamt zu informieren. Eine Sozialarbeiterin stand dann am nächsten Tag bereits vor der Tür. Die Tante stritt alle Vorwürfe ab, der Onkel sagte sowieso kein Wort dazu. Hans, wie fast immer mit irgendwelchen blauen Flecken übersät, traute sich zuerst auch nicht viel zu sagen. Doch die Sozialarbeiterin nahm ihn mit in sein Zimmer, sie setzten sich zu zweit hin und da er das Gefühl hatte, ihr vertrauen zu können, erzählte er ihr alles. Schließlich war er erst einige Wochen bei ihnen gewesen, er hatte keine Bindung zu diesen Menschen und hatte auch nicht das Gefühl, sie jetzt noch schützen zu müssen, wenn sogar schon eine nette Frau kam, die mit ihm reden wollte und ihm sagte, dass er sofort mit ihr mitkommen könne, wenn er ihr bestätigte, dass diese Verletzungen von seinem Onkel oder seiner Tante verursacht worden waren. Sie nahm ihn dann tatsächlich sofort mit, denn es war Gefahr in Verzug, wenn ein Kind überall blaue Flecken aufwies und mitteilte, dass die Tante ihn prügelte und der Onkel ihn sexuell missbrauchte. Die beiden bekamen eine Anzeige und ein Gerichtsverfahren folgte, doch dies alles war für Hans dann nicht mehr wichtig. Er musste die beiden nie wieder sehen, das war für ihn die wichtige Information zu diesem Zeitpunkt. Bald wurde er dann von Pflegeeltern adoptiert, die zwar immer gestresst waren und wenig für ihn da sein konnten, da es noch fünf weitere Kinder in dieser Familie gab, aber sie waren zumindest nett zu ihm und bemüht ihm nach diesem Martyrium ein liebevolles zu Hause zu bieten. Immer wieder wollte er auch dort putzen und alles hygienisch rein halten, aber seine Pflegemutter ließ ihn das nicht immer tun, sie sagte, er solle Kind sein und nicht so viel arbeiten. Es wäre schön von ihm, dass er so viel helfen wolle, aber es würde reichen, wenn er das machte, was sie ihm auftrug. Nach den schlimmen Vorfällen bei seiner Tante und seinem Onkel musste er einige Wochen zu einer Psychologin gehen und mit ihr darüber sprechen, unter anderem auch über seinen Putzzwang. Diese und seine Pflegemutter schafften es dann, dass er nicht mehr so viel Bedürfnis nach Reinlichkeit hatte und halbwegs normal aufwachsen konnte. Sauberkeit und Ordnung blieben ihm zwar, aber dies waren schließlich keine schlechten Dinge und vor allem war es kein zwängliches Verhalten mehr, er konnte mit der Zeit dann gut damit umgehen.

Im Gegensatz zu Hans' tatsächlicher Geschichte gab es bei Bruno aber keine aufmerksame Nachbarin. Bruno, der zweite Persönlichkeitsanteil von Hans, verblieb bei seinen Verwandten und musste das Ganze bis zu seinem 18. Geburtstag durchstehen, an dem er dann auszog und nie mehr wieder kehrte. Seine Tante wurde mit der Zeit gescheiter und schlug ihn nicht mehr ins Gesicht, da manche Leute dann doch immer wieder fragten, warum Bruno immer so viele Verletzungen hätte. Sie schlug ihn dann da hin, wo man es nicht sehen konnte und setzte ihn als ihre persönliche Haushaltskraft ein. Der Onkel verlor zwar nach Einsetzen der Pubertät das Interesse an Bruno, da er ihm dann zu wenig kindlich war. Doch dies machte Bruno's Leben bei ihnen nur um einen Bruchteil angenehmer. Er selbst traute sich nie, sich jemandem anzuvertrauen. Als er dann eine Zeit lang bei ihnen

wohnte, konnte er dies schon allein deswegen nicht, weil er sich sagte, dass sie immerhin seine Verwandten waren und er ja niemand anderen hätte, er konnte sie nicht verraten, obwohl er wusste, dass die Dinge, die mit ihm geschahen nicht richtig waren.
Franz stellte fest, dass Hans' Unterbewusstsein sein eigenes Leben ab dem Zeitpunkt seiner „Rettung" weitergesponnen hatte, so als ob diese Rettung nie stattgefunden hätte. Eine Ausprägung davon war, dass dabei Bruno herausgekommen war, ein zwangsgestörtes Nervenbündel, das sich von niemandem wirklich helfen lassen wollte, weil er außerdem Angst vor all den Konsequenzen einer tatsächlichen Behandlung hatte. Zu Anfang fiel es Franz sehr schwer Bruno in der Klinik wirklich zu fassen zu bekommen. Wenn er in der Nacht auftauchte und Franz zu ihm ging, war er immer wie in einer Art Trance, er putzte nur still vor sich hin und reagierte wenig auf Zuspruch. Als der Doktor ihm dann sagte, dass er sich nur einmal gerne mit ihm unterhalten möchte, verschloss er sich komplett und putzte wie irr weiter, so lange und so extrem, dass man ihm ein Sedierungsmittel spritzen musste, da er sich nicht beruhigen konnte und von selbst nicht mehr aufhörte. Als er Hans dies am nächsten Tag erzählte, zeigte sich dieser zuerst bedrückt, weil er dem Doktor gerne geholfen hätte, damit er einen Zugang zu Bruno finden konnte. Da fiel ihm eine wichtige Sache ein, die er dem Doktor noch nicht erzählt hatte. Hans schrieb an seinem Laptop Tagebuch. Es gab eine Datei, die so hieß und da schrieb er manchmal Dinge hinein, die ihn beschäftigten. Als er diese Datei zuletzt geöffnet hatte, war ihm aufgefallen, dass er sich an einige von den Dingen, die dort standen nicht erinnern konnte. Er zeigte Franz das Geschriebene und gemeinsam fanden sie heraus, welche Stellen Bruno geschrieben haben

musste und es gab auch Stellen, die von dem anderen Persönlichkeitsteil geschrieben worden waren, da sie weder zu Bruno noch zu Hans selbst wirklich passten. Als Hans diese Absätze einmal wirklich sinnerfassend las, da er zuvor immer nur alles überflogen hatte, wurde ihm klar, was er mit dieser zweiten Persönlichkeitsspaltung unterbewusst offensichtlich noch verarbeiten musste. Es waren nämlich dieselben Worte, die Herta in ihr Tagebuch geschrieben hatte. Als er sich wieder gefasst hatte, erzählte er Franz von Herta, da er bisher noch nicht dazu bereit gewesen war. Nachdem Franz sich die Geschichte von Herta geduldig angehört hatte, meinte er nachdenklich:
„Es wäre möglich, dass Sie diesen Schicksalsschlag so sehr in sich aufgenommen und dann unterdrückt haben, dass Sie Herta in Ihrem Kopf wieder zum Leben erweckt haben. Möglicherweise haben Sie das Gefühl gehabt, dass Sie ihr irgendwie helfen hätten sollen und Ihr Unterbewusstsein erschuf diese Geschichte von Neuem. Es kann eine Lösung sein, wenn Sie es diesmal schaffen könnten ihr zu helfen, in Ihrem Kopf, verstehen Sie? Wir müssen nur herausfinden, wie das funktionieren könnte."
Gemeinsam entwickelten sie daraufhin die Idee, dass dieses Tagebuch der Zugang zu beiden Anteilen sein könnte. Franz schlug vor, den Laptop über Nacht geöffnet stehen zu lassen und tatsächlich fand er danach Bruno vor, der einige Zeit davor saß und tippte. Als sie dann nachlasen, standen dort Dinge, die Bruno innerlich erlebt haben musste, es waren Alltagsgeschichten, Berichte von Einkäufen oder Begegnungen, allesamt sehr schwierig für Bruno, dessen Leidensdruck in diesen Sätzen nur noch klarer wurde. Manchmal saß dort auch Herta, jedoch bemerkte man diese Wandlung äußerlich nicht, Hans schien lediglich innerlich zwischen den Anteilen zu

switchen, Herta war auf diese Weise nicht greifbar. Sie schrieb nur ihr Tagebuch immer weiter und Hans wusste, dass sie bald am Schluss angelangt war und fürchtete, dass er dann als Herta tatsächlich aus dem Fenster springen würde, wenn sie bis dahin nichts unternahmen. Es war eine sehr verfahrene und komplizierte Situation, sie mussten es irgendwie schaffen, dass Hans zum Zeitpunkt des Sprungs nicht Herta war, denn dies würde womöglich schlimm ausgehen. Hans hatte daraufhin eine Idee:
„Ich weiß, das klingt jetzt vielleicht verrückt. Aber da mich die Gesellschaft sowieso als „verrückt" einstuft, ist dies vielleicht auch die richtige Maßnahme."
Hans grinste zynisch, wurde aber schnell wieder ernst und unterbreitete Franz seinen Einfall:
„Ich könnte doch auf dem Laptop in der Tagebuchdatei Nachrichten für die beiden hinterlassen. Irgendwelche angedeuteten Dinge, die sie veranlassen weiter zu schreiben. Oder eben mit uns zu kommunizieren. Vielleicht auch so tun, als ob sie selbst das geschrieben haben, damit sie darauf einsteigen. Was meinen Sie dazu?"
Franz hörte zu und nickte daraufhin langsam. Er beschloss, sich darauf einzulassen, da er zu dieser Zeit auch ratlos geworden war, was die weitere Behandlung betraf, weil er weder zu Herta, noch zu Bruno durchdringen konnte und dies war trotz allem sehr wichtig, um die Anteile wieder zusammenführen zu können. Die Idee von Hans war zwar absurd, aber Franz entschied sich, dass man es versuchen könnte und im Grunde nicht viel passieren konnte, wenn sie ihn ständig überwachten. Aus dem Fenster springen war dabei unmöglich, es würde immer jemand bei ihm sein, um ihn aufzuhalten, falls es wirklich schief laufen sollte. Außerdem wollte er Hans in seinem Elan, sich selbst zu helfen, unterstützen und schließlich waren

Bruno und Herta ja eigentlich er selbst und die Idee kam somit auch ein wenig von ihnen, in diesem Sinne konnte es tatsächlich funktionieren. Zumindest mit Bruno. Also versuchten sie es.

Zu Beginn war es ein kleiner Absatz über den Entschluss Bruno's nun wieder einen neuen Psychiater in seiner Praxis aufzusuchen mit Datum, Uhrzeit und Ort des Termins. In den darauffolgenden Nächten saß Bruno stutzig vor dem Laptop, übernahm die Information aber wirklich als seine eigene Idee und googelte in der ganzen Zeit nach Informationen zu Dr. Enzenbach und nach den besten Möglichkeiten, wie er zu ihm in seine Praxis gelangen würde. Auch Herta war manchmal anwesend und schrieb ihr Tagebuch weiter, was vorerst unkommentiert weiter zugelassen wurde. Sie setzten Bruno's Termin so an, dass Herta ihren letzten Eintrag, nämlich ihren Abschied, in der Nacht davor verfasste und hofften, dass ihr Plan aufging. So sandten sie Bruno aus, um Herta zu retten.

In der Nacht vor dem Termin wandelte Hans, nachdem er als Herta ihren letzten Eintrag verfasst hatte, erst ziemlich spät in Bruno, stand als Bruno früh morgens auf und verließ die Klinik als wäre es seine eigene Wohnung, um zum Termin mit Dr. Enzenbach zu gehen. Franz war überrascht, dass dieser Einfall tatsächlich funktioniert hatte und fuhr schnell in seine Praxis, um Bruno zum Termin zu empfangen. Er begegnete ihm dann so, als hätte eine Begegnung noch nie stattgefunden und empfing ihn als neuen Patienten. Dabei erzählte Bruno seine Geschichte und ließ sich noch ein bisschen mehr auf den Doktor ein. Dies schien ihn aber sehr aufzuregen, Bruno schwitzte und wurde immer gestresster. Als Franz sich dann von ihm verabschiedete, hatte er Angst dass der Plan schief laufen könnte. Bruno verließ die Praxis sehr zügig und Franz hatte Mühe ihm unbemerkt zu folgen. Er schaffte es gerade noch in dieselbe Straßenbahn einzusteigen und nach der Notbremsung, die Bruno verursacht hatte, schnell mit hinaus zu hüpfen. Nach ein paar getriebenen Schritten und gestressten Blicken nach oben, brach Bruno ohnmächtig auf dem Gehsteig zusammen. Franz lief zu ihm und hatte schon Angst, dass der Plan nicht funktioniert haben könnte. Er rief einen Rettungswagen und wies die Sanitäter an, mit ihnen zurück in die Klinik zu fahren. Dort angekommen, brachten sie Hans wieder in sein Zimmer. Seine Körperfunktionen wurden überwacht, es schien alles in Ordnung zu sein. Franz setzte sich dann zu ihm und wartete an seinem Bett, dass er endlich aufwachen würde. Als er gerade weggenickt war, kam Hans zu sich. Franz wartete gespannt, ob es tatsächlich Hans war, der ihn da gerade anblickte und seufzte erleichtert, als dieser mit schwacher Stimme meinte,

„So, nun dürften wir die beiden wohl eine kurze Zeit außer Gefecht gesetzt haben. Also auf, auf, reichen Sie mir bitte den Laptop, es gibt da so einiges, was ich jetzt aufschreiben muss.“

Und so schrieb Hans die ganze Geschichte in sein Tagebuch. Er schrieb davon, wie Herta auf Bruno gelandet war und dieser ihr unbewusst das Leben gerettet hatte und er schrieb auch die Geschichte nieder, die er sich ausgedacht hatte, damit Bruno Herta bewusst das Leben retten konnte, indem er sie ein zweites Mal davon abbrachte sich diesmal anhand von Schlaftabletten das Leben zu nehmen. Auf diese Weise war es dann möglich, dass die beiden sich tatsächlich begegneten. Im Laufe des Schreibens fiel Hans dann noch ein, dass er auch eine Vorgeschichte zur

Verbindung der beiden erfinden könnte und beschrieb Herta als das Mädchen, das er damals im Heim kennengelernt hatte. Beide hatten diese wundersamen dreifarbigen Augen, also war es sogar leicht möglich, dass Herta tatsächlich dieses Mädchen gewesen war, Hans wusste es aber nicht, weil er sie nie danach gefragt hatte. So baute Hans auch diesen Wunschtraum in die Geschichte mit ein. Franz und Hans hofften, dass auch diese geplante Zusammenführung und Rettung Herta's durch Bruno in Hans' Kopf tatsächlich passieren würde, da Hans die Geschichte in seinem Unterbewusstsein zum Leben erwecken würde. So entstanden zwei verschiedene Kopfleben in Hans' Kopf, die es galt zu einem werden zu lassen, um Hans wieder ein normales Leben zu ermöglichen. Die Bestätigung, dass der Plan mit der geschriebenen Geschichte tatsächlich funktionierte, hatte Franz als eines Tages Herta vor ihm saß, die nach ihrem Fenstersprung im Krankenzimmer aufwachte. So setzte sich das Ganze fort und immer wieder gab es kleine Konfrontationen mit Herta, die in sich selbst schon eine sehr faszinierende Persönlichkeit mit mehreren Anteilen war, wie Franz immer wieder feststellen konnte. Vielleicht hatte Hans sich die echte Herta als so eine Person vorgestellt, innerlich ebenfalls zerrissen, genauso wie er selbst. Bruno war in dieser Zeit nicht anwesend, er lag schließlich im Koma. Um Herta noch weiter in die Geschichte hereinholen zu können und sie wissen zu lassen, dass sie Bruno bereits aus dem Heim kannte, in dem auch sie aufgewachsen war, weil es sich ja schließlich bei ihnen um ein und dieselbe Person handelte, legte Franz eines Abends, so wie mit Hans abgesprochen, absichtlich eine Kopie von Bruno's Anamnesegeschichte, die er nach dessen Aufenthalt in seiner Praxis niedergeschrieben hatte, auf dem Nachttisch ab. Herta kam nämlich, so wie Hans es in der Geschichte niederschrieb, jeden Tag an Bruno's Bett, um ihn zu besuchen. Für sie lag Bruno vor ihr in dem Bett, obwohl das Bett in Wirklichkeit natürlich leer war. Sie las dessen Geschichte und wurde sich bewusst, wer Bruno wirklich war. Danach schnauzte sie Franz an und dieser musste sie dann mit dem Rollstuhl einmal im Gang auf und ab schieben, um ihr vorzugaukeln, in ihr eigenes Zimmer zu wechseln. Zurück in Hans' Zimmer angekommen, legte sie sich wieder in das Bett. Dies war das letzte Mal, dass Herta auch körperlich auftauchte. Die weitere Geschichte mit der Rettung von Herta durch Doktor Enzenbach lief nur noch in Hans' Kopf ab und wurde von ihm am Laptop nieder geschrieben. Hans konnte sich durch die Geschichte, die er sich für seine Persönlichkeitsanteile ausdachte, in seiner Erkrankung soweit weiter entwickeln, dass er nur noch in dieser Geschichte wandelte und als Herta oder Bruno deren derzeitiges Erleben in seinem Kopf niederschrieb. Nach der Zusammenführung, als Bruno an Herta's Bett auf ihr Erwachen wartete, war Hans sehr emotional, da er kurz wieder das Gefühl hatte, jemand anderer würde ihm Herta wegnehmen. Franz konnte ihn aber wieder in die Wirklichkeit zurückholen und da waren sie nun. Hans' Persönlichkeitsanteile hatten sich vereint, niemand wusste aber, wohin dies nun führen würde. Und Franz ließ sich vor Hans gehen, da er selbst mit seinem eigenen Leben zurzeit so schwer zurecht kam. Beide standen vor einem Problem, das es nun wieder zu lösen galt. Hans, konfrontiert mit seinen Kopfleben und Franz mit dem Kopftod seiner Frau.

In den darauffolgenden Tagen und Wochen kam Franz seltener in die Klinik, da es seiner Frau immer schlechter ging. Nachdem er das letzte Gespräch mit

Hans bzw. Herta über seine Frau geführt hatte, hatte er viel darüber nachgedacht, was Herta ihm an den Kopf geworfen hatte. Er entschloss sich dann den Wunsch seiner Frau schweren Herzens zu akzeptieren und sich mit dem Gedanken anzufreunden, dass er sie verlieren und dafür ein gemeinsames Kind gewinnen würde. Dieses als Gewinn zu betrachten, war für ihn das Schwierigste an der ganzen Sache, aber er schaffte es irgendwie ein positives Gefühl für das Kind in sein Herz einzupflanzen. Denn Herta hatte mit ihrer Tirade natürlich recht gehabt, er musste froh sein, dass ihm nach dem Tod seiner Frau überhaupt noch etwas blieb. Aber er versuchte, so gut es eben ging, nicht zu sehr an ihren Tod zu denken, sondern daran, dass sie jetzt noch lebte und er jeden Augenblick mit ihr zusammen auskosten wollte. Deswegen arbeitete er auch weniger, erklärte Hans die Situation, der verstand und versuchte, sich mit sich selbst zu beschäftigen und herauszufinden, wie er sein derzeitiges Problem lösen könnte. Nachdem Bruno und Herta sich in seinem Kopf nun getroffen hatten, gab es für Hans kein Weiterkommen mehr. Immer und immer wieder erlebte er die gleiche Situation. Bruno saß an Herta's Bett, diese wachte auf und sie sahen einander an, berührten einander an den Händen und dann ging alles wieder von vorne los. Wie eine Endlosschleife spielte diese Szene sich in seinem Kopf ab, anders traten die beiden nicht mehr in Erscheinung. Das letzte Mal aktive Wandlung hatte mit Herta stattgefunden, als sie aufgetaucht war, um Franz wegen seiner Frau und seinem Kind zusammenzustauchen. Danach war keiner der beiden mehr aufgetaucht, was ja im Grunde nicht schlecht war, aber Hans wusste, dass die Sache damit nicht vorbei war, sondern nur vorübergehend ruhig bzw. auf Wiederholung gestellt. Hans erlebte die Szene zwar nicht richtig bewusst, aber er fand sich immer wieder vor seinem Laptop sitzend, den gleichen Absatz lesend, den er schon zig Male zuvor niedergeschrieben hatte. Er war dabei Bruno und er war Herta, aber er konnte die beiden ja nicht zu einer Person machen, das konnte er sich einfach nicht vorstellen. Natürlich sollte eine Zusammenführung stattfinden, aber damit hatte es sich jetzt, Ende Gelände. Deswegen spielte sein Unterbewusstsein vermutlich immer dieselbe Szene durch, da es auch nicht mehr weiter wusste. Es musste also eine Lösung her, bevor er das Ganze noch zum tausendsten Mal niederschrieb. Franz versuchte jede Woche einmal bei ihm vorbeizuschauen, um ihn über seine Fortschritte zu befragen und ihm Mut zu machen. Ebenso war Hans für Franz nun schon so etwas wie ein Freund geworden, denn auch er vertraute sich ihm immer mehr an und Hans versuchte genauso ihm Mut zu machen, was seine Frau betraf. Hans schilderte ihm beim nächsten Besuch, dass er das Ganze als Endlosschleife empfand und er einfach nicht wusste, wie er da wieder rauskommen sollte. Er zweifelte schon an, dass es eine gute Idee gewesen war, die beiden zusammen zu führen. Franz schüttelte daraufhin den Kopf.

„Es kann doch sein, dass die ständige Wiederholung deshalb passiert, weil Herta eigentlich schon überflüssig ist. Ich hoffe, Sie wissen, wie ich das meine. Die Geschichte stockt, weil sie so nicht weiter geführt werden kann. Mit der echten Herta sind Sie schließlich auch nie weiter gekommen. Etwas Körperliches hat es nie gegeben und das Hände halten ist jetzt eben der Schlusspunkt.“

Hans schaute noch etwas skeptisch drein. Deswegen wurde der Doktor noch deutlicher:

„Sie müssen versuchen, sich die eigentlichen Funktionen Ihrer Kopfherta in Erinnerung zu rufen.

Durch sie konnten Sie besser Ihre Meinung sagen und ehrlich sein, ohne Angst zu haben, etwas falsch zu machen. Diese Probleme können wir gern in einer anderen Therapieform weiter bearbeiten. Aber die zweite wirklich wichtige Funktion war, Ihnen das Gefühl zu geben, sie retten zu können. Und das hat Bruno für Sie bereits getan. Bruno wird immer ein Teil von Ihnen sein und er lässt sich bestimmt auch gut in Ihr Leben integrieren. Er ist schließlich Sie, nur eine andere Zukunftsform von Ihnen. Aber Herta hat ihre Funktion nun erfüllt, sie gehört jetzt nicht mehr dazu. Es ist nun womöglich Zeit, sie gehen zu lassen."

Als Franz an diesem Tag gegangen war, dachte Hans lange über seine Worte nach. War er wirklich bereit Herta gehen zu lassen? Und wie sollte er das nun anstellen? Er überlegte, wie sich Herta aus dieser Szene entfernen ließ. Er konnte sie ja nicht sterben lassen oder so etwas. Immerhin hatte Bruno sie jetzt endlich gerettet, das wäre viel zu tragisch und er traute sich auch nicht zu, dass das funktionieren konnte, da er einfach nicht wollte, dass sie noch einmal starb. Sie musste in seinem Kopf als echte Herta vorhanden bleiben, aber nur in seiner Erinnerung. Da würde sie immer sein, tief in seinem Herzen verankert. Nein, er musste es anders anstellen, dass sie die Szene verließ. Und dann hatte er dazu auch eine Idee. Es hatte ja schließlich funktioniert, als er Nachrichten auf dem Laptop hinterlassen hatte, also könnte es auch gehen, dass er die Szene bewusst abermals aufschrieb, um zum Schluss aber nicht erneut in die Wiederholung zu gelangen, sondern ein Ende dafür zu finden, das für alle irgendwie akzeptabel sein konnte. Und so setzte er sich wieder an seinen Laptop und begann zu schreiben:

So saß Bruno nun da, fasziniert nach so langer Zeit einen Menschen bewusst zu berühren und er fühlte sich gut. Es kribbelte richtig in seiner Hand, die mit dem Daumen über den Handrücken von Herta strich und ihre Hand fest umschlossen hielt. Plötzlich meinte er, sich einzubilden, dass die Hertahand sich bewegt und seine Hand ebenfalls gedrückt hätte. Da er so hin und weg von ihrer beider Hände gewesen war, hatte er ihr schon längere Zeit nicht mehr ins Gesicht geblickt, wandte den Kopf jetzt aber zu ihr hin und stellte fest, dass ihre Augen ein wenig geöffnet waren und ihn tatsächlich anblickten. Sofort war er gefesselt von der dreifarbigen Schönheit und fühlte sich mit klopfendem Herzen an eine wunderschöne Zeit zurückerinnert. Er drückte ihre Hand, wollte ansetzen, endlich ein Wort mit ihr zu sprechen, entschied sich dann aber, es nicht zu tun und sah sie weiterhin nur an. Sie erwiderte seinen Blick und lächelte. Bruno hatte das seltsame Gefühl, dass er an seinem Ziel angelangt war. Er hatte Herta nun endlich gerettet. Er musste nicht zwingend mit ihr sprechen oder weiterhin bei ihr sein. Er wusste, dass sie jetzt in Sicherheit war und genau das wollte er erreichen. Herta erging es ebenso. Sie war zwar gerettet worden, was sie eigentlich mit allen Mitteln zu verhindern versucht hatte, aber trotzdem war nun das Gefühl da, dass es so richtig gewesen war und sie ihr Ziel bereits erreicht hatte. Warum dies plötzlich der Fall war, konnte sich Herta auch nicht erklären. Für beide schien die neue Situation wie eine Fügung von oben. Denn dies war es ja auch. Bruno und Herta waren alle beide Persönlichkeitsanteile von Hans. Dies verstanden sie nun. Bruno nickte langsam, als hätte ihm jemand etwas Wichtiges ins Ohr geflüstert. Er verstand. Er ließ Herta's Hand los, blickte sie liebevoll an, stand auf, wich einige Schritte von ihrem Bett zurück und begann ihr zuzuwinken. Herta war zuerst stutzig, hatte aber dann dieselbe Eingebung wie Bruno, schien zuzuhören und nickte. Sie war nur ein

Konstrukt von Hans' Kopf. Es gab ihr Leben nur noch in Hans' Kopf, die wahre Herta war bereits tot. Aus diesem Grund war es für die Kopfherta klar, dass sie nun auch gehen musste, sie verstand, dass ihre Aufgabe sowie Bruno's nun erfüllt war. Bruno winkte in Richtung Bett, auf dem sich Herta's Körper langsam aufzulösen begann. Nur noch schwach erkennbar, als Hertaschatten winkte sie Bruno noch einmal zurück und war im nächsten Augenblick ganz verschwunden. Das Bett war leer und stand unbenutzt da, so als ob nie jemand darin gelegen hätte. Bruno blickte sich um. Er war nun allein in dem Zimmer. Er richtete seinen Blick nach oben, sah Hans direkt an und meinte,
„Ich denke, wir haben es jetzt geschafft, Hans. Nein, DU hast es geschafft. Und ich bin ein Teil von dir, der ich immer sein werde, da du dir deine Vergangenheit, die sich so wie bei mir entwickelt hätte, wenn es keine aufmerksame Nachbarin gegeben hätte, so vorstellst. Das ist ok. Ich kann das ertragen, da ich in Wahrheit nicht existiere. Aber vergessen wirst du mich nie. Das weiß ich."
Bruno verschwand nicht. Er richtete seinen Blick noch einmal fest nach oben, nickte Hans zu, drehte sich um und verließ den Raum durch die Tür. Nun blickte Hans allein auf diesen leeren Raum. Er hatte seine Geister besiegt. Nun, wenn man überhaupt von Geistern oder besiegen sprechen konnte, da er sich im Grunde nur selbst in seinem Inneren wiedergefunden hatte, zusammengeführt und ausgesöhnt.

Hans kam wieder langsam aus seinem tranceartigen Zustand zu sich und richtete den Blick wieder bewusst auf seine geschriebene Geschichte. Er las noch die letzten Worte und klappte dann den Laptop zu.

Die Erkenntnis
fährt
durch dich hindurch,
wie zwei heiße Pfeile.
Einer ist
das Leben,
das hinter dir liegt
und dich verlässt.
Der andere ist
die glühende Hoffnung.
Und die
hältst du einfach nur
fest.

Doktorkopf V

Franz saß im Wartezimmer des Krankenhauses. Was soeben passiert war, hatte er nicht erwartet. Er hatte es befürchtet, aber nicht erwartet. Und doch kam der Arzt mit ernstem Blick auf ihn zu als er gerade zu seiner Frau gehen hatte wollen. Nachdem er mit Hans gesprochen und versucht hatte diesem Mut zu machen, war er sofort von der Klinik ins Krankenhaus gegangen, um sie zu besuchen, da er plötzlich ein mulmiges Gefühl bekommen hatte und sich vergewissern wollte, ob es seiner Frau – den Umständen entsprechend – gut ginge. Doch der Arzt hatte, wie es aussah keine guten Nachrichten. Franz versuchte sich auf das Schlimmste gefasst zu machen. Der Arzt erklärte ihm, dass es seiner Frau sehr schlecht gegangen war und eine Notoperation eingeleitet werden hätte müssen. Sie wäre gerade im OP und man versuche ihr Leben und das des Babys zu retten, das unter Umständen schon am Leben erhalten werden könnte, wenn es heute zur Welt käme. Sie würden alles Menschenmögliche versuchen, versicherte er ihm. Aber diese Worte hörte Franz schon nicht mehr. Er sah vor seinem inneren Auge das gemeinsame Leben mit seiner Frau ablaufen. Das erste aufregende Date, die ersten Küsse, der erste Sex, der erste Streit und das erste Versöhnen. All die schönen Jahre, die danach kamen, eine Gemeinsamkeit, zwar zur Routine geworden, jedoch niemals langweilig, erdrückend oder auseinanderlebend. Immer blieben sie in Gedanken beisammen, egal was der andere tat. Christina war so etwas wie seine Seelenverwandte, auch wenn es kitschig sein mochte, sie war der zweite Teil, der ihm fehlte. Sie glich ihn aus, holte ihn runter, brachte ihn rauf und half ihm, aus sich das zu machen, was er gerne sein wollte. Er mochte sich selbst, weil sie ihn mochte. Nun konnte er sich nicht vorstellen, ohne sie zu sein. Es fühlte sich an, als wäre man kurz davor ihm einen Teil von sich aus der Seele zu reißen, man zerrte und zog brutal daran, doch er wollte und konnte diesen Teil nicht los lassen. Sie wurde operiert und er wusste, wie riskant diese Operation war. Die Wahrscheinlichkeit, dass sie das ohne permanente Schäden überleben bzw. überhaupt überleben würde, war so gering, dass man eigentlich nur noch weinen konnte. An das Kind konnte er im Moment auch nicht denken, der Schmerz und die Angst waren viel zu groß, als dass er an irgendetwas anderes denken hätte können. Nun konnte er nur noch hoffen und warten. Er setzte sich also in einen Stuhl im Wartezimmer, seine Glieder wie taub und fremdgesteuert, nahm die Hände vor das Gesicht und weinte.

Du glaubst, du hast etwas
erfasst.
Aber eigentlich
erfasst es dich.
Du glaubst, du hast deinen
Weg gefunden.
Aber eigentlich
findet er dich.
Du glaubst das.
Du glaubst viel.
Weniger glauben.
Weiter gehen.

(K)ein Ende der Kopflastigkeit

Ein Jahr später.

Hans fuhr gerade in seinem Auto die Einfahrt hinauf. Er hielt vor der Garage, stieg aus und nahm die Flasche Wein vom Rücksitz. Er ging den Pfad zur Haustür entlang, besah sich das Namensschild an der Tür und klingelte. Franz öffnete die Tür und begrüßte ihn überschwänglich.
„Schön, dass du da bist. Bitte komm doch rein!“, sagte Franz lächelnd und machte eine einladende Geste.
„Hast du das Schild also endlich erneuert?“, meinte Hans, als er seine Jacke auszog und sie an den Haken in der Garderobe hängte.
„Tja, es wurde schließlich Zeit, meinst du nicht?“, erwiderte Franz und ging voraus in Richtung Wohnzimmer.
„Ich habe übrigens Wein mitgebracht“, rief Hans ihm hinterher, während er umständlich versuchte, seine Schuhe auszuziehen.
„Wunderbar, dann lass ihn uns doch gleich aufmachen. Heute habe ich Lust anzustoßen.“, rief Franz gut gelaunt zurück.
Hans begab sich also ins Wohnzimmer, setzte sich Franz gegenüber auf den bequemen Stuhl und lächelte ihn an. Der lächelte zurück und fragte dann gleich,
„Und wie geht es dir immer? Du siehst wirklich gut aus. Hast du dich in der neuen Firma schon eingearbeitet?“
Hans nickte und meinte,
„Ja, es läuft nicht so schlecht. Ich muss zwar noch einiges nachholen, weil sich im IT-Bereich alles so schnell verändert, wie du weißt, aber es macht mir

wirklich Spaß und die Kollegen sind auch... in Ordnung."
Franz sah ihn misstrauisch an.
„In Ordnung? Was heißt das? Gibt es Probleme? Hast du die Dinge ausprobiert, die wir besprochen haben?"
Hans seufzte ein wenig und antwortete,
„Nun ja, einer von den Kollegen ist so ein besserwisserischer junger Typ, der glaubt immer, er kann mir Befehle und Aufträge erteilen. Aber ja, ich habe, so wie wir es besprochen haben, versucht nicht gleich zu allem Ja und Amen zu sagen. Es fällt mir halt sehr schwer, weil ich eben mein Leben lang ein Ja-Sager war, verstehst du? Aber es funktioniert schon, noch langsam, aber es wird schon."
Franz, etwas beruhigter durch diese Ausführungen, nickte langsam.
„Du machst das schon, das weiß ich eh. Aber ich frag halt auch gern nach, weil ich neugierig bin." Franz grinste ihn an.
„Apropos neugierig, wie geht es denn mit Bruno voran?"
Über dieses Thema konnte Hans schon viel leichter sprechen, denn beschwingt erklärte er Franz,
„Du, das funktioniert super. Seit ich akzeptiert habe, dass er ein Teil von mir ist, ist er nicht wieder aktiv aufgetaucht. Zum Glück hatten diese nächtlichen Putzereien dann ein Ende. Aber ich spüre ihn. Genauso wie er es im letzten geschriebenen Absatz gesagt hat. Ich werde ihn nicht vergessen. Und das ist auch gut so. Weißt du, immer wenn ich putze oder mit dreckigen Schuhen in die Wohnung komme, spüre ich richtig, wie er mir über die Schulter sieht. Ich ziehe mir dann die Schuhe draußen aus und putze manchmal noch ein bisschen ordentlicher, um ihn zufrieden zu stellen." Hans lachte.

„Und so geht das wirklich gut. Es beruhigt mich auch irgendwie ihn zu spüren, er ist einfach der Teil meiner Vergangenheit, der nicht auszulöschen ist. Er ist zwar die eher krankhaft entwickelte Version davon, aber er erinnert mich dann daran, dass ich es doch geschafft habe. Und das ist ganz gut so."
Franz lächelte.
„So gefällst du mir. Wirklich schön ist das. Lass uns darauf anstoßen!"
Franz hatte den Wein schon geöffnet und ihn in zwei schöne, bauchige Gläser gefüllt. Als es gerade vom Zuprosten klirrte, rief eine Stimme, die aus der Küche kam,
„Das hab ich gehört, ihr zwei, nun wartet doch auf mich. Das Essen ist auch gleich fertig."
Franz sah Hans an und grinste.
„Jetzt gibt es gleich ein wunderbares Steak. So etwas Gutes hast du in deinem Leben noch nicht gegessen."
Die beiden gingen in die Küche und da stand Christina am Herd und plagte sich ab, um dieses wunderbare Essen fertig zu bekommen. Hans begrüßte Christina, umarmte sie und fragte gleich, ob er noch irgendetwas helfen könne. Doch sie war bereits fertig und er trug nur noch die Teller an den Tisch.
Als sie sich alle hingesetzt und ihr Besteck in die Hände genommen hatten, begann plötzlich ein Kind im Nebenraum zu schreien. Franz überdrehte die Augen.
„Die Kleine pflegt immer dann zu plärren, wenn wir gerade essen wollen. Ich glaube sie weiß das und will uns nur eins auswischen.", kommentierte Franz das lauter werdende Geschrei seiner Tochter und stand auf, um sein Kind zu beruhigen und es wieder zum Einschlafen zu bringen. Christina stellte inzwischen sein Essen in den Ofen und meinte zu Hans,
„Aber wir zwei fangen einfach an, meinst du nicht? Also ich hab Hunger und Franz ist heute dran mit

Babydienst.", sie strahlte Hans an und dieser konnte gar nicht glauben, dass dieses gesunde, wunderschöne Gesicht noch vor einem Jahr dem Tode geweiht gewesen war. Er nahm sein Besteck wieder in die Hände und ließ sich sein Essen schmecken.

Plötzlich klopfte es an der Tür. Eine Schwester steckte den Kopf herein, betrachtete Hans und meinte,
„Na, Herr Herbert, heute wieder fleißig am Schreiben? Das Essen wäre dann gleich soweit."
Hans nickte nur und klappte seinen Laptop wieder zu, um sich in den Speisesaal der Klinik zu begeben.

Marion Gruber wurde 1987 in der Steiermark geboren, studierte Soziale Arbeit und Germanistik in Graz und arbeitet als Sozialarbeiterin im sozial-psychiatrischen Bereich. Sie lebt mit ihrer Partnerin, der Illustratorin des Buches, in Graz.

24924295R00141

Printed in Poland
by Amazon Fulfillment
Poland Sp. z o.o., Wrocław